庶女出頭天 5 完

風文創 113

七星盟主 著

目錄

第一〇六章 餘波未平

聖武三十二年，三月初七。楚皇后因為涉嫌下毒毒害皇上，被打入冷宮。太子情急之下逼宮，企圖讓聖武帝退位，因事情敗露，被聖武帝廢去太子之位，貶為庶人。楚氏一族，瞬間土崩瓦解。

同一日，沐王爺及其世子，率領二十萬大軍將京城團團圍住，形成勤王之師。因救駕有功，聖上嘉許不已，封賞無數。

三月十二，楚皇后於冷宮病逝，享年三十九歲。

這場令人唏噓不已的政變，以太子失勢而告終。值得慶賀的是，傳聞中早夭的聖武帝二皇子龍吟，失而復得。

沐王府

「夫人，二皇子的洗塵宴，您準備穿哪套衣裳前去恭賀？」這場風雨過後，緞兒也光明正大地出現在眾人的視線當中。

當初的謠言不攻而破，府裡的下人們驚愕的同時，也感到十分慶幸。

「就那套松綠色織錦夾襖吧，天氣愈來愈熱，厚衣裳也穿不了了。」司徒錦端坐在矮凳上，任由丫鬟們梳妝。
緞兒領了命令，便將打扮的事情交給其他人，去了廚房。
如今的司徒錦，有了三個多月的身孕，臉盤微微豐腴了一些，看起來更加靚麗了。如玉的肌膚，搭配上那雙靈動的眼睛，整個人都明媚起來。原來稚嫩的感覺漸漸褪去，展現出一絲柔媚和嬌豔。
「夫人，今日戴那支齊妃娘娘賞賜的八寶串珠金鳳釵，可好？」春容越發懂事之後，就一直貼身伺候。雖然她在司徒錦心目中的地位不及緞兒，但也占有一定的分量了。
司徒錦點了點頭，接受了她的建議。
精心打扮一番過後，司徒錦就像變了個人似的，在原先的大家閨秀氣質之上，又增添了一派貴氣，是個實實在在的貴夫人了。
「夫人今日氣色不錯呢。」緞兒端來糕點的時候，嘴巴都驚訝得合不上了。
司徒錦笑了笑，問道：「爺可回來了？」
一大早，龍隱就被宣進宮去了，因為還有一些問題需要他處理，因此回到京城之後，他比原先更加忙碌了。
緞兒帶著明媚的笑容，回道：「夫人，爺雖然還沒有回來，但已經託人帶話，說一定會陪夫人參加二皇子的洗塵宴。」
說起那二皇子，司徒錦也是十分震驚，只因他不知道是從哪兒冒出來的，如今現身，想必也是為了皇位。由於沐王府站在五皇子這一邊，太子才剛被鎮壓下來，二皇子又回到皇宮，就怕京城安靜沒幾日，又要鬧起來。

聖武帝身子越發不爽利，五皇子也漸漸崛起，朝中不少人看清了局勢，又開始小心翼翼地選邊站了。都說功高震主，沐王府如今在朝中的勢力不可謂不大，所謂飛鳥盡、良弓藏，一旦新帝登基，怕是又要拿沐王府開刀了。

儘管沐王府與齊妃關係非比尋常，但五皇子怎麼說都不是齊妃親生的兒子，因此司徒錦不認為他會下不了手。畢竟，作為一個帝王，還是要有些魄力與野心，否則他也不會在奪嫡之爭中存活下來，勢力也愈來愈強大。

司徒錦想到這些，不由得摸了摸那還微微凸起的肚腹。以前，她做任何事都可以不計較後果，可如今有了孩子，她就不得不多想一想了。

研喜宮

「母妃，您說父皇到底打的什麼主意？」五皇子龍夜在宮殿內走來走去，神色十分陰鬱，與往日那個玩世不恭的野小子有著天壤之別。

二皇子剛回朝，京裡還沒有屬於他的府邸。聖武帝體諒他的難處，特地在宮裡給他安排了一個宮殿暫住，又在京城最繁華的地段看好了一處宅子，打算修繕好了之後，再讓他搬進去。

二皇子的個性與其他皇子都不相同，屬於沈穩、冷漠的類型，但在聖武帝面前，他還是畢恭畢敬。儘管二十年沒有見過面，但任何人都看得出，他們父子之間還是有一些骨肉親情。

龍夜自始至終都沒有弄明白，聖武帝心裡是怎麼想的。如今太子和三皇子都因為謀朝篡位而被打壓了下去，但父皇卻偏偏沒有置他們於死地，只是囚禁起來，這絲毫不像他以往的作風。而且，那個不知道是真是假的二皇子，居然能得到他無微不至的照顧，這就更讓他想不通了。

明明都隔了二十年，他們之間還會有什麼感情？若說是父子天性，龍夜是不會相信的。身在皇家，親情都是口頭上說著好聽的，他不信憑幾句話和一件信物，父皇就會接納一個陌生人。

齊妃也是一臉肅穆地坐在貴妃榻上，擰著眉。皇上的心思，她一般都能夠猜出個四、五分，可如今，她也感到迷茫。

「我絕對不會讓一個身分不明之人，奪走屬於我的一切！」龍夜像是在發誓，也像是在說給自己聽。

這次宮變危機能夠順利解除，都是他與隱世子的功勞，那個二皇子做了什麼？他不但什麼都沒做，甚至渾水摸魚，從中得到了不少好處。光憑這一點，他就對那個二皇兄充滿了不屑和敵意。皇位是屬於他的，別人想要奪走，那是癡心妄想！

「夜兒，稍安勿躁。你父皇的身子你也知道，怕是年紀大了，有些犯糊塗了。京城裡好不容易安定下來，莫要輕易生事才是。就算你要得到自己想要的地位，也要有一個好的藉口不是？」齊妃見他愁眉不展的模樣，忍不住開口勸解道。

龍夜與齊妃的母子之情，做不得假。從他生下來的那天起，就被送到齊妃身邊養著，對於自己的生母，他一無所知。長大後，雖然聽人提起過一些，但他不甚在意。反正他的親生母親位階不高，也只是個九品芝麻官的女兒，毫無勢力可言。在他看來，齊妃就是自己的母親，是他一輩子該尊敬的人。

「母妃說得是，是孩兒魯莽了。」齊妃的話，在龍夜的心裡，還是有些分量的。

齊妃嘆了口氣，語重心長地對他說道：「有些事情急不來。你籌謀了這麼多年，難道還怕再等一段時日嗎？皇上他……時日無多了，你畢竟是他的兒子，大逆不道的事情，是萬萬不能做的。」

其實，齊妃的顧慮也是對的。

三皇子和太子的陰謀，遭到全天下人的唾棄，成王敗寇，只有真正的贏家，才能掌控一切，包括堵住那悠悠眾口。但在未成功爬上那頂峰之前，有些流言蜚語，卻是不得不在意。能夠名正言順登基最好，不到萬不得已，那手段還是不要隨意用出來為妙。

「是，兒臣謹遵母妃教誨。」龍夜低下頭去，眸子漸漸暗沈。

「好了，時辰也不早了。雲福宮的宴會即將開始，咱們也該過去了。」齊妃理了理頭上的雲鬢，起身說道。

龍夜應了聲是，然後上前去攙扶住齊妃，二人一同踏出了研喜宮的大門。

雲福宮的後花園裡，聚集不少名門貴婦，為了今日的宴會，她們全都盛裝出席，一個個花枝招展，生怕失了身分。

司徒錦在緞兒的攙扶下，踏著春日的陽光，在園子裡慢慢走著。這些名門貴婦大多都是後起之秀，原先那些貴族不是被三皇子牽連，就是因為太子的關係被貶被殺。如今剩下的世家大族已經不多，那些親近五皇子或保持中立的，倒是漸漸壯大了起來，成了朝廷新貴。

「唷，這不是隱世子妃嗎？真是難得見到啊！」

「不是聽說早在皇后宮中被賜死了嗎？怎麼還活著？」一些長舌婦都是耐不住寂寞的，聚在一起時總是喜歡說人閒話。

相較於某些人的大膽，另外一群人就特別保守和客觀。「妳們別瞎說，小心得罪了她，沒好果子吃。」

「是啊，誰不知道沐王府在平亂中的功勞最大，又是五皇子的親信。妳們還是閉嘴的好，免得禍從口出！」

聽到這些小聲的議論，司徒錦根本沒當回事，若是連這麼點兒忍耐力都沒有，那她們也太小瞧了她。

「夫人，她們太過分了！居然在大庭廣眾之下出言議論您，真是不可饒恕！」春容狠狠地瞪了那些喜歡搬弄是非的人一眼，有些替自己的主子委屈。

司徒錦淡然一笑，說道：「嘴長在別人身上，妳能堵得住嗎？既然知道徒勞無功，又何必理會？再說了，說幾句閒話，又不會讓我少一塊肉。她們喜歡說，就讓她們說去吧，只要無傷大雅，不必計較那麼多。」

緞兒彷彿已經習慣了這樣的場合跟情況，倒是沒有開口。

沐王府如今在風口浪尖上，受到嫉妒和攻擊再正常不過。這些日子以來，司徒錦就告誡全府上下，不得盲目自大，一旦發現利用王府的名義，在外頭胡作非為、仗勢欺人，一律杖斃。

正因為有了這樣的訓誡在先，府裡的下人們才安分了許多。緞兒跟隨司徒錦多年，自然很懂規矩，但春容和杏兒因為年紀小，很多事還不太明白，又因為剛做了大丫鬟，所以有些趾高氣揚。

「春容、杏兒，妳們可得管好自己的嘴，免得給夫人添亂，知道嗎？」緞兒偷偷轉過身，私下嚴厲訓誡道。

春容和杏兒對緞兒還是有些忌憚，於是乖乖低下頭認錯。「多謝緞兒姊姊提醒，我們知錯了。」

司徒錦見緞兒那般嚴肅的模樣，不由得笑了。

就在此時，一道熟悉的嗓音從遠處傳來，接著一個粉色衣裙的女孩子蹦蹦跳跳地跑到了她面前。

「表姊，真沒想到在這裡見到妳！」那丫頭長得清秀可人，一雙圓溜溜的眼睛很是動人。說著話的同時，還一手拉著司徒錦的手不放，顯得十分親熱和興奮。

緞兒認出此人，屈了屈膝請安道：「表小姐安好！」

這個活潑的丫頭，正是司徒錦舅父家的小表妹江紫月。

雖然她之前曾被楚朝陽看上，硬要娶她為妻，但在龍隱受了司徒錦請求，刻意命人保護之後，就不曾再被騷擾。之後楚家在宮變中大受打擊，楚朝陽自然不可能再仗勢妄為了。

尾隨在江紫月身後，拖著長長裙襬而至的明媚少婦，就是江府的另一位千金小姐江紫嫣。因為江御史立場堅定，在此次政變中很受皇上欣賞，於是連升兩級，已經坐上了御史督察的位置。如今江氏一族慢慢崛起，也是朝廷新貴中的一員了。

見到娘家人，司徒錦自然是高興異常。

自從嫁人之後，她們便很少碰面，加上時局動盪，司徒錦也很是擔心舅父一家的安危。如今看到她們都安好，她也就放心了。

「紫月表妹越發動人了，再過一陣子，怕是求親的人都要踏破江家的門檻了！」司徒錦打趣道。

江紫月是大舅父的么女，雖然他只是一介商人，但因為捐獻了不少銀兩給朝廷做軍餉，有了皇商的封號，地位也比普通商販高了不少。江紫月的身價，自然也是水漲船高。

聽了司徒錦的取笑之言，江紫月頓時脹紅了臉。「表姊取笑我！不理妳了！」

「紫月，不可任性。錦兒表妹可是貴為世子妃，妳言辭間可得客氣些。」江紫嫣比江紫月大了兩、三歲，說起話來老練許多。

司徒錦拉著兩位親人的手，臉上的笑容明顯多了一些。緞兒見世子妃一直站著說話，怕累著她了，便將她們帶到前面一個亭子中間坐下。那裡有早就備下的酒水和各色糕點，很是方便。

「表姊在侯府過得可好？」司徒錦坐了下來，關心起江紫嫣婚後的日子來。江紫嫣出嫁的時候，她去道過喜，但對那侯府的少爺卻沒多少了解。

提到這個，江紫嫣的臉就忍不住紅了。「他……對我挺好的。」

她身後的丫鬟也應和道：「姑爺性子極好，對小姐也溫和。有什麼好的東西，總是先給小姐，剩下的才拿去孝敬夫人和侯爺呢！」

司徒錦聽了這話，微微地蹙了蹙眉。

「哪有妳說得那麼誇張！錦兒，妳別聽小丫頭胡說。侯府裡見慣了奇珍異寶，豈會在乎那些個東西？不過是普通的物品罷了，被她這麼一說，還真成了珍寶了。」江紫嫣怕司徒錦有所誤解，這才急著解釋。

這話要是被別人聽了去，指不定說出什麼難聽的話來呢！如此行為，說得難聽點兒，就是大逆不道，不孝順父母！她剛過門不久，可不想被人誤會了。

那丫頭吐了吐舌頭，低下頭去不敢再亂說了。

司徒錦微微笑了笑，說道：「這麼說來，表姊夫對表姊真是沒話說。」

「表妹何必羨慕別人？誰不知道世子爺對妳百依百順，甚至連個通房丫頭都沒有。」江紫嫣說起這話的時候，難免有些不痛快。

儘管她的夫君對她很好，但在她嫁進門之前，他就有兩個通房和一房妾室。雖然他很少到她們房裡去，但她心裡還是在意。雖然男人三妻四妾實屬平常，可是有哪個女人能夠容忍別人跟自己分享丈夫？

她不過是個普通女子，心裡對那些女人還是很介懷。

「兩位表姊都找到了好歸宿，真是讓人羨慕不已。」江紫月雖然才十三、四歲，但爹娘已經開始為她物色合適的夫家了。因此，對於這些事情，她也算了解一二。

司徒錦與江紫嫣相視一笑，打趣道：「表妹果然思嫁了！」

「唉呀，妳們就知道欺負我，我……我不跟妳們玩了！」江紫月害臊起來，就想要躲開她們。

看著她那副嬌羞的模樣，表姊妹倆都捂著嘴笑了。

「什麼事情這麼開心？」不知何時，隱世子已經走進了亭子中。因為放心不下司徒錦，所以他便找了個理由溜出來。

江紫嫣見到隱世子，趕緊起身見禮。「見過世子。」

「不必客氣。」龍隱知道司徒錦跟舅父家的姊妹相處得不錯，因此態度溫和。

司徒錦輕輕地抿了抿嘴，問道：「你怎麼來了？不是在陪男客們喝酒嗎？」

「嫌屋子裡悶，出來走走。」他隨便找了個藉口。

錦兒如今可是懷著身孕，他不敢大意，恨不得隨時將她帶在身邊看著。愛妻如命的男人，要是認真起來，是很可怕的。

見他們夫妻二人之間你儂我儂，情意綿綿，江紫嫣不好意思繼續待下去，匆匆找了個理由就說要離開。江紫嫣要走，江紫月自然也不好再留下來，便挽著堂姊的胳膊一同離開了。

龍隱將身上的披風解下來，替司徒錦披上，略帶責備地說道：「外面風大，怎麼穿得這樣單薄，也不怕著涼？」

她的身子可貴重著呢，怎麼能如此大意？

緞兒吐了吐舌頭，朝春容和杏兒擠了擠眼，悄悄地退了下去。世子爺這會兒又要開始嘮叨了，她們還是先撤走比較安全。

第一〇七章　護妻心切

「難怪不見隱世子和世子妃，原來是躲在這兒清閒呢！」突然，一道突兀的聲音加入他們的談話，硬是打斷了他們的清靜。

司徒錦側過頭去，不著痕跡地掃了來者一眼，低垂著眼簾，起身福了福身。「見過二皇子。」

來者，正是今日這場宴會的主人，二皇子龍吟。

龍隱從石凳上站起身來，面上依舊淡淡的，道了聲：「二皇子。」

那二皇子身材頎長，模樣生得不錯，只是司徒錦從見到他的第一面起，就有種說不出來的感覺。這位二皇子看起來確實有些皇家子弟的氣勢，言談舉止也十分得體，只是隱約間卻看得出刻意模仿的痕跡，與龍隱這般渾然天成的氣息有著天壤之別。

其實，這個人並非真正的二皇子，只不過人們完全不知曉罷了。

二皇子龍吟單手背在身後，笑容一直沒有消失。「宴席已經準備好了，隱世子、世子妃裡面請。」

司徒錦與龍隱互望了一眼，這才攜手跟在他身後步入廳堂。

此刻，大部分的客人都已經聚集在廳堂之內，見到三人到來，先是一愣，繼而恭維地圍了上去。

「二皇子真是玉樹臨風，有聖上的風範！」

「真是人中龍鳳，與五皇子不相上下呢！」

司徒錦給了龍隱一個眼神，便退到了女賓這一邊，安靜地在宮女們安排的地方坐好。這時候，一些不少喜歡結交權貴的夫人、小姐們，都過來給司徒錦見禮，一會兒說她的衣服好看，一會兒說她氣質高雅，誇得她好像天上有地下無似的。

司徒錦一直保持著淡淡的笑容，並沒有因為這些恭維的話而沾沾自喜。這些人都是表面上說一套，背地裡做一套，有幾個真心的？

「世子妃，聽說太師府裡有位少爺，已經到了議親的年紀，不知道定了人家沒？」一個貴婦在眾位夫人示意下，站出來問道。

原來是打的這個主意！司徒錦在心裡冷哼。

如今沐王府的勢力可謂更上一層樓，比宮變之前還要顯赫。這些人將主意打到司徒青身上，無非是看重她世子妃的地位，想透過聯姻達到攀上沐王府的目的，真是不自量力！

更何況，司徒青只是太師府一個庶子，在家裡毫無地位，這些人明知如此，還敢開口，真是夠沒臉！她向來與司徒青不對盤，他的親事與她何關？這些人這麼眼巴巴地湊上來，難道就不怕得罪了她嗎？

「四弟的親事，自然有母親作主，司徒錦不敢妄自議論。難為各位夫人替我那四弟操心了。」她明顯不想提這件事，也沒心思與她們周旋。

見司徒錦沒有搭理的意思，有些人覺得面子上掛不住，悄然退下。只是有些素來與太師府不和的貴婦們聽了她的話之後，忍不住出聲諷刺了起來。「世子妃也真是太清閒了，雖然嫁出去了，但好歹也是太師府的女兒。這兄弟的親事，怎麼能不操心一些？素聞世子妃最是雍容大度，必定不會惦記著那些陳芝麻爛穀子的往事，故意讓他不得在人前露面吧？」

司徒錦微微抬眸，掃了那滿臉嫉妒的夫人一眼，認出她來。這不就是上次與杜雨薇一起，總是喜歡擺臉色給人看的尚書府千金嗎？看她一副婦人裝扮，便知道她已經嫁人了，而且嫁得還不錯，一個伯爵侯府的長子，只不過是個庶出的。據說她膽子不小，在婆家囂張霸道得很，公婆對她也不甚喜歡，礙於尚書府的面子，才沒有將她休棄。

「屈大少夫人這麼關心我太師府一個庶子的親事，實在難得。難怪京城裡都在說，屈大少夫人堪比行俠仗義的俠女，最有俠義心腸。就連伯爵侯府的一個小丫鬟犯了錯，您也仗義執言，為她討回了公道，真是佩服佩服！」

司徒錦說的這件事，倒是真的。

只不過，那可不是什麼好事。這屈大少夫人為了維護自己從娘家帶過去的貼身丫鬟，竟然害伯爵府的嫡子夫人小產。因為這一件事，她在伯爵府得罪了不少人，日子過得十分難挨。

被司徒錦揭穿了自己的醜事，那屈大少夫人有些沈不住氣了。「司徒錦，別以為妳做了世子妃，我就怕了妳！妳不過是個庶出的，憑什麼騎到我堂堂尚書府嫡女的頭上來？世子會看上妳，簡直瞎了眼！」

她的聲音不算小，故而整個廳堂裡突然安靜下來，似乎被她的言論給嚇呆了。

司徒錦見龍隱眼中閃過一絲狠戾，便假裝委屈地拿起帕子，在眼角處壓了壓，向世子投去楚楚可憐的一瞥。

龍隱從一堆世家公子中大步走過來，將嬌妻攬入懷裡，一雙嗜血的眼睛死死地盯著眼前這個不長眼的女人，狠狠說道：「敢對世子妃無禮，妳膽子不小。」

「世子……」這屈大少夫人姓溫，乃尚書府嫡出小姐，對隱世子癡迷了多年。如今看到他終於將注意力放到自己身上，便裝出一副嬌滴滴的嬌羞模樣，想要博取他的垂憐。只可惜，這東施效顰的效果似乎不怎麼好，讓人看了反胃。

「本世子瞎了眼嗎？妳可知誣衊皇族，是什麼罪過？」龍隱一旦發起脾氣，通常沒什麼好結果。

那禮部尚書見女兒闖了禍，趕緊上前來求情。他先是跑到女兒面前，狠狠地給了她一巴掌，這才請罪道：「世子息怒！都怪下臣管教無方，讓小女衝撞了世子。還請世子看在她年幼無知的分上，饒恕了她吧！」

「年幼無知？據我所知，她似乎比世子妃還大兩歲呢！」龍隱冷著臉，毫不留情地反駁道。

這時候，在一旁看戲的人頓時哄堂大笑。
溫淑儀的臉一陣紅一陣白，心裡很是憤慨，卻不敢再反駁。只是，就這麼放過司徒錦，她又有些不甘心，總是要找些話解圍。「世子，難道我有說錯嗎？世子妃不但是個庶出的，而且還善妒。如今世子房裡，除了世子妃一人，便再無一個侍妾。這難道不是她失儀之處嗎？如此妒婦，世子何必處處維護……」
不等她話說完，龍隱早已按捺不住，一掌將溫淑儀給擊落在地。很不巧的是，她的背後便是一張桌子，上面擺滿了美味佳餚。她這一落下去，不但傷了筋骨，疼得哇哇叫，還弄得滿身都是食物，看起來十分滑稽。
「世子息怒！」那尚書大人還想求情，龍隱卻立刻打斷他的話。
「本世子房裡的事，也是妳能過問的？如此不守婦德的長舌婦，早該沈塘了，還在皇宮大內丟人現眼，簡直不知好歹！」
他的話可謂狠毒，那溫淑儀聽了之後眼睛一翻，暈了過去。
尚書大人趕緊吩咐丫鬟將女兒給攙扶下去，不敢再在人前露面，而伯爵府的人也覺得很丟臉。
「母親，這樣的女人，早該休棄了。如今她又得罪了世子，怕是日後連咱們伯爵府也要跟著受牽連了！她也真是的，什麼人不好得罪，偏偏去碰隱世子最在意的世子妃。」挽著伯爵夫人的胳膊，落井下石的，正是那個被溫淑儀害得失去了孩兒的伯爵府嫡少夫人。

伯爵夫人對這位長媳也頗不喜歡，加上那府裡的姨娘居然在她前面生下長子，她一直懷恨在心，被自己的兒媳婦這麼一挑撥，就動了心思。

雖然尚書府的勢力不能輕視，但沐王府更不能得罪。有了這個意識，伯爵夫人就在心中作好了決定。

這個小插曲很快就被其他人遺忘，只是在場的人無不為隱世子愛妻如命的行為感到震驚。

作為一個男人，哪個不是好幾個嬌妻美妾？堂堂一個世子，卻被自己的妻子管得死死的，沒有半點男子漢氣概，實在丟臉。

「妳有沒有事？」龍隱不放心的還是他的錦兒，因此等人群一散去，他就急切地問道。果然是不能離開她身邊，這才多大一會兒，就有人上門挑釁了。真不知道那些人腦子有問題，還是妄自尊大，目中無人！竟敢對他的妻子無禮，真是活膩了！

「咳咳。」二皇子不想讓氣氛太過尷尬，於是親自出來打圓場。招呼眾位賓客落坐之後，他便拍了拍手，示意舞姬可以開始表演了。

只見衣香鬢影之後，十幾位穿著透明輕紗、臉罩面紗的女子魚貫而出，扭著曼妙的身軀，妖嬈地踏進大殿之內。

那些官員瞪大了眼，沒見過這等撩撥人心的歌舞，不少人傻了眼，口水忍不住流了出來，朝廷命官的風範蕩然無存。

司徒錦瞥了對面的龍隱一眼，見他並無欣賞歌舞的意思，嘴角勾起一抹笑容。這二皇子的手段果然高明，居然用美人來試探朝中的官員，看來這場宴會並不簡單。

此時，姍姍來遲的五皇子，正巧扶著齊妃娘娘走進了大殿。

「參見齊妃娘娘、五皇子。」官員們見到他們，趕緊下跪行禮。

齊妃一如既往的慈藹，眉宇間神色從容淡然，並沒有因為二皇子的存在而產生任何不滿或嫉恨。

「都起來吧！」五皇子代為回應，讓眾人都平身。

二皇子見到五皇子和齊妃親自過來，臉上的笑意更深。他親自迎上去，恭敬地對著齊妃深深鞠了一躬。「給齊妃娘娘請安，娘娘萬福。」

「二皇子快請起。」齊妃虛扶了他一把，笑容可掬地打量了他一番，這才喃喃自語道：「果真和當年的姜妃有幾分像。」

聽見她這麼一說，不少帶著懷疑的朝臣頓時安了心。只不過，如此一來，不少人又思索了起來。按理說，有齊妃撐腰的五皇子勝券在握，可是這位二皇子突然現身，又極得皇上喜歡，看來他們勢均力敵，不太好選邊啊！

二皇子眼中隱約有淚光閃過，臉上也浮現出一絲傷感，似乎真的在悼念那死去的姜妃。那神色十分逼真，連司徒錦都差點兒被騙過去了。

若是仔細觀察，便會發現他藏在袖子中的手，狠狠地戳了一下自己的手掌心，那淚意便是這樣得來的吧？

看來，這位二皇子真的很會作戲，不是個簡單的人物。

「是我失態，讓娘娘笑話了。」二皇子強顏歡笑地與齊妃直視，表現得毫無破綻。

齊妃眼底閃過一絲不易察覺的冷戾，不過臉上的笑容依舊燦爛。「這些年來苦了你了。」

說完，她給了五皇子一個眼神示意。五皇子領會，便走上前去，將準備好的禮物奉上。

「二皇兄離開皇宮二十載，如今得以重逢，乃大喜。弟弟沒什麼本事，準備了一份小禮物獻給皇兄，望皇兄莫要嫌棄才是。」

二皇子接過那檀木雕刻的精美木盒，臉上寫滿了感激。「五皇弟的心意，真是令人感動。來人，將五皇子的桌子擺到首位。今日，我們定要不醉不歸！」

堂下的臣子們看著這兄弟倆一唱一和，都有些反應不過來。不過，有些眼力勁兒的已經看出，這兄弟倆表面上互相謙讓，但其實早就將對方視為眼中釘。大龍僅剩下這兩位皇子，將來皇位的繼承人，必定從二人中產生。

因此，他們既是兄弟，也是勁敵。

司徒錦對他們之間的戰爭沒多少興趣，反倒覺得有個領舞的妖嬈女子比較有趣。那女子模樣十分嬌媚，雖然看不清整個面容，但光是那一雙柔媚萬千、勾魂奪魄的眼睛，就能令所有男人魂牽夢縈了。

果不其然，不少的年輕公子都直直地盯著那舞姬瞧，完全沈迷在她的舞姿當中，不可自拔。

司徒錦不著痕跡地瞥了那舞姬一眼，發現她的眼睛始終在某個人身上打轉，頓時覺得不甚痛快。看來，即使隱世子嗜血冷酷的名聲在外，還是阻擋不了那些蠢蠢欲動的女人，居然當著這麼多人的面，做出這般勾當！

「唉唷」一聲，不知道出了何事，只見那名舞姬突然被什麼給絆住了，驚呼一聲，便朝著後方倒去，而她身後，碰巧是隱世子。

發現這一突發狀況的人，全都傻了眼。不少人是為這個舞姬擔心，畢竟隱世子可不是會憐香惜玉的人，想到剛才他打了溫尚書的女兒，勢必不會憐惜一個區區的舞姬。但有些人卻抱著看好戲的心態，想要看看這美人在懷，冷血無情的隱世子會有什麼反應，到底他對世子妃的真心有幾分，又或者，是有某種隱疾？

冷冷地看著周圍那些人的反應，龍隱在那舞姬碰到他之前，突然雙手借力連人帶凳子朝後退去。這千鈞一髮之際，他不但沒有伸出援手，還退避三尺，可見對女人多麼避之唯恐不及。

那舞姬眼看就要摔倒在桌子上，突然間，一雙手臂伸了過來，將她穩穩地接住。「姑娘，小心。」

那舞姬感激地望了那人一眼，正要開口道謝，那人卻將她往旁邊一丟，滿臉嫌惡地說道：「若是砸翻了世子爺的酒菜，妳可擔當得起?!」

那舞姬眼中的感激瞬間消失殆盡，臉上浮現蒼白之色。她不但沒能讓世子接住她，反而被一個痞子般的男人給耍了，真是可惡！想到主子交給她的任務，她不得不咬緊牙關，裝出可憐兮兮的模樣，眼含熱淚，想哭又不敢哭，看起來十分惹人憐愛。

「郡王這是做什麼?不憐香惜玉也就罷了，還惹得美人落淚，實在不應該！」被美人的眼淚打動，第一個站出來說話的，便是二皇子。

聽見二皇子開了口，不少喜歡美人的公子哥兒們也都紛紛指責起來。

「花郡王，這樣的美人你也捨得傷害，實在是有些過了。」

「是啊，瞧你把人家嚇得都不敢站起來了。」

「天可憐見，那姑娘該多麼委屈啊！這也不是她的錯，只不過一時的不小心嘛。」

「果然跟隱世子是同道中人，性子都那麼冷血！」

花弄影聽到這些話語，連眉毛都沒有挑一下。「二皇子，這就是你訓練出來的舞姬?連跳個舞都會摔倒，真真是沒用！」

不等二皇子反駁，他又繼續說道：「既然各位如此憐香惜玉，不如向二皇子討了她回去，豈不是更好！光會動嘴皮子，有什麼用?各位夫人，妳們說是不是?」

被花弄影這麼一番搶白，原本那些出口相助的公子全都閉了嘴，甚至其中還有幾個一臉驚恐地望著女賓方向那邊，生怕見到自家娘子那殺人般的目光。

很多男人嘴巴上的功夫了得，但是回到家裡，可都是膽小如鼠。有些人甚至畏懼妻舅一族的勢力，對自己的夫人言聽計從，不敢有半句怨言，若真讓這個美人進了府，那還了得？

因此，剛才那些人全都閉了嘴，岔開話題，不願意再提及此事。

花弄影很滿意自己製造出來的效果，笑嘻嘻地回到一旁的座位上坐好。而那個看起來楚楚可憐的舞姬，臉色更是蒼白如紙。

第一〇八章　別有用心

二皇子見場面尷尬，只得笑著解圍。「這些舞姬均是父皇宮中的樂坊訓練出來的，自然不差，想必是意外，意外……」

「原來是意外啊！這倒是，能夠進宮為皇上表演的，可都是百裡挑一的。不過，既然犯了錯，就必須要罰，豈能一句意外，就輕易地饒了過去？而且這舞姬還是在慶賀二皇子回朝的宴會上出了錯，這是對二皇子的不敬啊！」花弄影偏偏不想讓事情就這麼過去，沒有半點的惜花之意。

二皇子臉上的笑容僵了僵，卻沒有因此放棄自己的目的。「郡王說得極是。只是這些舞姬都是父皇的人，若是要處罰，也得稟明了父皇，再做定奪。」

說著，他給了舞姬一個示意的眼神，繼續說道：「本來是場令人歡喜的事，見了血腥也不太好，若是郡王和世子覺得心裡不舒服，那就讓此女敬二位一杯酒，當作賠罪吧！」

那舞姬款款地從地上爬起來，接過早有人準備好的酒水，嫋嫋地朝著花郡王和隱世子跪下，張口說道：「是媚娘無狀，驚擾了郡王和世子殿下。還請二位寬恕，飲下此杯。媚娘感激不盡！」

美人眼波流轉，光華無限，好似剛才那狼狽的「意外」不曾發生過一樣。

司徒錦在二皇子身上打量了許久，想要看出些什麼來。他如此維護一個舞姬，也太說不過去了，這其中到底有什麼蹊蹺？

龍隱是什麼人，豈會這麼輕易就原諒了那女子？他厭惡地撇過頭去，只當沒瞧見。

「花郡王，何必跟一個弱女子過意不去呢？還是喝了酒，大事化小吧！」

「是啊是啊，美人敬酒，怎麼能推辭呢？」

「世子殿下這點兒度量都沒有嗎？」

在座有不少與沐王府不對盤的世家，能夠給他難堪，自然不會放過這個機會，那些趨炎附勢之人，也都跟著附和。

花郡王把玩著手指上的扳指，冷笑著說道：「若是我們不喝了這杯酒，似乎就成了萬夫所指的罪人了呢！這到底是賠罪呢，還是在給咱們定罪？」

二皇子本想借著這個舞姬拉攏隱世子，畢竟他現在根基不穩，需要在朝廷上有個能倚重的人。儘管五皇子與隱世子交情不錯，但沐王府勤王有功，卻沒有公開站在五皇子這一邊，可見他們的態度。

這舞姬是他派人尋了許久才找到的一個絕色美人，但沒想到出師不利，還沒碰到他的衣角，就被嫌棄了。

不過，二皇子在心裡暗忖：莫不是因為這舞姬戴著面紗，故而隱世子沒看上眼？雖然隱世子與世子妃恩愛眾所周知，但他就不信，這天底下的男人，有哪個不好美色的！

二皇子又使了個眼色給那個叫媚娘的舞姬，那舞姬便故作傷心地抬起手來抹淚，不知怎麼的，竟然不小心將面紗給蹭掉了。當那面紗滑落時，一張驚愕的小臉頓時展現在眾人面前。她驚呼一聲，想要將面紗重新戴上，但那明豔的臉龐，卻已映入眾人眼中。

「果真是個絕世美人兒啊！」

「豔而不俗，清而不淡，傾國傾城！」

那些看癡了的男人，恨不得將此女占為己有。

當然，那些貴婦人就沒有那麼好的評價了。

「一看就是個狐媚子，就會勾引男人，哼！」

「可不是嘛，瞧那雙勾人的眼睛就知道了！」

「居然當著這麼多人的面勾引隱世子和花郡王，真是不知羞恥！」

司徒錦聽著這些議論，彎起嘴角笑了。事情真是愈來愈有趣了！這二皇子殿下如此袒護一個舞姬，原來是打的這個主意。還真是煞費苦心，找來這麼一個嫵媚動人的女子。如此美人，自然能迷人心志，只可惜，她的夫君不是那種貪戀美色之人。二皇子的心意，怕是要白費了。

「這……隱世子，如此美人，難道你真的不動心嗎？抑或是，真如外界傳說的那般，你懼內？」一個身著淡紫色衣衫，長得白皙如玉的年輕公子站了出來打趣道。

在座的聽了這番話，不少人都忍不住笑了。

懼內，對於男人來說，可是很丟臉的事情。美人在前，這隱世子還能不心動，要麼是定力好，要麼是忌憚世子妃，因此不敢看上一眼。

那人這麼一提醒，眾人便不禁朝著那方面去想了。

「哦？原來世子妃真是個善妒之人？」

司徒錦低垂著眼眸，沒想到這躺著也能中槍。

坐在她身旁的一位夫人，帶著狐疑的目光掃了她一眼，有些不敢置信。這樣一個相貌不出眾，僅有些才華的女子，真的能夠讓統帥三軍的隱世子，對她死心塌地嗎？莫說是這位夫人，大殿之上的人也沒幾個相信。

「這等難得的美人，世子卻視而不見，真真是可惜了。」那男子見世子不吭聲，又繼續說道。

龍隱瞥了那人一眼，不鹹不淡地說道：「趙郡王對她如此青睞，何不納入府裡？相信一個小小的舞姬，二皇子也不會捨不得。」

二皇子被點名，神色一凜，站出來說道：「媚娘可不是舞姬，是本殿請來的客人。她的曾祖父，可是前朝赫赫有名的威猛大將軍明覺遠。」

提到那明覺遠，眾人不由得讚嘆。那是一位戰功赫赫的武將，為人剛直不阿，很得先帝信任。明家一度成為朝中權貴，只可惜明老將軍過世以後，明家居然再也沒有出過一個能帶兵上陣的將軍，從此沒落。到了明家這一代的家主，也就是明媚娘的父親，只是一個專門管理祭祀事宜的芝麻小官。

剛剛花弄影責怪時，二皇子不說明這女子的身分，如今卻改口說這位明小姐是他請來的客人，那麼她扮成舞姬，便是別有用心了。一個官家小姐，如此放低姿態，到底是為了哪般？事情到這個地步，不少人心裡可是有了底。難怪那女子一上場，就拚命往隱世子身上靠。

這二皇子，原來也想籠絡沐王府啊！

眾人一邊這樣想著，一邊拿眼神在二皇子和五皇子身上瞄。看來太子剛倒臺，另一場腥風血雨又即將揭幕了。

龍隱仍舊沒有任何遷就的意思，就算這個女子不是舞姬，而是官家千金，也不代表他會另眼相待。

見隱世子沒有任何反應，二皇子便將注意力轉移到世子妃司徒錦身上。「都說世子妃是個知書達禮、事親至孝之人，斷不會像外界傳聞那般善妒。世子成婚已有大半年光景，卻無喜事傳出，世子妃難道就不心急？這王府子嗣最為重要，想必世子妃定能為了王府血脈，為世子納妾，是不是？」

大庭廣眾之下，這二皇子居然毫不避諱地說出這樣一番話來，看來是打定主意要往世子身邊送美人了。

眾人注視著世子妃的一舉一動，想要看她如何應對。不少愛慕隱世子的千金小姐，臉上的沮喪一掃而光，心中又充滿了鬥志。

若是世子妃肯讓世子收下這個美人，那麼她們以後也有機會進入王府，即使做個側妃或者妾室，那也是無上的光榮；若世子妃不答應，必定留下個妒婦之名，如此一來，便犯了七出之條，定會為世人所不容。到時候世子便會將她休棄，不管如何，這世子妃都輸了。

司徒錦抬眸，神情鎮定自若。她微微福了福身，不緊不慢地說道：「二皇子說得極是。只是，殿下也該明白，女子在家從父，出嫁從夫。這納妾之事，妾身也不止一次跟世子提過，但世子不願意，妾身也不能壞了綱常，讓世子爺不高興，是不？因此，就算是背上嫉妒的罵名，妾身也不願意令世子不開心。」

龍隱一直在關注著他的妻子，想要看看她如何反擊，沒想到她竟然用三綱倫常來說事。若是二皇子否定這一點，那就是承認女子能不以自己的夫君為尊，可以自作主張，如此一來，天下女子還不爭相仿效？那這天底下的男人，豈能振夫綱？都成了懼內的！

但若是贊同她的想法，又自打嘴巴！最後這個問題還是推回世子身上，轉了一圈又回到原點，說了也是白說。

二皇子臉色有些不好看，這隱世子夫婦還真是不好處理啊！

「世子怎麼說？這世子妃可是同意了，這位明姑娘可是個千嬌百媚的佳人，納進府裡，可是美事一樁啊！」

龍隱神色清冷，眼底閃過一絲陰狠。這二皇子居然敢逼他做不願意的事情，就不怕他翻臉不認人嗎？

大殿之內鴉雀無聲，都在等隱世子回覆。

五皇子和齊妃對望了一眼，眼裡盡是嘲諷和幸災樂禍。這二皇子簡直蠢笨到家，要拉攏隱世子，也不該如此苦苦相逼。誰都知道隱世子軟硬不吃，他這般作為，怕是惹惱他了。

果然，隱世子抬眸瞥了跪在地上，瑟瑟發抖的美人，薄唇輕啟，刻薄地回道：「區區一個小吏之女，也配進王府？」

聽到他這般回答，那明媚娘臉色大變。她一直自認為美貌無雙，任何男人見到她，都無法移開眼睛。縱然家道中落，她仍舊有著孤傲的性子，不肯屈居人下。後來二皇子派人將她接進宮裡，找最好的教習嬤嬤教她禮儀，又在舞技上多加培養，她也默默努力著，想要一鳴驚人，從此打入京裡的貴族圈子。

當初，二皇子挑選隱世子的時候，她早就打聽清楚了。這隱世子只有一位正妃，甚至連個妾室都沒有，因此她就動了心。可是沒想到，這世子居然連看她一眼都覺得多餘，怎麼能不教她傷心難過，羞憤交加?!

「臣女自知身分低微，配不上世子，但臣女不在乎名分，只求能夠陪伴在世子左右，即使為奴為婢，也心甘情願。」媚娘哭得梨花帶雨，好不動人。

頓時，那些護花之人，全都泛起一片憐惜之情，覺得這個女子實在太可憐了。如今她肯伏低做小，不求名分地跟著他，他還有什麼好推辭的？這樣的豔福，別人想都想不來呢！

「隱世子，你也別太挑剔了，她都不計較名分了，何不收了她？」

「是啊，明小姐這般不計較顏面，委身於你，已屬難能可貴……」

「是啊是啊……美人配英雄，相得益彰啊！」

不等有些人將話說完，就被世子的冷喝給打斷了。「很好……居然管到本世子頭上來了，真是夠膽啊！」

剛才那些在一旁說風涼話的，一下子全都嚇得閉了嘴，沒有人敢再多說一句。那挑起事端的趙郡王也忍不住被他冷戾的眼神給嚇得後退了一大步，再也不見剛才的膽識。

二皇子還要說些什麼，卻被五皇子給阻止了。

「二皇兄，今日你才是主角。來來來，大家敬二皇子一杯！」

有了五皇子的提議，眾人這才找回自己的聲音，一起舉杯為二皇子祝賀。「恭喜二皇子平安歸來。」

「多謝各位！」二皇子不好再計較，只得讓那些舞姬重新舞起來，端起宮女敬奉的酒水，一飲而盡。

「二皇子好酒量！」不少臣子又開始恭維起來。

那個叫明媚娘的女子，被宮女帶到女賓這一邊的座位坐下。很不巧的，她的位置，就在隱世子妃的身邊。

在她看來，這位世子妃不是個簡單的角色，能夠輕易擋了二皇子的好意，還用冠冕堂皇的說辭把二皇子給難倒了，的確不容小覷。

既然隱世子那裡行不通，她便打起了司徒錦的主意。「世子妃不愧是端莊賢淑的典範，難怪能夠得到世子全心全意的愛護，真教人羨慕。」

緞兒站在司徒錦的身後，不屑地瞥了這位明小姐一眼。這個女人還真是不知好歹，居然當眾勾引世子爺！瞧那狐媚子樣，一看就不是個好東西！

「世子妃，別理她。也不看看自己是什麼身分，竟敢隨意攀交，自不量力！」緞兒小聲地在司徒錦耳邊說道。

司徒錦也沒打算理會這個女子，畢竟她剛才那般不知廉恥地願薦枕席，實在太沒有教養，與她說話，有失身分。

更何況，她是堂堂沐王府世子妃，而明媚娘不過是個落魄千金，沒資格與她平起平坐。想到那二皇子的安排，司徒錦不禁搖頭。這個二皇子看起來雖然厲害，卻沒腦子，根本不是五皇子的對手。

明媚娘見司徒錦連瞧都沒有瞧她一眼，心裡更加不舒服。今日她已經豁出去，連臉皮都不要了，但那隱世子卻沒有一點兒想要納她入府的打算，這教她如何在京城立足？想到這裡，她故意提高聲音，說道：「世子妃，剛才都是媚娘魯莽了，還請您原諒。小女子敬世子妃一杯。」

說著，她也不管司徒錦如何反應，逕自將酒喝下了。

司徒錦因為懷了身子，故而滴酒不沾，但這個女人一再欺負到她頭上，真是死不悔改。她是太過自負，還是沒有腦子？惹怒了她，可對她沒有半點兒好處。

這時候，女賓們的視線全都聚集到了這裡，一個個屏氣凝神，想要看看司徒錦如何應對。能夠出席這場宴會的，都是出身高貴的名門之後，也只有作為嫡子女和正妻的人，才有這個資格坐在這裡。

身為正室的夫人，對司徒錦都是半羨慕半同情。面對一個樣貌壓自己一頭的女人，這件事放到她們身上，也一樣難以忍受。

不過，這些貴夫人和千金小姐們也有不少想要看好戲。畢竟長年在深閨大院裡，難得出來走動走動，有這樣的精采戲碼，她們豈能錯過？

「不好意思，我們世子妃不能飲酒。」早在司徒錦出聲之前，緞兒就已經替她做了回答。

如今主子的身子可貴重著呢，哪裡能聞得半點酒味，這女人還真是討厭得緊！緞兒惡狠狠地望著她，雙眼都要冒出火來。

「世子妃身子不適嗎？抑或是不肯原諒媚娘？」明媚娘以為她是故作高貴，想要給她難堪，故而更逼近一步。

坐在對面的隱世子見這個女子居然跑去糾纏他的妻子，眼底閃過一抹狠戾。花弄影瞧見那冷面閃過的殺意，不由得幸災樂禍。

那個叫明媚娘的，估計活不過今晚了。

「明小姐，妳也別太咄咄逼人。世子妃不想喝酒，還需要向妳解釋不成？妳又是什麼身分，居然敢一再對世子妃無禮？」緞兒是個直性子，說起話來毫不拐彎抹角。一席話說出來，立刻激得明媚娘滿臉通紅。

她的身分的確是上不得檯面，但因為有二皇子在背後支持，她膽子才越發大了起來。在她看來，二皇子是皇上的兒子，比一個王府世子要高貴許多，隱世子再有權勢，也不能越過皇子。所以，她才有膽子做出這樣一番舉動來。

可惜的是，她的眼皮子太淺了，只看到了表面，卻沒有對時局做出仔細的推敲。沐王府的勢力，可不比一般世家大族，沐王爺是當今皇上的兄弟，而且是一母同胞的親兄弟，經過那麼多風風雨雨，沐王府依舊屹立不倒。

更何況，沐王府的王妃，與五皇子的養母齊妃娘娘，可是表姊妹，有這樣一層關係在，沐王府的根基就更加穩固。放眼這後宮，如今后位空虛，後宮裡最有權勢的娘娘，就只剩下齊妃一人。這樣的格局，難道看不出什麼來嗎？

「妳又是個什麼東西，主子們說話，哪裡有妳說話的分！」明媚娘眼睛一斜，就當面教訓起世子妃的奴婢來了。

緞兒想要反駁，卻被世子妃給攔住了。

司徒錦本不想理會這個無禮的女人，但總不能一味任她欺負自己。可是，她覺得跟對方講道理實在太過費神，乾脆假裝頭暈，身子朝後面倒去。緞兒驚呼一聲，伸手將司徒錦給扶住。下一刻，一道高大的身影便出現在司徒錦身邊。

「將這個藐視皇室的女人給我拉下去，杖斃！」敢動他的妻子，簡直不知死活！

一聲令下，不等二皇子反應過來，便有兩個侍衛打扮的男子從外面進來，一把將明媚娘拽住，往宮門外拖去。

「殿下，殿下救命啊……」明媚娘見大事不妙，便向二皇子求救。

二皇子龍吟見隱世子越過自己，將自己的人給處置了，臉色頓時有些沈。「隱世子，不知道明小姐犯了什麼錯，你竟然要將她杖斃？」

「哼！口出狂言，對世子妃不敬，藐視皇室，這些難道還不夠嗎？二皇子一再縱容這個寡廉鮮恥的女人，到底是何用意?!」龍隱將司徒錦抱在懷裡，一雙鷹隼般的眼睛隱含殺機。

龍吟想要說的話，全都卡在喉嚨裡，半晌發不出聲來。

今日之事，那個明媚娘的確做得有些過了，但這個隱世子，未免小題大作。

「隱世子，所謂打狗也得看主人！那明小姐是本皇子的客人，你這樣處置了她，不是打本皇子的臉嗎？」二皇子拿出皇子的威儀，厲聲喝道。

那明媚娘雖然是個不重要的角色，但好歹是他的人，不管出於何種原因，他也要保下她，不然他的威嚴何在？

「二皇子這是故意要與本世子為難了？」龍隱的聲音很冷，冷得讓人汗毛都豎了起來。

不少人都收起了看戲的表情，生怕受到牽連。

倒是花弄影，不緊不慢地走過來，扶住二皇子的肩膀，故作親近地說道：「我說二皇子，你不知道沒關係，這隱世子可是個愛妻如命的傢伙。如今世子妃可是有孕在身，那個不要臉的女人欲危害王府的子嗣，殺了她已經算是便宜了。」

慢慢說出世子妃懷了身子這個消息，不少人都驚愕得合不攏嘴。尤其齊妃和五皇子聽到這個消息，都忍不住起身，圍了上來。

「花郡王，你是說……隱世子妃有喜了？」齊妃興高采烈地走過來，臉上的笑容有著抑制不住的歡喜。

五皇子臉上的神情很複雜，但還是很替隱世子高興。

畢竟從小一起長大，比起那些有血緣關係卻冷漠無比的親兄弟，他們之間的關係更加濃厚。隱世子有後，他應該為他開心。

「恭喜你，隱世子！」

「恭喜恭喜！」

不少親近五皇子和隱世子的官員，全都上前來恭賀，而剛才還以子嗣問題來為難司徒錦的二皇子，也勉強擠出一絲笑容，拱了拱手。「難怪世子會動怒，原來是為了這個。真是要恭喜世子，沐王府有後了。」

這時候的他，再也張不了嘴為那個明媚娘求情了。

明媚娘在得知世子妃有了身孕之後，臉上的恨意更甚。她哪一點比不上那個司徒錦，憑什麼司徒錦可以當上世子妃，而她這般傾國傾城之姿，只能低聲下氣任人擺布。她真的很不甘心！

「放開我，你們放開我！世子妃，妳就不為妳肚裡的孩子積福嗎？造了殺孽，妳就不怕生出來的孩子沒福氣嗎？」眼看著就要被拖走，明媚娘急了，也顧不得形象，大聲嚷嚷起來。

「閉嘴！將她的嘴堵上，若是再讓本世子聽到一句，提頭來見！」龍隱忍無可忍，那女子死不悔改，還詛咒他的孩兒，該千刀萬剮！

「不……不！我不想死……」明媚娘掙扎著，但畢竟力氣有限，哪裡是那些侍衛的對手，她很快就沒有了聲音。

那些侍衛可都是隱世子一手栽培出來的，對他的話言聽計從。更何況，這個女子先是行狐媚之事，公然勾引世子，又對世子妃不敬，害得世子妃怒氣攻心，傷了身子，這教他們如何能夠饒恕這個女人？

連拖帶拽，明媚娘被帶到一個僻靜之處，開始處刑。

杖斃這樣的刑罰，是生生將人打死。這些侍衛也不手軟，即使面前是一個嬌滴滴的大美人兒，他們也不會皺一下眉頭。

一陣噼哩啪啦的杖刑之後，明媚娘這個貌美傾城的女人還來不及綻放自己的光彩，就被打死了。她的死相極為恐怖，一雙眼睛瞪得老大，似乎有天大的冤屈。然而，她不過是個芝麻小官家的小姐，沒權沒勢，也不會有多少人為她求情。

即使是那二皇子，為了不得罪世子爺，也只能放棄她這麼一顆棋子。而那些被她美色所迷惑的人，也只能感慨紅顏薄命，沒有人敢站出來。

第一〇九章　皇子選妃

明媚娘的死，在最初的轟動之後，便無人問起。畢竟京城裡像這樣的事多了去，也不差這一樁。如今，京裡最受關注的，便是兩位皇子的婚事了。

兩位皇子已屆適婚年齡，府裡除了幾個侍妾，都未娶正妻。因此皇上發了話，要在京城的名門貴女中，為他們倆選妃。那些想要攀高枝的人家，自然是急著奔走，想盡各種辦法，要把自己的女兒送進宮去參選。

這日，司徒錦正用完早膳，突然有丫鬟來報，說是舅夫人來了。司徒錦以為是江家的舅母，忙讓丫鬟請了進來。可是當丫鬟們將人請進了屋子內，司徒錦才發現自己弄錯了。

「給世子妃請安。」一個雍容華貴的貴婦在丫鬟們簇擁之下，低眉順眼地給司徒錦請了安。

司徒錦眉頭微蹙，望了那進來稟報的霞兒一眼，似乎有些責備。「丞相夫人……不，通政司夫人，怎麼有空來了？」

以前高高在上的丞相大人，因為嫁了周悅熙這個女兒進太子府，受到牽連，被連降幾級，如今官居五品的通政司參議。原本丞相一脈也是要被逐出京城的，但因為周氏一族在京裡的勢力很廣，若是輕易剷除，會動搖人心。因此皇上幾經思量之後，便將丞相一家子保了下來，降了個五品官，算是懲戒。

如今這通政司夫人找上門來，還是以她舅母的身分而來，怕是有事相求吧！

「娘娘原先的嫡母也是周家的女兒，聽說娘娘有了身子，老太君便想要過來探望，可惜身體一直不適，妾身便自作主張上門來了。」周夫人儘量克制著不甘的情緒，生怕得罪了這位貴人。

以前那個不被她放在眼裡的小小庶女，如今的身分卻比自己高了不止一階、兩階，這樣的反差，怎麼能讓人平心靜氣地接受呢！

司徒錦打量著眼前這位依舊打扮得美麗的夫人，心想道：周家已經沒落至此，為何還能有這樣的華麗衣服可穿、金銀首飾可戴？

司徒錦不知道的是，這身打扮已經是周夫人的全部家當了。當初被貶的時候，府裡不少下人因為怕被連累，捲走了不少好東西逃之夭夭。即使後來重新獲得官職，也免不了四處打點，花了不少銀子，如今周府也只剩下一個空殼子了。

周夫人身上這些首飾，還是娘家姊姊可憐她，周濟給她的。

「夫人有心了。」司徒錦並沒有多少熱情。

畢竟沒有血緣關係，司徒錦根本沒必要親熱，而且那周家的人害得她們母女受了多少苦，她可是記得清清楚楚呢！只是，周夫人如何能進得了這慕錦園？想必在她身邊的丫頭身上花了不少心思吧！

想到這裡，司徒錦望了霞兒一眼，不再開口。

霞兒被司徒錦的眼神掃到，不由得心驚。原本她都還未得到主子全心全意的信任，如今還將周家的人放了進來，怕是更令主子厭惡了。其實她也沒想到來的人會是周家的舅夫人，是前院交好的雪兒跟她說舅夫人來了，她也沒有多問，就讓人將她放進來了。

「世子妃，都是奴婢的不是。奴婢不知道來的是……請世子妃處罰！」霞兒嚇得滿身冷汗，不斷打量司徒錦的反應。

「給妳傳話的，是誰？」司徒錦並沒有責備她，反而問起了那個關鍵人物。

霞兒將今日的事情講了一遍，司徒錦便明白了。這是外院的人收受了人家的好處，鑽了空子呢！說起來，霞兒錯就錯在沒有核實清楚，就將人放進來了。

周夫人見司徒錦只顧著教訓丫頭，將自己冷落到一邊，手裡的錦帕差點兒抓出一個洞來。但礙於她世子妃的身分，她又只能隱忍，不敢發作。「世子妃快別怪霞兒姑娘了，是妾身要來打擾世子妃的，與她無關。」

霞兒見周夫人替她求情，臉色更難看了。「不，都是奴婢的錯，奴婢願意接受處罰！」

司徒錦抬起手，打斷了她們的話。「緞兒，我口渴了。」

緞兒應了一聲，狠狠地瞪了那霞兒一眼，這才去廚房端銀耳羹去了。

司徒錦瞥了那霞兒良久，終於發話了。「起來吧，去廚房看看替母妃準備的清蒸鱸魚好了沒。若是好了，就送到芙蕖園。」

霞兒先是一愣，繼而喜不自勝地站起來，福了福身，出去了。

這兩個丫頭一走，屋子裡就剩下春容和杏兒服侍。司徒錦也不跟周夫人廢話，單刀直入地問道：「夫人大老遠地過來，不僅僅是為了來看望本妃吧？」

司徒錦慵懶的聲音響起，總算是替周夫人解了圍。

周夫人臉上的神色立刻緩和，一番恭維之後，便說明了來意。「二皇子選妃的事情，世子妃想必也聽說了。妾身是想，周家有幾個適齡的女孩兒，模樣長得還不錯，若是娘娘不棄，給她們一些恩典，讓她們能進宮參選。將來若是有福氣，跟了二皇子，必定對娘娘感恩戴德，唯馬首是瞻！」

這話說明白點兒，就是想要藉由她的舉薦，將周家的姑娘弄進二皇子的府邸。如此一來，周家便有了個靠山，日後東山再起，也不是難事。

司徒錦其實真的很想笑。周家這一次，又打算站在二皇子這一邊了？按理說，五皇子才是真正有勢力的皇子，那二皇子不過是一時得寵，卻沒有多少實權，在這個時候攀上二皇子，實在是不怎麼明智。

不過，經過上一次的事情，周家似乎學乖了一些。太子當時的勢力不也是一手遮天，結果落得什麼下場？如今，他們倒是不敢太過出頭，只想攀上二皇子，倒也有些道理。但是，將來若是五皇子得了天下，他們的升官夢怕是要落空了。

「夫人家的女兒，自然個個都好。」司徒錦停頓了一下，繼續說道：「只是這次你們想要結交的是二皇子，本妃並沒有什麼說話的地方。若是五皇子，我倒可以去求求齊妃娘娘，這二皇子嘛……」

那話裡頭的意思，自然是無能為力了。

周夫人咬著牙，在心裡將司徒錦罵了不知多少遍。以沐王府的勢力，要弄幾個秀女進宮有什麼難的，居然找了這麼個冠冕堂皇的理由！

「娘娘太謙虛了。誰不知道，這沐王府可是大龍頭一份的股肱大臣，深得皇上和眾位朝臣信任。這點兒小事，不就是娘娘一句話而已？將來，宮裡有自家姊妹幫襯著娘娘，不是更好嗎？」周夫人不肯輕易甘休，繼續遊說道。

司徒錦微微閉眼，覺得有些累了。

春容見到此種場景，便替主子回道：「娘娘昨兒個夜裡沒怎麼睡好，這會子怕是睏了。通政司夫人改日再來吧！」

周夫人捏了捏手裡的帕子，極不情願地起身，說道：「既然娘娘倦了，就快回床上躺著吧。妾身多有打擾，實在罪過，先行告退，改日再來拜會。」

司徒錦對杏兒吩咐道：「送周夫人出去吧。」

杏兒應了一聲，便笑著請周夫人出去了。

周夫人走沒多久後，緞兒便從廚房回來了，過了一陣子，霞兒也從芙蕖園回到慕錦園。

此時緞兒再也忍不住，訓斥起霞兒來。「妳怎麼做事的，什麼人都敢放進來！妳不是不知道那周家是什麼人，居然連通報一聲都沒有，就將人領了進來！妳可知道周家因為太子一事獲罪，這樣不小心，是不是想連累咱們王府？真是氣死我了！怎麼有妳這麼笨的丫頭?!」

司徒錦聽著緞兒教訓霞兒，也沒有多說一句。霞兒做事，的確欠缺一些謹慎，緞兒罵她幾句，也是應該的。

「好了，以後注意些就是了。」自懷了身子，司徒錦的心腸便綿軟了一些，不似以前那般狠硬了。

霞兒磕頭謝恩之後，便哭著下去做事了。

跟她一起做事的春雨，瞧她哭得傷心，便上前去勸道：「妳這般是做啥？夫人如今可是有了身子，可見不得啼哭。這次的確是妳疏忽了，下次小心一些不就好了？要是夫人聽見，心裡又該不舒服了。」

「春雨姊姊，我也不知道來的會是周家的人啊！都怪雪兒那丫頭，沒說明白，讓我背了黑鍋呀！」霞兒一邊拭淚，一邊埋怨道。

春雨一愣，繼而臉色一沈。「妳沒事跟那個雪兒交好做什麼？西廂那邊的人，都不懷好心！妳有沒有腦子？難怪會出這麼大的錯！」

「雪兒平日對我不錯，還時常跟我說大夫人如何如何對她不好，又送了我不少東西。我想著她人很善良，所以才……嗚嗚……」想到被主子責怪了，霞兒就哭得更傷心了。

「一點兒小便宜就讓妳放鬆警戒了，真是活該！也不動動腦子，別人說什麼就信什麼。

這樣愚笨，夫人如何能夠放心妳在身邊服侍？緞兒姊姊跟春容姊姊都到了該放出去的年紀，夫人身邊到時候沒人伺候，肯定會提拔下邊得力的。妳這一犯錯，如何能夠升上大丫鬟？唉……妳好好想想吧。」春雨勸導了一會兒，便出去忙活了。

霞兒委屈地哭了一陣，好不容易止住了眼淚，這才又出去做事。

第一一〇章　攀權附貴

這一日，隱世子上朝之後，司徒錦便拿出絲線來，繼續為那未出世的孩兒縫製衣裳。上一世，她尚未出嫁就已經身首異處，沒想到這一世，她不但嫁了人，還是個絕世好男人，如今更懷了身子，想起來真是感慨萬千。

「夫人，這些交給奴婢們來做就好了，您好生歇著吧，免得累著了。」春容見她精神有些不濟，便搶下她手裡的活兒。

司徒錦帶著慈母的光輝撫摸了一下肚子，笑道：「不就是做幾件衣服嗎，哪裡會累著？」

「爺可是吩咐過了，夫人若是不聽，等爺回來收拾您！」跟著綴兒久了，春容這些丫頭也會說些話來調侃主子了。

司徒錦臉色微紅地低下頭去，啐了她一口道：「真真是沒規矩，居然欺負到主子頭上來了！」

「奴婢也是為夫人的身子著想。」春容依舊笑著，沒有絲毫畏懼。

早就知道夫人仁慈心軟，自然不會輕易處罰她們，所以幾個丫頭膽子越發大了起來。

司徒錦無奈地嘆了口氣，只好放下針線，交給丫頭們去做。

「夫人，舅夫人過來了。」緞兒笑著從外面走進來，臉上滿是笑意。

聽到「舅夫人」三個字，司徒錦還有些心有餘悸，但看到緞兒興高采烈的樣子，這才安下心來。「快請！」

不一會兒，江夫人就在丫鬟們的引領下走了進來。「妾身給世子妃請安了。」

司徒錦坐在軟榻上，見到大舅母前來問安，立即抬了手，讓丫鬟們將她請入座。「大舅母太客氣了。春容，上茶！」

春容乖巧地退下，將王府用來招待貴客的華頂雲霧端了上來。

「王府的東西，果真不一樣。」江大夫人抿了一口，讚許道。

「看大舅母說的！大舅生意做得那麼大，還能缺了這些個東西不成？大舅母就是謙虛，這是給錦兒面子呢！」司徒錦知道這位大舅母沒別的不好，就是喜歡聽好話，所以也沒吝嗇，誇獎了一番。

江大夫人假意推辭了一番，這才進入主題。「聽說世子妃娘娘懷了身子，妳大舅父一直催促妾身過來看望，只是近日忙於府裡的事情，今兒個才得了空。」

說著，便讓身後的丫鬟將禮物奉上。「這是大舅父和大舅母的一點心意，希望世子妃娘娘不要嫌棄才好。」

司徒錦客套了兩句，說道：「哪會呢！讓大舅父和大舅母破費了。」

給了緞兒一個眼神示意，緞兒便心領神會地接下禮物，然後又從司徒錦的妝盒裡挑了一樣鑲嵌著寶石的貴重首飾，遞給了江大夫人。

「唉唷，這怎麼擔當得起！」江大夫人一看那釵子，就知道價值連城，而且還是皇家御用之物，臉上的笑意就更濃了。

「大舅母快些收著吧，禮尚往來，應當的！」司徒錦倒也不在乎那些首飾，反正本來就是用來送禮的。

江大夫人將東西收好，又誇讚了幾句。

司徒錦聽說江紫月最近在議親，不免多問了一句。「紫月妹妹也快及笄了吧？」

「可不是嘛，再過兩個月就及笄了。」提到自己的么女，江大夫人一臉自豪。最近上門提親的人可多了，裡面不乏有些京城的名門貴族，這讓她大大的風光了一回。想著自己只是商賈之家，卻能攀上權貴，心裡自然是欣喜不已。

只是，近來皇上為兩位皇子選妃，又讓她多了一些別的心思。那些權貴雖然好，但哪能跟皇族相比！若是自己的女兒能夠嫁給皇子，即使不是正妃，側妃也行，將來不管是誰繼承皇位，都是大有好處。

所以，她今日上門來探望，有一半也是為了這件事。

見江大夫人動了動嘴皮子，卻沒有吭聲，司徒錦便知道她有些話不方便講。於是將屋子的丫頭都打發了出去，只留下緞兒一人貼身服侍。「大舅母有什麼話就直說吧，這裡沒有外人。」

江大夫人抿了抿嘴，這才小心翼翼試探著問道：「聽說……皇上要為兩位皇子選妃，此事可是真的？」

司徒錦眉頭微微一動，但依舊保持鎮定。「自然是真的。」

「那……兩位皇子，可有什麼要求？」她的意思是商賈之家能否參選。

司徒錦淡淡垂下眼眸，想著要怎麼說才妥當。畢竟，嫁入皇室之人，身分、地位必定要有個樣兒才行，雖然母舅一族現在也算躋身權貴行列，但與那些世家大族相比，差了不止一點、兩點。

「大舅母也知道，錦兒一直待在王府後院，很少在外面走動，對於具體的選妃情形，也不是很清楚。不如這樣吧，等世子爺回來之後，我幫您問問。」她的回答很巧妙，既沒有直接拒絕，也沒有明白回答，算是模棱兩可。

江大夫人也知道這些事情不該拿出來講，但為了女兒能夠嫁得風光，她才覥著臉來探探口風的。既然司徒錦這麼說了，她也不好繼續追問下去，說笑了兩句，便找了個理由打道回府了。

等江大夫人一走，司徒錦便覺得有些累了。

她沒想到兩位皇子的選妃，竟然讓舅父他們也動了心思。若不是二舅家的紫嫣表姊已經許了人，怕是也要送進宮裡去吧？

雖然她也希望母舅一族能夠強盛起來，但若是靠聯姻來達成目的，就不是她所樂見的。

畢竟有幾個人能像她這般嫁個好郎君，而婆母和公公又能包容兒媳的？不管嫁給二皇子或五皇子，都不見得會幸福，何必白白犧牲表姊妹們呢？

想到這裡，她不由得搖了搖頭。

緞兒見她若有所思，便上前勸道：「夫人不必操心這些事情。大舅夫人也真是的，居然想要攀上皇親，真是太自不量力了。」

司徒錦聽了她這話，倒是挺贊同，不過想到那二皇子，她就有很多疑惑。一，二皇子給她的印象非常不好，當著那麼多的人，竟要硬塞給自己的夫君一個女人；二，他不夠聰明，居然敢得罪大龍最有權勢的沐王府，簡直不知死活！這樣愚蠢的人，豈是那個能將京城攪和得天翻地覆的人中龍鳳？

不過，那二皇子是個什麼樣的人，司徒錦倒是不關心，只要他不欺負到沐王府頭上來，就沒必要跟他計較。光是五皇子，就夠他應付了，她倒樂得自在。

過了一會兒，芙蕖園的丫鬟們送來一些補品，說是王妃親自挑選的。司徒錦笑著接納了，然後讓緞兒打賞了一些碎銀子給那幾個丫頭，讓她們過去傳話。「我身子不適，沒能服侍母妃左右，妳們做奴婢的，可要多用一些心。母妃的身子剛好，記得叮囑她不要吃生冷的食物，還有，府裡的事務繁忙，一定要記得好好休息，千萬別再累著。」

因為她懷了身子的關係，王妃不得不又將管家的事給擔了起來，她的身子也不太好，若是累著就不妙了。

丫鬟們謝了恩，回去如實地向王妃稟報。沐王妃笑著點頭，稱讚道：「世子妃果真是個貼心的人兒。」

珍喜在一旁附和道：「可不是嗎？小姐現在可以安心享福了，將來含飴弄孫，不知道多快活！」

想著王妃孤苦了大半輩子，總算盼到這樣的好日子，珍喜心裡也替她高興。如今王爺乾脆搬到芙蕖園，整日沒事就纏著王妃，對西廂那邊完全冷淡下來，即使是翔公子也不得他待見了。

說起來，有些事情，珍喜也是摸不著頭腦。

王爺的態度從中秋那天王妃出事以後就有了極大轉變，究竟是什麼原因呢？

「珍喜，世子妃懷上了孩子，妳說我要不要去寺廟裡燒炷香，為那未出世的孫子祈福呢？」沐王妃整日待在府裡，都有些倦了，出京城去順道散散心也好。

珍喜知道王妃心裡依舊有個念想，一直未能放下，於是對她這個提議很是贊同。「出去走走對身子也好。不若，就去京郊的古佛寺吧？聽說那裡求的籤特別靈。」

這京城附近，香火最旺盛的並非古佛寺，但珍喜這麼說，有她的用意在。

沐王妃點了點頭，便吩咐丫鬟們準備起來。

翌日，沐王妃一早就起來。交代了鍾管家打理府裡的事務，便帶著珍喜和幾個小丫頭，去了古佛寺。王爺下朝回來，逕自去了芙蕖園，正打算進屋與王妃說說話，培養培養感情，卻聽說王妃出門去了。

「王妃去了哪裡？」沐王爺覺得很是驚訝。他的王妃可是個大門不出二門不邁的大家閨秀，怎麼突然想起來要出門呢？

丫鬟低眉順眼地答道：「回王爺的話。王妃娘娘帶著珍喜姑姑，去寺裡給未來的小世子燒香祈福去了。」

「去哪個寺廟？」沐王爺漫不經心地問了一句。

那丫頭仔細回憶了一遍，眼睛一亮，說道：「聽珍喜姑姑說，是去古佛寺。」

「古佛寺」三個字一出口，沐王爺原本散漫的神情立刻變了樣，只見他臉色肅穆，看起來十分嚇人。猶豫了半晌之後，沐王爺便衝了出去。

第一一一章　再逢古佛寺

古佛寺的大門口，只有幾個僧人在打掃庭院，來往的人也十分稀少。

沐王妃在珍喜攙扶下從馬車裡下來，當看到那熟悉的景象時，不由得紅了眼眶。這裡跟當年幾乎一模一樣，沒什麼太大的變化，只有年華老去、心裡悽苦的她。

「小姐，咱們要進去嗎？」珍喜知道王妃心裡難受，因此徵詢她的意見。

沐王妃無聲地點了點頭，一步一步朝著那臺階走去。寺裡的僧人見來了貴客，便去通知住持。不一會兒，一個白鬍子老僧人親自出來迎接。「阿彌陀佛，貴客臨門，老衲有失遠迎，罪過罪過。」

「智明大師，別來無恙？」沐王妃見到那位鬍子都白了的僧人，親切地問候道。

沒想到這素未謀面的夫人，竟然認得自己，住持心裡很是驚訝，卻沒多說，只是笑著迎上去，將她請進了寺裡。「施主遠道而來，可見心意真誠。」

沐王妃但笑不語，與住持飲了一杯茶，這才開口問道：「大師真的不記得我了嗎？」

智明大師仔細瞧了瞧這位夫人，覺得面生得很。即使眉眼處有些眼熟，但卻不認識，便老實答道：「老衲確實不認識施主，請問如何稱呼？」

「大師可記得，二十年前，曾有位小姑娘在寺裡寄居了三年？」沐王妃見他想不起來，便主動提醒。

說起二十年前的事，智明大師倒是想起來了。「原來是……一晃眼二十年過去了，沒想到還能見到施主！只不過妳的相貌倒是變了不少，老衲都認不出來了！」

珍喜在一旁捂著嘴，笑道：「大師認不出我家小姐來，連我也不認識了嗎？」

聽見那俏皮的強調，老和尚靈光一現，說道：「小喜，是妳？」

「可不是嘛！虧得大師還記得我！」珍喜在這寺院裡陪了主子三年，自然也與這裡的人相識。這位方丈當時對她們主僕甚是關照，因此他們對彼此也頗為熟悉。

「丫頭，妳的變化也不小，不仔細辨認，還真認不出來呢！」智明見到故人來，開懷不已，說起話來也沒那麼死板了。

在一旁服侍的小僧人都望著這兩位遠道而來的客人，隱約感到好奇。看她們的衣著不俗，談吐不凡，想必是京裡的貴夫人一流吧？

「大師也會笑話人了嗎？我哪裡還是當年的小丫頭，已經是老姑娘了！」珍喜不由得感嘆，歲月不饒人啊！

三人說笑了一番，方丈就為她們安排好了廂房，自己則帶了弟子去誦經了。

沐王妃回到當初寄居的客房，心裡浮現無數的回憶，說不清的酸楚。她有二十年不曾再來過這裡，但這屋子裡的擺設，卻絲毫沒有改變，彷彿她從不曾離開過。

「小姐，這裡……」驚訝的不止她一個，珍喜也是萬分錯愕。

這裡，不可能二十年一直保持不變！這是王妃心裡的第一個念頭。撫摸著屋子裡的桌椅、梳妝鏡，還有那些她曾經用過的器皿，無一不感到震撼。「竟然一模一樣，絲毫不差！」

沐王妃對眼前的一切不敢置信，往事又一幕幕從眼前滑過。她雙手顫抖地打開衣櫃，赫然發現裡面居然還有一些衣物。

她輕輕將那些衣物取出，仔細拿在手裡察看，愈來愈感到迷惑，疑團也愈積愈深。

他，是不是來這裡找過她？

想到以前的情郎，沐王妃心裡又是一陣悸動。這些衣物，都是當年他穿過的袍子，雖然已經顯得有些老舊，可是那一針一線，都是她親手縫製的，怎麼會有差？

當年他一聲不吭就走了，沒有絲毫音訊。她著急過、憤怒過、絕望過，也怨恨過，可是那都比不上一日多過一日的思念。後來，她也嫁了人，從此與他天涯兩隔，不復相見。

撫摸著那些舊衣物，沐王妃的眼淚不由自主地流了下來，滴落在顫抖不已的掌心。

「小姐，別再為這些事不開心了，您千萬要保重身子呀！您有王爺，有世子、世子妃，還有未出世的孫子，您得往前看……」珍喜知道她又陷入了傷心的往事中，不忍心她這樣下去，只得好言相勸。

沐王妃不是不懂這個道理，她只是不甘心！

她想要得到的，並非那一份逝去的感情，而是一個解釋。他當初為何會不告而別，為何連見她最後一面都不肯？到底發生了什麼事情，讓他捨棄了她，任由她從此活在煎熬中？
那個姓許的男人，到底是何方神聖？他的出現和失蹤都如此突然，一切彷彿從未發生過。他就像是個謎，永遠躲在雲霧裡，不真實也看不清。
她苦等了他那麼多年，一顆心早就死去，那份感情也在日積月累的內院鬥爭中消失殆盡。如今剩下的，只有千瘡百孔、傷痕累累的記憶。
「小姐……」眼看王妃的身子虛軟地滑至地面，珍喜驚呼一聲，趕緊過去將她扶起。
就在此時，門外傳來一陣急促的腳步聲。珍喜微微一愣，繼而走到門口，想要將那無禮之人給打發走。
當見到來人的那一刻，珍喜忽然也變啞巴了。她張了張嘴，卻始終沒有叫出聲來，顯然她是受了很大的驚嚇。
「珍喜？」沐王妃見她良久沒有出聲，以為她出了什麼事。
畢竟這裡比較荒涼，人煙稀少，若是真的有歹人闖了進來，那可就不妙了。
然而，回答她的，不是珍喜，而是一道冷冷的男聲。「我的王妃，妳怎麼在這裡？」
王妃聽到這聲音的那一刻，也瞬間呆住了。
她沒想到王爺居然會追上來，而且從臉色上看，他似乎非常憤怒！他到底為何如此生氣？她又惹到他了嗎？
這些日子以來，她的心也稍微鬆動了一些。他畢竟是她的夫君，近來又對她頗為體貼，可如今又恢復了這樣的怒目相視，教她真是難以適應。

「王爺，小姐是過來為小世子祈福的，您……」珍喜見王妃嚇得臉上失去了血色，便上前來替她解釋。

沐王爺將珍喜一腳踹開，上前死死地握住王妃的手腕，喝道：「說，妳怎麼知道這個地方的？」

對於這個問題，王妃也不知道該如何回答，難道要告訴他，這裡曾經是她待過三年的地方？她手裡的衣物，是她曾經心儀的男子的舊物？不，她絕對不能承認，否則，她的兒子要怎麼自處？若是王爺一發怒，連累其他人，那就不妙了。

「王妃，妳還沒有回答我呢！」沐王爺看著這個素來安靜認分的女子，眼裡閃過一絲不忍和狠戾，兩種矛盾的心情糾纏著，此起彼伏，不分上下。

他因為覺得愧疚，故而對王妃寵溺起來，想要彌補過去的錯誤，但想到這個女人竟然一聲不吭地跑到這個他心中記掛，卻又不敢輕易觸碰的地方來。他是既憤怒，又痛苦。

憤怒的是，他的王妃，是個善妒的女子，她居然背著他，想要過來毀掉他那唯一的一點兒念想；痛苦的是，他心愛的女子已經不在，而他現在喜歡上的女人，偏偏又讓他非常失望。那種糾結的心情，讓他痛苦掙扎，猶如刀割般難受。

「王爺。妾身……妾身不過是來看望故人的。」她嘴裡的故人，有兩重意思。一個，就是那方丈智明大師，而另一個，則是那個只能埋藏在心底的人。

「妳不知道這間屋子是不能進來的嗎？」沐王爺在每年桃花盛開的時節才會過來小住一段時日，平時便交代過方丈不允許外人進來。可不知道為什麼，王妃居然進得來！難道是方丈大師認為她是王妃，故而特別對待？

「我為何不能進來？難道這裡也是王爺的禁地，不許任何人進來？」在王府裡，王妃不能去的地方只有一個，那就是書房。

但沒想到的，這一間寺廟裡，居然也有他明令禁止，不准踏入的地方。

見王妃始終不肯吐露真話，沐王爺的臉色更加難看了。「王妃，妳該知道本王的脾氣。惹怒了本王，有妳好受的！」

他的脾氣，她怎麼會不知道？

可是，她到底哪裡做錯了，他要如此對待她？這樣一時溫柔相待，呵護備至；一時又惡語相向，恨不得她消失不見。這樣反覆無常，到底哪一個才是真正的他？難道前些日子的體貼都是假的？

想到這裡，沐王妃的眼眶又忍不住泛紅了。

珍喜忍痛站起身來，想要勸解一二，但卻忽然吐出一口血來，暈了過去。王妃驚呼一聲，叫了聲珍喜，便急急地走過去，想要將她扶起。

見自己的妻子對一個丫鬟都比對自己上心，沐王爺很不是滋味。當他看到他那些舊衣裳被胡亂地放在床榻之上時，心裡的怒火再一次迸發出來。「王妃，妳膽敢欺瞞本王?!看來這個王妃的頭銜，妳是不想要了吧？」

聽到他如此無情的話語，沐王妃的心都痛得有些麻木了。「隨便王爺怎麼處置，妾身無話可說！」

「好一個無話可說，哈哈哈……」沐王爺算是被徹底激怒了，大聲笑了起來。

「既然如此，那本王就……」沐王爺話還未說完，突然被一聲「阿彌陀佛」給打斷。此時，智明大師從外面走了進來。

沐王爺對這位方丈還是很尊敬，兩人也有些交情，因此他冷靜下來，上前去打招呼。「智明大師有禮了。」

「原來是王爺來了，老衲有失遠迎。」智明大師看了一眼王妃和珍喜，臉上的笑容微微一頓。

「方丈大師，這位是本王的王妃。」見大師看向沐王妃那邊，沐王爺面色尷尬地介紹道。

怕是他剛才嚷嚷得太大聲了，故而將他給引來了吧？想到自己失控的情緒，沐王爺頓時覺得有些失了顏面。

智明大師眼睛一亮，在二人身上掃了幾眼，頓時哈哈大笑起來。「二位還真是有緣分啊！哈哈哈哈……」

被智明大師這麼一笑，沐王妃和沐王爺都有些不解。

不等他們二人問出口，智明大師便笑著說道：「沒想到，二十年過去了，老衲還能再次見到你們倆。」

「大師此話怎講？」沐王妃都有些糊塗了。

「想必二位的日子，過得挺艱難吧？」他一語點破二人的境地。

沐王爺和沐王妃都沈默不語，算是默認了。

「真是孽緣啊孽緣！怕是二位到現在都沒有弄清楚是怎麼回事吧？」見他們這情形，怕是還蒙在鼓裡呢！

沐王爺看了王妃一眼，不解地說道：「大師有話直說，本王絕對不會怪罪。」

智明大師口宣佛號，雙眼綻放出異樣的光彩。「兩位二十多年前在此相遇，後來一前一後離開這裡，沒想到後來竟然成了夫妻。但老衲也看得出，你們當初都未以真實的面目示人。一個是為了女子的清譽，另一個是練就了一身邪門的武功。即使再相見，也已不相識。這不是孽緣是什麼？」

「相見不相識」這幾個字眼，在他們二人聽來特別古怪，也十分錯愕。

珍喜此時也醒了過來，自然聽見智明大師那一番話了。她指著王爺不敢置信地說道：「莫非……王爺就是……許公子？」

話剛說出口，珍喜連忙捂住自己的嘴，後悔得要死。萬一不是呢？豈不是讓王爺和王妃之間生出嫌隙來？

然而，這一聲「許公子」，卻讓沐王爺震驚地瞪大了雙眼，身子忍不住抖了起來。

智明大師見事情有了轉機，又唸了聲阿彌陀佛，便帶著弟子離開了。

「妳剛才說什麼？再說一遍！」沐王爺一步步靠近那地上的二人，雙手止不住顫抖。這與他往日的瀟灑形象，完全大相逕庭。

珍喜哪裡還敢開口，只得一個勁兒地磕頭請罪。「王爺饒命，都是婢子瞎說的……王爺開恩！」

「不，妳剛才說了一句許公子……本王絕對沒有聽錯。」他無法克制內心的激動，一步一步接近真相。

沐王妃似乎也醒悟了過來，她一瞬不瞬地盯著眼前這個男人，冷冷問道：「你就是當年的許公子，不辭而別的許子期，對嗎？」

「妳是……素素？」沐王爺驚愕地停住了腳步，整個人差點兒倒下去。

他沒想到，那思念了幾十年的戀人，居然一直在他身邊，而他，也冷淡了她二十年！將最愛的女人推入了痛苦的深淵，整整二十年！

「好一個風流的許公子，呵呵呵……」沐王妃在知道真相之後，突然大聲笑了起來，再也承受不住這個打擊，眼淚傾瀉而出，染濕了衣裳。

見心愛的女人這般痛哭流涕，沐王爺悔恨的淚也抑制不住地流了下來。「素素……」

他喚著她曾經用過的名字，深情而執著。看到她的眼淚，他的心也跟著痛了起來。兩個人就這樣相互隱瞞了二十年，煎熬了二十年，到頭來，卻鬧出這麼一個大笑話，真是天意弄人啊！

「素素，不要哭……」他走上前去，想要觸碰她，卻被她躲開了。

「王爺，抑或是許公子？請你不要碰我！」沐王妃往後挪了挪，神情有些木然。

經過這麼一場鬧劇，她已經不知道要如何形容自己的心情了。往日的恩恩怨怨，到頭來卻是一場誤會，這教人怎麼接受？

難堪有之，後悔有之，難過有之。無數的酸甜苦辣聚集在心頭，讓她不得不想要找個安靜的地方，好好地整頓自己的感情。

「小姐，地上涼，快起來吧。」珍喜忍著痛，掙扎著想要扶自己的主子起來。

沐王爺這才回過神來，想要去扶，又怕她拒絕，只能遠遠看著她，眉頭緊皺，沈默無語。

心愛之人失而復得，應該是件非常開心的事情，他等這一刻整整二十年了。可是，在真相大白這一刻，他卻非常後悔。他很後悔，為何他放棄了繼續追尋真相，後悔為何要苛待這個無辜的女人。

縱使當初她也隱瞞了部分事實，但畢竟也是為了女孩兒家的名聲著想，若是他當初能夠告訴她他的真實身分，就不會折磨彼此那麼久，他們之間也不會有這麼深的誤會，早就可以團聚了。

看到王妃那蒼白如紙的臉龐，他很是心疼。

可是，她對自己怕是失望透頂，不肯原諒了吧？想到剛才，他還惡狠狠地對她大吼大叫，將她罵得遍體鱗傷，他就好恨好恨。恨自己的魯莽，恨自己的大意，恨自己被蒙了心，分不清是非黑白！

「珍喜，帶我離開這裡……」沐王妃勉強支撐著自己的身體，搖搖欲墜地對貼身丫鬟吩咐道。

沐王爺見她那副樣子，自然不放心她一個人回去，便跟了上去。珍喜見王爺神色也不比王妃好多少，心裡也十分矛盾。

按理說，王爺和王妃和好了，便是最好的結局。可是一想到這個男人害得自家主子吃了那麼多的苦，受了那麼多的罪，她就忍不住怨懟起他來。

「珍喜，送我回沈家……」沐王妃每走一步，都十分艱難，可是她仍舊咬著牙，不肯看他一眼。

沐王爺聽她說要回沈家，先是微微一愣，繼而阻攔道：「那怎麼行？如今沈家的宅子已經荒廢了，如何能住人？」

她的身子不好，禁不起折騰，更何況沈家已經無人，那宅院也只有幾個僕人守著，哪裡能夠照顧她周全？

「王爺請讓開！」沐王妃說出這句話的時候，嘴唇都抖了起來。

看著她強撐著的模樣，沐王爺便心疼不已。「素素，別任性，跟我回王府去。今後，我一定會好好地對妳，彌補這麼多年來的缺失，好不好？」

見王爺這般低聲下氣地懇求著，珍喜也被感動了。

只是，王妃的心已經破碎不堪，不是他一、兩句話就能修復的。她需要給自己一段時間才能恢復，想必那也是很久以後的事情了。

思及此，沐王妃淒美一笑，拒絕了他的好意。「這個王妃的頭銜，妾身擔當不起，王爺還是另覓佳人陪伴左右吧！」

她這是自暴自棄了！

沐王爺氣得沒辦法，恨不得大罵出聲。可是，在這個時候，他知道自己絕不能再衝動。

沐王妃見他有短暫的遲疑，便忍痛朝著門外走去。可是，她剛才是真的傷透了心，整個身子軟綿綿的，才走沒幾步，身子一晃就暈了過去。

珍喜的驚呼還未出口，沐王爺就衝上前來，一把將王妃給抱了起來。「快，馬上回王府！」

說完，他便抱著沐王妃，第一個衝出了院子。

珍喜愣了半晌後才回過神來，追上去。臨走前，她看了一眼那空蕩蕩的院落，不由得笑了。

也許，這是一個好的開始呢！

第一一二章　自討苦吃

「哼，真是太過分了！世子妃居然連芙蕖園都不讓咱們進，我還怎麼去盡孝心？」陳氏剛從東廂那邊回來，就氣得摔了杯盤。

「夫人莫要生氣，身子要緊。」丫鬟們屏氣凝神地察言觀色，生怕一有個差池，就被夫人責罰。

西廂的日子，在莫側妃倒臺之後便不好過了，這個事實，下人們可是看在眼裡。可到底是奴婢，陳氏就算再不得寵，那也是正經的主子，她們做下人的，也只有服從的分。

「翔公子呢，去哪裡了？」陳氏冷靜下來，發現自己的夫君不在屋子裡，隱約有些生氣。

這些日子以來，龍翔對她可說是百依百順，不敢有半句怨言，可是才安分了幾天，又不見蹤影了。

丫鬟戰戰兢兢地在一旁服侍，對翔公子的下落也是極力隱瞞，生怕夫人聽了生氣。「夫人息怒，翔公子說是有事要做，出去了……」

「有事要做？他能有什麼事！不過是個遊手好閒的，還真把自個兒當回事了！」聽了丫鬟的稟報，陳氏惱火起來。

那個敗家子，除了會花銀子，還能有什麼本事？出去做事，不過是個藉口罷了！她才不信，他能有什麼能耐，否則王爺也不會任他在府裡閒著，早就出面為他安排個職位，讓他做事了。

這王府裡，誰都知道已經變了天了。這次王爺抱著王妃回府之後，便召集了皇家最有名的御醫和花郡王一同為王妃診治，就連莫側妃最得寵的時候，都沒有這待遇，想必王爺是真的對王妃上了心了，捨不得她吃一點兒苦，看來她還得想辦法，讓王爺重新喜歡起龍翔才是。

「冬兒，去把翔公子找回來！」

那個叫冬兒的是這祥瑞園的三等丫頭，專門負責跑腿，聽見夫人的吩咐，便轉身出去了。剛出了二門，只見迎面走來一個白色的身影，這不正是翔公子嗎？

冬兒上前見禮，說道：「公子您可回來了，夫人正到處找您呢！」

翔公子滿臉春風得意，不知道遇到了什麼好事。聽說陳氏尋他去，臉色頓時又垮了下來。「知道了。」

這個女人自嫁入王府以來，就十分囂張霸道，在他這個夫君面前也是沒大沒小，動輒出言頂撞，教他一個七尺男兒生生地被打壓了下去，在外人面前抬不起頭來。提到他的妻子，京城裡誰人不知誰人不曉？害得他都羞於見人了。

二弟隱世子卻完全相反。他屋子裡只有世子妃一個女人，連通房丫頭都沒有，但外人在他面前絲毫不敢說世子妃半個不是。否則他翻起臉來，可會嚇死一堆人。

為何他就沒有那種氣勢呢？唉！想到這裡，龍翔只能垂頭喪氣地朝著院子裡走去。

陳氏得知龍翔回來了，臉色不怎麼好看。「你不在府裡待著，又跑去哪兒了？」

一個男人，被妻子劈頭蓋臉地一頓責罵，心裡怎麼會舒坦。「本公子去哪裡，難道還要向妳彙報不成？」

見他越發不聽話了，陳氏的脾氣也上來了。「現在骨頭硬了，居然敢這麼跟我說話？」

「就這麼跟妳說話，怎麼了？我是妳的夫君，是妳的天！這麼對妳，算是客氣的了！」

想到那群狐朋狗友的指點，龍翔硬是挺直了脊背，大聲嚷嚷起來，想要重振夫威。

陳氏臉一冷，上前一把揪住他的耳朵，狠狠地問道：「是誰教你這些的？膽子肥了啊！」

「唉唷！妳放手，快放手！妳……妳大逆不道，居然以下犯上！我是王府的公子，妳膽敢這麼對我？唉唷……」龍翔一邊指責，一邊哀嚎。

丫鬟們都不敢上前去勸架，有多遠就躲多遠，當然，還有些怕事的，悄悄地溜了出去，偷偷去東廂那邊報信。

沐王爺本就為王妃的事情急得焦頭爛額，又聽說大兒子和媳婦鬧得不可開交，頓時火冒三丈，大聲罵道：「就知道不是個省心的！都讓莫側妃那個賤人給慣壞了，如此不知輕重！

眼看王妃病成這樣，還不知道安分一些，真是豈有此理！」

司徒錦與隱世子都在王妃的院子裡照看著，見王爺發了怒，便上前勸道：「父王息怒，可別氣壞了身子。」

「你們說說，他們這哪裡有主子的樣子？陳氏跟個潑婦似的，動不動就對自己的男人呼來喝去，成何體統！」作為一個男人，沐王爺骨子裡認為妻子就該順著丈夫，不該這般不知禮數。

司徒錦忍著笑意，說道：「大嫂也是愛之深責之切，雖然有失婦德，但也是為了大哥好。」

「你們也別勸了，陳氏我還不知道嗎？仗著娘家的勢力，不把翔兒放在眼裡。這麼多年來，有莫側妃護著，我也沒太理會，沒想到她越發大膽，居然敢對自己的夫君動手！」

司徒錦心想：您哪是不太理會，根本是從來就沒有上心過。若是為了自己的兒子好，哪能任由陳氏繼續胡鬧下去。

隱世子對這些事情，也不甚在意。西廂的人無論如何也翻不出天去，沒什麼好擔心的，只要他們別鬧到東廂這邊來，就隨他們去了。反正鬧騰下去，最後吃虧的還是他們，他何必去蹚這渾水呢？

「父王若是不滿意陳氏，大不了再為大哥納一房妾室。反正這麼些年來，陳氏也沒生下兒子。」龍隱隨口說道。

沐王爺揉了揉額角，覺得兒子說得很對。

目前龍翔已有數名通房，但尚缺妾室。那陳氏的確太過慓悍，又沒立下什麼功勞，雖然不至於被休棄，但也該壓一壓她的霸道。

「也好！這件事就交給你們夫妻去辦了。」後院的事情，他從來不參與，這納妾之事，就只能交給兒子跟媳婦。

司徒錦懷著身子，什麼都不能做，也挺清閒，就將這個事情給接了下來，反正只要從一堆畫像裡挑出個人兒來，也費不了多少功夫。

一聽說王府要給翔公子納妾，不少官員都求上門來，司徒錦每天收到的畫像有十幾幅之多，可見沐王府的名氣多麼響亮。即使龍翔只是個庶子，還有了正室，但還是有很多人眼巴巴地將自己女兒的畫像送上門來，想要一爭這王府公子妾室的位置。

「夫人，看了這麼多的畫像，您看中了一個沒有？」緞兒怕她太累，便在一旁幫著看。

司徒錦掃了一眼那些畫像，不緊不慢地說道：「光看畫像，哪能瞧出個名堂來。」

緞兒皺了皺眉，問道：「那夫人要如何挑選？」

知道夫人並非真心實意想要幫西廂那邊的忙，因此在緞兒看來，不過是走個過場而已。

「每一位小姐的秉性，妳可都清楚？」司徒錦並沒有回答緞兒的問題，而是轉移到另一個問題上。

緞兒點了點頭，那些人她大概知道一些。「大部分都有些印象，不過少數沒有見過。小姐可要朱雀去查一查？」

提起朱雀，司徒錦倒是好久沒見過她了。「朱雀近來很閒嗎？」

綴兒笑著說道：「如今京裡還算天平，世子爺讓他們好生歇著呢！朱雀最近可是閒得無聊，不若夫人將她調進府裡來陪伴？」

她們原先很不對盤，如今可是比親姊妹還親呢！

司徒錦不禁點了點頭，道：「也好。妳派人去請她吧！」

綴兒歡喜地應了，派春雨去醉仙樓請人。原先那醉仙樓是楚羽宸公子的產業，後來不知道怎麼的，就到了朱雀的手裡。那楚羽宸公子，也像是人間蒸發了一般，從此失去了蹤影。五皇子四處派人打聽尋找，都不見他的蹤跡，關於他的傳聞很多，但大部分的人都相信他是逃亡去了。

畢竟楚家一倒，他便沒有了立足之地。

一個時辰之後，朱雀踏著輕快的步伐進了慕錦園。

「朱雀，許久不見，妳長胖了不少。」綴兒一見到她，就忍不住打趣。

自從見過她真容之後，綴兒就埋怨了很久。明明是這麼一個大美人兒，卻要遮遮掩掩的，多麼憋屈啊！對朱雀隱瞞她的事情，她可是記著呢！因此每次見到朱雀，綴兒都會想要抓著她不放，非要扳回一城不可。

「有嗎？」朱雀摸了摸自己的臉，問道。

司徒錦仔細瞧了瞧，點頭贊同緞兒。「的確是長好了一些。不過這樣也好，妳未來的夫君一定喜歡妳胖一些的。」

聽了這句話，屋子裡的三個丫頭都忍不住臉紅了。

因為世子爺也經常當著眾人的面，說希望世子妃養好一些，想必男人都喜歡豐腴一些的女子。

朱雀臉色難得一紅，啐了緞兒一口，繼而走到司徒錦身邊坐下，恭敬問道：「夫人的身子可好？有沒有不舒服？」

司徒錦搖了搖頭，道：「近來還好，沒什麼不適的地方。」

「想必是小世子心疼夫人您懷身子辛苦，不敢折騰您呢！」春容奉上熱茶，一臉欣慰地說著，好像已經看到小世子了一般。

朱雀點了點頭，知道有些人的體質好一些，比較沒有孕吐的現象。「夫人找我來，可是有什麼事？」

司徒錦簡要地說了一些，大概的意思是，看要選一個什麼樣的女子給翔公子當妾。

「不就是一個妾嗎？值得夫人您這般費心思。」朱雀不以為然地說道。「只要長得漂亮一點，性子溫柔一些，必定能夠讓他滿意。」

誰不知道翔公子懼內？他喜歡的女子，必定是溫柔可人的解語花！

「妳說得有理。只是，這些小姐們，我都不甚熟悉，對她們了解得不多。」司徒錦的話已經很直接，只等朱雀答覆。

「那還不簡單？叫人查查就一清二楚了。」朱雀很是爽快。

「那這件事就有勞妳了。」

朱雀笑著應下這門差事，又與司徒錦敘了敘舊，才起身離開。這前腳剛踏出慕錦園，迎面就遇上一個打著扇子、招搖過市的男子。

那男子一見到朱雀，簡直驚為天人。

「這世上居然有如此絕麗的女子！」他一雙鳳眼盯著朱雀瞧，恨不得立刻就將美人攬入懷裡。

被不懷好意的目光打探著，令朱雀很是厭煩。只一眼，她便認出此人，正要轉身離開，卻被他先一步叫住。

「姑娘請留步！」龍翔追了上去，伸出手來將她攔下。

「公子請自重。」朱雀冷冷地說道，絲毫不給他面子。

見這個女子臉上沒有絲毫嬌羞之色，龍翔對自己的魅力頓時產生了懷疑。但是美色在前，他也顧不上許多，便要上前去拉她的手，想要一親芳澤。

朱雀自然不會讓他如願，轉身就躲了過去。

龍翔見她身手敏捷，不由得皺了皺眉。「妳……妳到底是哪家閨秀？知道本公子是誰嗎？還不過來拜見！」

見以往的手段沒能讓美人自動送上門來，龍翔便硬氣起來，想要以身分逼迫對方就範。只可惜朱雀不是普通女子，豈會怕他的威脅？

冷哼一聲，她不緊不慢地說道：「不就是個王府的庶子嗎？有什麼好驕傲的！」

「妳……」被人羞辱了一番，龍翔臉色脹得通紅。

他沒想到竟然會有人敢這麼跟他說話，頓時惱羞成怒。「妳好大的膽子，居然出言不遜！難道就不怕我治妳個大不敬之罪嗎？」

「呵呵呵……」朱雀聽了他的話，不由得大笑起來。「真是可笑！你以為你豬鼻子上插根蔥，就是大象了嗎？你以為你背後插幾根羽毛，就能冒充孔雀了？自不量力！」

說完，她伸手將他一推，便打算離去。

跟這種人說話，簡直是浪費生命！

龍翔受了氣，哪裡肯甘休，於是仗著自己學過一些拳腳功夫，就想要對朱雀動粗。可朱雀偏偏不是個柔弱可欺的女子，她只是稍微閃了閃身，就躲過去了，反而是龍翔公子用力過猛，煞不住腳，直接朝著池子撲了過去。

只聽見撲通一聲，池塘裡濺起一朵水花，自認為身分尊貴的王府大公子，就這樣一頭栽進了池子裡。

「救命啊……救命……」一連喝了好幾口池水，龍翔便顧不上面子，大聲呼救起來。

朱雀看他那狼狽的模樣，笑得一臉得意。「怎麼樣，這池子裡的水好喝嗎？」龍翔被一個女子給耍了，還這般不堪，實在氣到不行，可是一見到朱雀那傾國傾城的美貌，又無法真的對她怎樣。

朱雀實在沒工夫陪他在這兒繼續耗下去，為了避免麻煩，她加快腳步，沒多久便出了院子，不一會兒就從王府消失了。

等到龍翔被人救起，再去尋美人的芳蹤時，早已不見了人影。

「找，一定要給我把美人找回來！」龍翔氣急敗壞地吼道。

只是，不知道那女子姓甚名誰，教他們這些做奴才的，上哪裡找去？

從那以後，龍翔就害上了相思病。整日病懨懨的，嘴裡唸著美人美人，身形日漸消瘦。

司徒錦自然也是聽過這件事，心裡也清楚那美人究竟是誰，不過，朱雀可不是龍翔能夠妄想的人。龍隱說，朱雀身分跟來歷都不明，是個自由之身，跟隨著他，也是想要找個靠山而已，不算下人。

司徒錦也很喜歡朱雀，希望她日後也能嫁個好人家，因此對於龍翔的念想嗤之以鼻，根本沒放在心上。

至於給龍翔納妾的事情，倒是風風火火地進行。陳氏聽了這個消息之後，不止一次上門來鬧，但因為是王爺的命令，世子又護得緊，所以陳氏連慕錦園的大門都沒能踏進來，更別提見司徒錦一面了。

「真是氣死我了！」陳氏回到祥瑞園之後，又發了好一頓脾氣。「這府裡沒人把我當主子看待，一個個都嫌棄我！我還不如回娘家去，也省得遭人白眼！嗚嗚嗚……」

陳氏趴在床榻上，放聲大哭，早已失去了主張。

她是個嬌養著長大的大家閨秀，何曾被人這般對待過？如今公婆不喜，夫君不疼，還有別的女人跟她爭寵。她身邊只有月兒一個女兒，又沒個兒子可以依靠，她下半輩子要怎麼過啊！想到以前的風光和現在的落魄，她就恨不得將司徒錦那個掃把星給碎屍萬段！

第一一三章 窩裡鬥

四月初五，沐王府庶長子翔公子納妾，邀請了不少賓客過來熱鬧一番，整個府裡洋溢著歡天喜地的氣息，除了陳氏之外，沒有一個人不高興。

「司徒錦，妳這個賤人，居然敢這麼對我！」陳氏在屋子裡聽到外面的嗩吶聲，心裡氣憤難平，一個勁兒地辱罵世子妃，覺得這一切都是她的不對。

龍翔一身大紅色的喜服，臉上帶著笑意，一邊接受著賓客恭賀，一邊偷偷地瞄著新娘子的蓋頭。今天，他總算是揚眉吐氣了一回。早厭煩了陳氏那個女人，如今新婦進門，他的確該感到歡喜。

既然是納妾，就不會有拜天地這些儀式，因此在將新娘子迎進門之後，便讓丫鬟將她扶到了新房內。

等到賓客散盡，翔公子才醉醺醺地回到房裡。當屋子裡的人全都退下之後，他才拿起喜秤，一臉期待地挑起新娘子的喜帕。

「相公！」新娘子嬌滴滴地喚了他一聲，便嬌羞地低下頭去，不敢直視他。

龍翔見到那張美麗的臉龐時，驚豔了一番。本來，他對這個妾室的相貌沒抱多大的希望，畢竟在見到了那樣的絕色之後，又豈會看上一般的女子？不過，世子妃倒是沒有虧待他，為他娶進門的這個女子，也是個極為難得的美人兒。

「美人兒……」被美色迷得暈頭轉向的龍翔，早已按捺不住激動，一把抱住這美妾，滾入了床榻之上。

新娘子先是驚慌失措，繼而羞紅著臉，任由夫君為所欲為。

新房內，紅燭搖曳，滿室生香，正室陳氏的屋子裡，卻是一片狼藉。陳氏礙於面子，沒有去前院鬧，可是一想到龍翔此刻正抱著美人親熱，她心裡那口氣說什麼都嚥不下！

「夫人，您早點歇著吧，明日柳姨娘還要來給您敬茶呢！」她的貼身丫鬟好心勸道。不過，這也是在提醒陳氏，明日敬茶的時候，一定要立威，讓那姨娘怕了她。

「是啊，夫人。何必跟一個妾室一般見識？就算她剛開始會得寵個幾日，但好歹只是個姨娘。」為了拉攏龍翔的心，被陳氏抬為通房的幾個女人，也在一旁加油添醋地勸著。

陳氏冷哼一聲，將她們的話全都聽了進去。她暗自想了個法子，打算給那新來的姨娘立一立規矩。

翌日，日上三竿之後，龍翔才帶著新婦過來給陳氏見禮。

陳氏的臉色黑得跟什麼似的，恨不得將那嬌俏的柳姨娘給生吞活剝。那柳氏剛一進門，她便大喝一聲，要她下跪認罪。「這都什麼時辰了，居然拖到現在才過來！妳眼裡還有我這個夫人嗎？」

陳氏一開口，那柳氏就眼含熱淚，楚楚可憐地望著一旁的龍翔。「妾身也不想這麼晚起的，只是昨夜……」

說到那洞房花燭夜，柳氏便嬌羞得抬不起頭來了。

龍翔最是喜歡這樣柔媚的美人，見陳氏這般蠻不講理的要對新婦開刀，忍不住為柳氏說起話來。「妳這是做什麼？她起不來，難道是她的錯嗎？妳是不是覺得本公子寵著她，心裡不舒服，所以故意找碴兒？」

陳氏氣歪了嘴，胸口起伏得厲害。「哼！不要臉的狐媚子，就會勾引主子！」

柳氏聽了這話，臉色頓時蒼白起來，人也嚇得瑟瑟發抖。龍翔見美人被嚇得不輕，更沒有好臉色。「妳這個妒婦！她哪裡做得不好了，值得妳用這樣的字眼來指責她？服侍夫君，是女人該做的事情，妳做不來就罷了，現在有人幫妳做了，妳該感激她才是，哪有這樣不懂規矩，隨意責罵的！妳還想不想當這個正室夫人?!」

柳氏低垂著頭，裝作一副很傷心的樣子。在龍翔訓斥陳氏的時候，她還一臉歉疚地望著對方，開口勸道：「夫君，都是妾身不好，是妾身的錯。今日是來給姊姊敬茶的，夫君千萬別因此與姊姊傷了和氣。」

陳氏一聽「姊姊」二字，更加生氣。「誰是妳姊姊？別不要臉的在這兒裝熟！我告訴妳柳氏，別在這兒貓哭耗子假慈悲，本夫人可不吃這一套！」

柳氏見她不但沒有息怒，反而更加生氣，便一個勁兒地告罪。「夫人息怒，是婢妾說錯話了！」

「什麼婢妾不婢妾的！陳氏，我警告妳，不要再為難婉君！妳這個做夫人的，一點兒度量都沒有，將來若是婉君生了兒子，教我如何放心養在妳的名下?!」龍翔見美人磕頭磕得額頭都紅了，心疼不已。

陳氏見夫君不但不幫她，反而寵著一個剛進門的妾室，急躁的脾氣又犯了。她一手將柳氏遞過來的茶水給揮了出去，結果那杯子竟直直朝柳氏砸了過去。

柳氏也沒有躲，硬是讓那杯子給砸到，頓時悶哼一聲，朝著身後倒去。

龍翔見此情景，就急了。他跑過去將柳氏抱在懷裡，一邊安撫一邊喝斥著陳氏道：「好妳個惡毒的婦人，居然這般無視我的存在！今日本公子就休了妳，妳給我滾回娘家去！」

陳氏一聽到他說要休了自己，臉色氣得發紫。「你說什麼？再說一遍！你竟敢要休了我？龍翔，你知不知道你在說什麼?!我到底犯了什麼錯，你要這麼糟踐我？」

「妳犯的錯還少嗎？生不出兒子，乃其一；容不下妾室，乃其二；嫉妒毒舌，得理不饒人，乃其三；對夫君不敬，不睦妯娌，乃其四！剩下的我不計較，光是這幾條，就夠了！」龍翔一生起氣來，頭腦竟然變得靈光，說起話來也極有條裡。

屋子裡的丫鬟都嚇壞了，這休妻，可不是一件小事。但更讓人驚訝的是，這妾室進門的第一天，公子就要休了正室，他到底哪裡來的膽子？

他以前不是最怕陳氏嗎？如今怎麼就突然變了個人似的？

「公子息怒！這樣的話，可別亂說啊！」一個叫雪梅的通房，立刻上前去勸說。她們都是夫人提拔起來的人，若是夫人被休了，那往後哪裡還有她們的好日子？

「怎麼，連妳也敢反抗我的命令了？」龍翔狠狠地瞪了雪梅一眼，厲聲問道。

能夠挺起腰背做人真是好啊！看到雪梅嚇得面無血色的模樣，龍翔就有一種滿足感。以往，他就是被壓制慣了，所以不敢反抗陳氏，現在只要他拿出男人的氣勢來，就不信這些女人敢不把他當回事。

陳氏咬牙切齒，惡狠狠地對龍翔吼道：「你以為你說休了我就能休了我嗎？你別忘了，這府裡，可不是你當家作主的。」

她這是在提醒他，他在王府的地位。

龍翔臉色一沈，喝道：「妳胡說八道什麼？我是王府的公子，難道想要休妻，還要問過別人？」

宮變之後，陳氏娘家的勢力重新抬頭，因此她比以往更加強硬，膽敢與他抗衡。「要想休了我，還得王爺點頭答應了才行！你可別忘了，我陳氏一族可是朝中重臣，三朝元老。」

她這是活生生的威脅了！

柳氏嘴角掛著一絲不易察覺的笑容，心想：公子真的休了陳氏才好，這樣她就可以扶正，做那高高在上的正室了。而且，她的娘家也不差，祖父曾官至尚書，父親雖然只是個四品，但好歹也有些權勢。

不過，柳氏也不敢太過大意，畢竟這休妻的確不是翔公子一人說了算的。王府還有王爺和王妃在，哪裡輪得到他來作主。

很快的，西廂的事情已經通報到了王爺那裡。沐王爺剛剛睡醒，就聽說大兒子這邊鬧著要休妻，頓時氣不打一處來。

沐王妃冷眼打量了他一會兒，沒有絲毫同情。這就是他溺愛兒子的結果。誰教他沒有嚴加管教，寵壞了他？休妻是隨便能提的嗎？尤其還是在妾室進門後的第二天提出來的，要是被外人知道，豈不是要罵王府不懂規矩，做出這樣寵妾滅妻的事情來?!他怎麼就不動腦子想想，竟然做出這樣的糊塗事！

沐王妃不想管西廂那邊的事情，既然是王爺自己造的孽，就該他自己去解決，誰讓那翔公子是他兒子呢！

想到他在自己進門之前就納了妾，還讓庶子生在嫡子前面，她心裡的那口怨氣就嚥不下去。

那天在古佛寺雖然得知了這些年來的真相，但她原本就孱弱的身子，被他氣得病倒，躺了好一陣子。這二十年來的相思、怨懟、痛苦、折磨、委屈，一次爆發完之後，沐王妃反而冷靜了下來，對王爺的討好與歉意視而不見，來個相應不理，看他打算怎麼辦。

「小姐，這……」珍喜見王妃的態度依舊冷淡，絲毫沒有幫忙的意思，不免有些擔心。

「這是他的好兒子，自然要交給他來處置了，與我何干！」說著，王妃慵懶地往貴妃榻上一躺，專心的做起小孩子的衣服來。

她才沒這個閒工夫來關心那些庶子女的事情。她的孫子即將出世，還有很多事情沒有準備妥當呢！

第一一四章　兩情繾綣

皇子選妃正在緊鑼密鼓地進行著，即使司徒錦在王府後宅裡將養著，也聽到了不少消息。無非是說，二皇子那邊挑了些什麼人，五皇子又準備納了誰家的女兒。這件轟動京城的大事，頓時成了茶餘飯後最熱門的話題。

「聽說沒？五皇子正妃，可是羅國公府的嫡小姐。妳知道羅國公府嗎？那可是三朝元老，百年書香世家……」

「二皇子那邊也不差啊，據說二皇子妃也是大有來歷！」

「難道比羅國公府的門第還要高？」

「那是自然！據說，娶的是麒麟王府的郡主。」

「原來是那個麒麟王啊，的確是門好親事！」

司徒錦歪在軟榻上，聽著丫鬟們熱烈討論著，耳朵偶爾也空出來聽一聽。

緞兒從外面進來，手裡端著一個盤子，盤子裡裝著各種精緻的糕點。「夫人，朱雀命人送來一些您愛吃的糕點。」

「虧她還惦記著我，日日都送。」司徒錦見到那些糕點，胃口突然就被吊了起來。

說也奇怪，她對這醉仙樓的糕點，總是帶著一種執著的喜愛。品嚐過那裡的糕點，再吃別家的，總覺得有些不對味。懷了身子之後，她對食物挑剔到了極點，任何口味的佳餚，吃了不到三天，就會覺得膩煩，不過這醉仙樓的糕點，倒是一直貪吃得緊。

「難得夫人喜歡，朱雀自然要多孝敬一些。要知道，夫人可是個活招牌，那醉仙樓的生意較之以往，有增無減。而且最近開發出來的芝士蛋糕，非常受歡迎，有錢都不一定買得到呢！」緞兒說得生動不已。

司徒錦挾起一塊蛋糕放入嘴裡，享受著舌尖上那美妙的滋味。那入口即化的糕點，帶著絲絲香味，卻絲毫不會讓人覺得油膩。「真不知她怎麼想出那麼多花樣來的，這些糕點可是天下獨一無二！」

「是啊！朱雀說，這是她的專利，絕對不會透露給別人。即使有人想要模仿她的糕點，也不會是一模一樣的口感呢！」對於「專利」這個詞語，緞兒不甚了解，但她也沒太注意這些，只知道是秘方，不可外傳。

「她腦袋裡，總是有很多稀奇古怪的想法。」司徒錦讚嘆道。

春容和杏兒忙完了事情，在李嬤嬤的帶領下，進了屋子。李嬤嬤管著慕錦園裡的丫鬟、婆子，還有庫房，一向很盡心。

她走到司徒錦面前，福了福身，說道：「夫人，庫房都清理完了，與帳冊上的記載分毫不差。」

司徒錦聽了這話，很是滿意。「嬤嬤辛苦了，將庫房交給妳，我很放心。」

「這些都是奴婢應該做的！」李嬤嬤謙卑地弓著身子，不敢有絲毫踰矩。

「綴兒，將王妃娘娘賞賜的上好人參拿兩棵來。」綴兒離開之後，她又繼續說道：「聽說李嬤嬤的男人做事的時候摔傷了腿。這些人參妳拿回去，給他補補身子吧。」

傷筋動骨的，最不容易復原，司徒錦是怕李嬤嬤心裡有牽掛，想幫她安定心神。

李嬤嬤聽了這話，頓時感動得紅了雙眼。「使不得使不得，奴婢怎麼敢接受夫人的大禮！那人參是娘娘所賜，夫人還是留著補身子吧。」

「娘娘送的東西還很多，我一個人哪吃得完？李嬤嬤幫我將院子裡打理得井井有條，功不可沒，賞賜妳一些東西也是應該的。只要忠心服侍主子，就會有賞！」司徒錦的話意有所指。

她不但是在犒賞李嬤嬤，也是在給慕錦園裡所有的下人提個醒。最近一段日子，她一直躺在軟榻上，對後院疏於管理，有些奴才就漫不經心起來，放鬆了警惕，前些日子還讓西廂的人闖了進來，差點兒驚了她。

因此，她今日才會有這樣一番舉動。

李嬤嬤千恩萬謝，收下了那名貴藥材。「多謝夫人，多謝夫人！」

「嬤嬤快別這麼說，起來吧！」

李嬤嬤從地上爬起來，臉上的皺紋都舒展了開來。

綴兒見事情告一段落，便又提起了江家的事情。「夫人，大舅夫人最近跑得可真勤，只是紫月表小姐沒有選上，怕是讓她失望了。」

說起江紫月進宮甄選的事情，司徒錦不知道費了多少心思。她私下問過紫月的意思，她一點兒都不想參加選妃，但迫於母親的壓力，才不得已進了宮。不過，在司徒錦的幫助下，她自然選不上。

紫月早就有了心儀之人，這次落選，就稱了她的心了。

「嫁入皇家有什麼好？夫人這福氣，可不是人人都可以有的。」緞兒昂著頭顱，臉上滿是得意。

她的主子，可是京城裡獨一無二的！嫁的不但是世子爺，而且還是一生一世一雙人的美滿姻緣。世子爺為了世子妃，在身子不適、不能伺候的時候，寧肯睡書房，也不肯納妾或納通房，這不知道讓多少人羨紅了眼！

「說起這親事……緞兒，妳也該準備準備嫁妝了。謝堯那邊可是請世子定下了日子，妳呀，我是留不住了。」司徒錦閒來無事，便又拿著緞兒打趣起來。

「夫人這是膩歪了奴婢嗎？這麼心急就要趕我走？」緞兒故意噘著嘴，不樂意地說道。

「我哪能膩了妳，實在是女大不中留啊！」司徒錦說著，忍不住噗哧一聲笑了。

此時，世子正好從外面回來，見屋子裡一片歡聲笑語，整個人放鬆了不少。

「說什麼呢，這麼高興！」他來到司徒錦身邊坐下，仔細打量了她一番之後，這才開口問道。

司徒錦嬌嗔地瞪了他一眼，說道：「還能有什麼？緞兒的親事嘍！丫頭們年紀都不小了，總不能讓她們跟著我孤單一輩子吧？」

提到緞兒，龍隱的眉頭就舒展開來。「嗯，這件事謝堯跟我提過了。下個月初三是不錯的日子，就簡單辦一辦，在府裡擺幾桌吧。」

既然世子爺發了話，這件事就算是定下來了。

緞兒一邊感到欣喜，一邊嬌羞地退了出去。「連爺也幫著夫人欺負奴婢，奴婢……有事……先下去忙了。」

看到緞兒羞怯地離開，司徒錦臉上滿是笑意。

「孩兒今日還乖嗎？有沒有折騰妳？」龍隱一回到府裡，最關心的便是他的嬌妻，還有她肚子裡那一個。

「嗯，挺老實的。都四個多月了，唉唷……」司徒錦突然被肚子裡傳來的動靜給嚇到，忍不住嬌呼一聲。

「哪裡不舒服？快去請太醫！」隱世子可寶貝著這個娘子，一聽她呼叫，就嚇得趕緊讓人去請大夫。

司徒錦拉住他的手，笑道：「我沒事，是孩兒他……他踢了我。」

「踢妳？他會動了？」隱世子興奮地瞇了眼，一隻手也忍不住覆上她的腹部，靜靜地感受肚子裡的動靜。

果然，不一會兒，肚子裡又動了幾下。

「他……他，他真的在動！」作為一個即將當父親的人，隱世子的心也隨著這個孩子跳躍激動。

司徒錦溫柔地笑著，伸手覆在他的手上，心裡十分滿足。

上天待她真的不薄，能夠賜予她這麼美好的一段姻緣，這一世，她沒有白活！

「錦兒，謝謝妳！」他將愛妻摟入懷裡，輕聲嘆道。

「謝我什麼？」司徒錦抬起頭來，望進他幽深的眸裡。

龍隱動情地吻了吻她的鬢角，充滿了寵溺。「謝謝妳肯為我生兒育女，給我一個完整的家。」

聽到如此感性的話語，司徒錦變得更加柔情似水。「我要謝謝你，相中我做你唯一的妻子。」

兩個人忘我地互望著，眼裡不分彼此。

春容不好意思地咳嗽了一聲，司徒錦自覺失態，不由得紅了臉，埋在他懷裡，不肯抬起頭來。

雖然這樣的事情已經見怪不怪，但丫頭們還是忍不住面紅耳赤。「啟稟爺，花郡王來了。」

司徒錦聽到有外人來，趕緊從世子的懷裡掙脫出來，整理了一下衣物。龍隱幫著她將髮釵撥正之後，才讓丫頭們領著人進來。

花弄影一見到二人膩在一起的身影，就忍不住調侃起來。「我說世子怎麼連二皇子的邀請都婉拒了呢，原來是捨不得家裡的嬌妻啊！」

司徒錦已經習慣了花弄影說話的調調，倒也不怎麼在意，反而是隱世子，聽到花郡王的話，臉上閃過一絲可疑的緋紅。「你明明知道我是站在五皇子一邊的，怎麼好接受他的邀請。」

「五皇子對你百般信任，怎麼會起疑呢？我看吶，是你自個兒不想去罷了，免得他又弄出個美人來，非逼著你接受不可！」花弄影一邊說著，一邊擠眉弄眼，極為曖昧。

上一次的宮宴上，二皇子做得實在太過分了，任何一個有頭腦的人，斷不會這般糊塗，一見面就得罪了最有權勢的沐王府世子，怎麼說都不是明智之舉。這一舉動，也讓不少人都摸不著頭腦，尤其是五皇子，連他都有些看不清那個二皇兄了。

第一一五章　舊事重提

今日芙蕖園裡來了一些客人，雖然表面上是來探望王妃娘娘，但任誰都知道她們在打什麼主意。

「世子妃有福氣，有王妃娘娘您這麼寬厚仁慈的婆母，也不知道那司徒家上輩子積了多少德……」率先開口的，是盧國公府的國公夫人田氏。

沐王妃淡淡笑著，說道：「世子妃有了身孕，就該好好地養著，這可是本王妃第一個孫子，自然馬虎不得。」

「真是恭喜王妃娘娘，總算是要抱孫子了！」接話的是另一位朝廷大臣的夫人，一向與王府交好。

王妃臉上是掩飾不住的笑意，兒媳這一次有孕，的確是一件令人非常欣喜的事情。「妳們也別只顧著說本王妃的兒媳，聽說國公府近來也是喜事連連啊。」

說起這件事來，盧國公夫人自然是一臉得意。「哪能跟世子妃的喜事相比，不過才訂了親而已。」

她之所以得意，是因為她孫子要娶的乃是皇家的四公主，儘管那公主不算得寵，但也好歹是天家的女兒，身分不是一般閨秀能比的。

「四公主人長得美，性子也好，夫人有福氣。」沐王妃假意恭維了兩句，眼中卻並未高看她一眼。

那公主她也算認識，在齊妃那裡見過好幾次。性子雖然好，卻很懦弱，在人前總是唯唯諾諾，連說話都不敢大聲一些，絲毫沒有一個天家公主的派頭。也難怪，她的生母地位並不高，娘家也沒什麼勢力，如今能嫁入國公府，也算不錯了。

田氏謙虛了幾句，便又將話題轉移到世子妃身上。「聽說世子與世子妃情比金堅，身邊連個通房都沒有，真叫人羡慕不已。只不過，如今世子妃有了身子，世子無人服侍，這樣怕是對身子不益，王妃娘娘難道沒有提醒兩句？」

總算進入正題了！沐王妃抿了一口茶，眉頭輕蹙。「夫人說得在理，的確是我這個做母親的疏忽了。」

「其實，就算世子納一、兩房妾室，也不會影響世子和世子妃之間的感情。畢竟，這嫡長子已經在世子妃的肚子裡，將來妾室生的孩子，也不能越過了小世子去，不是嗎？世子畢竟是個血氣方剛的男兒，一段日子還無妨，但若是久了，可是會傷身子的。」國公府夫人一副真心關懷的模樣，好像她才是世子的母親似的。

沐王妃聽了她的勸導，臉上的神色沒什麼變化，似乎有些猶豫。

見王妃將自己的話聽了進去，田氏立刻又給其他幾位夫人遞了個眼神，讓她們也幫著勸說。畢竟，今日她們來此的目的，不就是為了讓王妃幫世子納妾嗎？

那幾位夫人收到信號，便也跟著附和。

「是啊，世子可是您唯一的兒子，您這個做母親的不關心他，還有誰會為他著想？世子妃雖好，但總有不方便的時候。子嗣香火，才是最重要的。」

外界傳聞，王妃並不中意世子妃這個兒媳婦，若不是皇上賜婚，她也不會同意。想到這裡，她們遊說起來就更加賣力了。

誰不知道這沐王府可是大龍王朝最有實權的，若能攀上王府，絕對沒有壞處！況且，五皇子很有可能就是日後登基的新帝，他又向來與世子交好，如此一來，沐王府的勢力便是空前絕後的強大。

只要與沐王府搭上關係，往後就不愁沒有出頭之日，只要將來能夠加官進爵，即使賠上一個女兒也沒什麼大不了。更何況，世子生得俊美絕倫，即使只是做個妾室，也是不錯的。

若世子妃生不出兒子，再想辦法將她除去，那世子妃的位置也能手到擒來，怎麼說世子妃都是日後的王妃，無異大權在握。想到這些可能性，不少人心裡便盤算起來，彷彿自己的女兒或族裡的小姐已經坐上了世子妃的寶座一樣，雙眼綻放光芒。

「娘娘，世子妃也是賢慧之人，定然會為世子的身子著想。」

「是啊……這樣才稱得上是賢妻啊！」

「善妒的女子，德行有虧，可是配不上世子爺的！」

沐王妃將這些人的笑容看在眼裡，低垂著眼眸，順著她們的話說道：「那眾位夫人覺得，什麼樣的女子，能夠配得上世子？」

「自然是賢良淑德、品行端正之人。」

「要孝順公婆，體貼夫君，什麼都以夫君為主。」

「最重要的是，能夠為王府開枝散葉，綿延子嗣！」

幾位夫人妳一言我一語，慢慢地引導著王妃的思緒。

沐王妃很少參加宴會，過去的幾十年，都是莫側妃陪著王爺出席，因此在這些夫人眼裡，沐王妃就是一個軟弱無能、任人拿捏的軟柿子。只要隨便挑唆幾句，便會乖乖順從，而她從開始到現在的表現，也正好給了這些夫人這種印象。

「各位夫人眼裡，可有這樣的人選？」別人將她當成是傻子，那她就配合著演，看她們到底想怎樣。

國公府夫人見目的已經達成，便抿著嘴笑道：「不瞞王妃娘娘，妾身娘家尚書府的嫡女姿容，秀外慧中、知書達禮，是個知心的人兒。王妃娘娘若是喜歡，改日便帶來給娘娘看看。」

「我們太傅府的嫡次女幸芸也是不錯，才十四、五歲，長得花容月貌，性子又溫順，必定孝順公婆。」

「還有，侍郎府的表侄女湘蓮，也出落得十分標致，琴棋書畫無一不精。王妃娘娘，您看是不是很出色？」

這些夫人爭先恐後地亮出手裡的底牌，一心想要王妃同意自己府裡的女兒或沾親帶故的遠方親戚進王府。

沐王妃將茶盞往桌子上一放，臉上的神色漸漸暗沈下來，露出一抹不容侵犯的威儀。於是那些夫人說著說著，聲音逐漸低了下去，最後誰都不敢再開口。

「各位夫人還真是有心，對世子納妾之事如此關心，就連我這個做母妃的都比不上呢！」她雙手交疊，一隻手輕輕地撫摸著另一隻手上的護甲套，語氣充滿了嘲諷。

那些夫人一個個低下頭去，臉上滿是羞赧之色。

原本她們還以為這位王妃好商量，但沒想到她竟然是這麼一個外柔內剛、深藏不露之人。頓時，很多夫人突然醒悟了過來。

莫側妃出事，可是在三皇子造反之前啊！這位王妃娘娘隱忍了二十年，一舉將對手打壓得毫無翻身之力，可見城府之深！看來，她們太小看這位王府的女主人了。以為她好拿捏，卻沒想到她根本不領情，自己也大大地丟了顏面。

「王妃娘娘謬讚，妾身只是好意提醒。」田氏擦了擦額頭上的汗，覥著笑說道。

「提醒嗎？本王妃的家事，要一個外人提醒？」沐王妃輕撫著額頭邊的髮絲，神情肅穆。

田氏知道說錯了話，趕緊起身賠禮道歉。「娘娘恕罪，是妾身僭越了！」

沐王妃沈默了良久，直到那田氏快要嚇得暈倒，這才發話。「本王妃有些累了，就不留幾位夫人用膳了。」

那些夫人都是會察言觀色的主兒，自然不敢再留下來打擾，於是紛紛起身告辭。等那些人一走，沐王妃才屏退了丫鬟，與珍喜說起私房話。「慕錦園服侍的丫鬟不少，也不乏年輕貌美的，世子可有中意的？」

珍喜搖了搖頭，道：「倒是沒見世子爺對哪個丫鬟比較特別。」

「妳覺得這些夫人說的話，可有道理？是否真的該給隱兒納幾房妾室，或者抬幾個通房丫頭？」王妃蹙了蹙眉，問道。

經歷了這二十多年來的苦難，她算是看清了一些事情。男女之間的感情，最是禁不起挑撥，兩個人中間若是多出一個人，不管是男是女，都不會有好結局。想她嫁入王府這麼多年，王爺雖然只有正妃和側妃各一，但府裡也不甚太平。即使王爺表面上儘量做到公平，給她王妃的頭銜和管家大權，卻寵得莫側妃無法無天，事事都與她對著幹。

一個好男人，不應該那樣三心二意，若是真的愛一個人，必定全心全意。即使只是身子出軌，那也是背叛，會令兩個人心裡留下不可磨滅的陰影。

所謂己所不欲勿施於人，這也是她沒有急著給兒子納妾的緣故。

兒子是個什麼樣子的人，她這個做母親的難道還不懂？雖然說王府的子嗣也很重要，但她更看重他們夫妻之間的和睦。好不容易才讓兒子與自己親近了一些，她是無論如何都不會強迫兒子一分一毫，將他推離得愈來愈遠。

「小姐，世子爺的脾氣，您不是不知道，他也算奴婢從小看著長大的，何時在乎過一個人？好不容易找到一個真心實意喜歡的，必定不會輕易捨棄。這令人心動的人，一個足矣，若是什麼人都能看對眼，世子爺房裡早就不止一個女人了。」珍喜說出自己的看法，沒有絲毫避諱。

王妃聽了她的話，也很是贊同。

第一一六章　執迷不悟

沐王爺下朝回來，就直接來了王妃的院子。

王妃正在安排丫鬟們搬東西，見王爺進來，沒有招呼的意思，連瞧他一眼都沒有。沐王爺見愛妻這般態度，心裡更加難受。

今日下朝之後，皇上單獨召見了他，問起世子納妾的事情。他與兒子素來不親，龍隱這個兒子有跟沒有一樣。雖然上一次被皇后軟禁時，是兒子派人救了他，但父子之間陌生了二十年，也不是一朝一夕就能親熱起來的。

因此，皇上暗示他該給兒子納妾的時候，他忽然有所頓悟。原先他只寵著大兒子，對小兒子漠不關心，如今有個彌補的機會，他自然不會放過。

在他看來，男人三妻四妾實屬平常，雖然他心有所屬，不也娶了莫側妃，與她生了兩個孩子嗎？即使沒有感情，有些需求還是免不了的，況且兒媳婦還懷了身子，不能侍候兒子，為了王府的子嗣和兒子的身體著想，他也該主動一些。

「愛妃，我回來了……」沐王爺漾起笑意，不管王妃多麼冷淡，依舊熱情地走過去與她搭話。

沐王妃瞥了他一眼，裝作沒聽見他的話，一味跟珍喜交代事情。「東西收進庫房，一一核實落帳，一會兒將帳冊送到我房裡來。」

珍喜投給王爺一個同情的眼神，應了一聲，轉身出去了。

沐王妃這才慢悠悠地往椅子裡一坐，漫不經心地問道：「王爺過來可有什麼事？我這裡有些事情要忙，恐怕沒空招呼您。」

沐王爺聽了這話，也不生氣，依舊熱臉貼冷屁股。「王妃在忙什麼？怎麼又有這麼多東西送進府來？」

為了能夠拉近距離，沐王爺想方設法破除兩人之間的隔閡，因此打蛇隨棍上，糾纏起來。

王妃整理了一番衣袖，不緊不慢地說道：「府裡來了幾位客人，聽說錦兒懷了身子過來探望，所以送了些禮。」

停頓了一下，又繼續說道：「王爺沒事可做嗎？」

「本王自然有事要與王妃商量。」沐王爺見她主動問起，便挨著王妃坐了下來，極盡討好之能事。一會兒給她端茶，一會兒給她打扇，殷勤十足。

沐王妃卻不領他的情，沒好氣地問道：「王爺有什麼事就說吧，一會兒我還要去看錦兒呢！」

沐王爺面子有些掛不住，輕咳兩聲，說道：「其實……皇上今日單獨召見我，提及隱兒立側妃的事情。他至今只有一個正妃，側妃、庶妃和妾室的位置都空著，似乎不大好吧？如今世子妃又有了身子，怎麼服侍他？他堂堂一個世子，怎麼能只有一個女人？」

加上外面謠言四起，說世子懼內，這對他的官譽實在不怎麼好，大大折損他的形象，所以沐王爺才想提醒王妃一二，畢竟這後院的事情他不該過問。

沐王妃聽他說出這麼一番言論來，心裡的火氣更大了！都到這地步了，兒子是什麼樣的人，他這個做爹的難道還不了解？若兒子真的想納妃，這王府裡的院子早就住不下了，又豈會挨到十八還未訂親？這好不容易有了中意的，千方百計娶回家來，和和美美地過起了日子，他居然又想塞一堆女人給兒子，這不是給兒子跟媳婦添麻煩嗎？

再說了，京裡的千金小姐她見多了，要麼被教養得像個木頭，要麼城府極深，滿是心眼兒。這樣的女人娶進府來，王府豈會安寧？

就算兒媳婦有了身子，兒子還是對她一心一意，不是挺好的嗎？只要他們過得好，夫妻和睦，王府才有安穩日子過，要是那些心有不甘的女人鬧起來，傷害到了她未來的孫子，那可怎麼辦才好?!

「這事你自己跟隱兒提，別害我！」王妃直截了當地拒絕。

「什麼叫害妳？關心兒子，不是妳這個做母妃的該做的嗎？」沐王爺不解地問道。

沐王妃斜了他一眼，道：「兒子什麼性子你會不清楚？他認定的事情，就不會有改變。你是不是瞧見他們夫妻恩愛，心裡不痛快，非要給他們找碴才舒服？」

被王妃這麼一頓數落，王爺滿心想要說的話，一句也說不出來了。他無奈地看了王妃一眼，心想她肯定是埋怨自己這麼多年來虧待了她，所以才故意這麼說的。於是他放棄從王妃這裡下手，打算直接找兒子挑明意思，讓他儘快娶一、兩房妾室回來。

傍晚時分，王爺在王妃的芙蕖園用了飯，便去了書房，順便叫他身邊的長隨去慕錦園找世子過來。

「父王找孩兒？」龍隱踏進書房大門，有些不耐煩地問道。

他好不容易能抽點空陪陪錦兒，卻又被父親叫來，心裡自然不太舒服。

「先坐下，咱們父子很久沒有好好聊聊了。」王爺那架勢，一看就是要長談。

龍隱冷著臉坐下，神色有些不耐。「有什麼事，父王就直說吧。」

見兒子又是這樣一副冷冰冰的模樣，沐王爺在王妃那裡所受的氣就漸漸升起。「你這是什麼態度？有你這樣跟父王說話的嗎?!」

「如果父王叫孩兒來，是為了教養問題，請恕孩兒不能奉陪！」打小就沒有抱過他一下，現在來跟他談這個問題，是不是太可笑了?!

「你……好，這個問題以後再說。你也老大不小了，卻只有一個正妃，也該再挑選幾個側妃、庶妃，不然侍妾也行。堂堂世子，卻只有一個女人，總不能讓外人看了笑話去。」

「父王的意思，是逼我納妾了？」龍隱身上隱約散發著寒氣，顯然對這件事情很不滿。

「即使皇上沒有明說，可你是世子，未來的王位繼承者，總該為王府的子嗣著想。多娶幾個女人，為王府開枝散葉，可是你的責任！」沐王爺見兒子這般冥頑不靈，就忍不住發火了。

「錦兒不正為王府孕育著子嗣嗎，父王還有什麼可擔心的？再者，現在父王都只有一位王妃，又如何能夠往兒子房裡塞女人！」龍隱絲毫不給王爺面子，直接頂了回去。

沐王爺顫抖著雙手，半晌說不出話來。

的確，他只有一個女人！但在這之前，他也還有一個側妃跟幾個侍妾啊？不正是為了他的母妃，才將那些人給打發走了嗎？這會兒兒子倒是拿這件事情來說事了！他不是不知道，如今他還沒有讓王妃回心轉意，重新投入他的懷抱，若是再納女人進府，還不讓王妃恨死了他？

「你這個不孝子！你……你給我滾出去！」他這是惱羞成怒了。

龍隱巴不得早些回去陪妻子，不用王爺開口，他就已經站了起來。不過，臨走時，他還是奉勸了王爺一句。「要讓我納妾，那父王就先做個榜樣，自己做不到的事情，就別強加給我。」

王爺聽了兒子的話，差點兒沒氣得昏倒。

「王爺，您消消氣。」長隨知恩一邊幫他順著氣，一邊勸慰道：「世子的脾氣您也知道，何必跟他計較？再說了，皇上也不過是提及此事，並未要求世子一定要納妾，王爺又何苦這麼做，逼得世子反目呢？

「好不容易建立起來的一些情分，就被這麼給生分了，實在不划算啊！好歹世子是您的親生兒子，您不向著他，還能向著誰？

「如今沐王府的權勢已經夠大了，不需要再錦上添花了，若是再納幾個名門世家的媳婦，皇上會怎麼想？」

功高震主，從來就沒好下場！

即使王爺是皇上的兄弟，也不能避免這類事情發生。皇室本就缺少親情和信任，一點小事都可能引火焚身，這個道理王爺應該想得通。

聽了知恩苦口婆心的一番話，沐王爺陷入了沈思中。

「我真的做錯了？」他喃喃自語。

慕錦園

「父王找你有什麼事？」司徒錦在院子裡走了兩圈，覺得有些睏，便回到屋子裡，見龍隱臉色不好，主動問道。

龍隱伸出手，示意她過去。

司徒錦嬌羞地看了看周圍，發現丫鬟們都下去做事了，這才順從他的意思，走到他身邊。不待她站穩，龍隱手臂一圈，就將她擁入他的懷裡，跌坐在他腿上。

司徒錦臉紅如朝霞，雪白的肌膚透著微紅，模樣十分誘人，龍隱似乎是沈醉在眼前的美景中，良久沒有說話。

司徒錦被他瞧得渾身燥熱，不由得推了推他。「什麼事這般悶悶不樂？」

龍隱長嘆一聲，緊緊將妻子摟入懷中。他聞著她頭髮上散發出來的淡香，在她耳垂上啃咬了一番，才正經地說道：「皇上……似乎有意借著要我納妾的事情，試探王府的忠誠。」

司徒錦一驚，整個身子都僵硬了。

她最不想看到的事情，還是要發生了嗎？為了鞏固江山，要拿王府開刀了？那他許給她的一生一世一雙人，是不是就……

「錦兒，我說過的話，一定算數。這一輩子，我不會再有第二個女人。」見妻子如此模樣，他趕緊說道。

第一一七章 妻妾反

因為皇帝無意間的一句話，讓沐王府陷入了不安的境地，府裡的氛圍，也變得有些壓抑起來。除了西廂那邊依舊每日吵吵鬧鬧，東廂這邊可謂安靜得出奇。

沐王爺下了朝，便不見任何訪客，那些遞了帖子進來，邀請王妃或世子妃赴宴的世家大族，也成了暫時拒絕來往的門戶，被以各種原因婉拒了。

王妃本來就不喜歡這些應酬，去不去都無妨，只是王爺整日悶在府裡，王妃又不冷不熱的，倒是憋屈得慌。

這一日，他閒著無聊，便在府裡四處走動起來。恰好，西廂祥瑞園那邊，陳氏又因為柳氏懷了身孕，鬧騰了起來。

「可惡！居然敢在我前面生兒子。」陳氏死死地捏著手裡的帕子，雙眼通紅。如今那柳氏愈來愈得寵，龍翔簡直將她捧上了天，現在又讓她懷了身子，如此一來，陳氏的地位便岌岌可危了。

「小姐莫急，指不定是男是女呢！即使是生了兒子，那也必定要養在夫人名下，叫您一聲嫡母。小姐何必跟她置氣，氣壞了身子可不划算。」陳氏的乳娘趙嬤嬤被陳夫人送了過來，就是為了助女兒一臂之力的。

如今沒有了莫側妃的庇護，加上陳氏的性子又太過剛烈，因此陳夫人很不放心，便將這個能幹的嬷嬷送到王府。

陳氏對趙嬷嬷的話還算聽得進去，畢竟是她帶大的，多少有些情分在。聽了趙嬷嬷的勸，陳氏這才稍微喘了口氣，不過想到柳氏裝腔作勢博取龍翔的寵愛，她就嚥不下這口氣。

「嬷嬷，妳也瞧見她那副狐媚子模樣，指不定將來會爬到我這個正室頭上來撒野呢！妳一定要幫我想辦法，除掉那個柳氏！」

趙嬷嬷一邊應著，一邊勸解。「小姐，不用您吩咐，嬷嬷我也會幫您的。只不過，您的脾氣也得改改，男人都喜歡溫柔可人的解語花，您這樣不肯服軟，翔公子只會離您愈來愈遠啊……」

「我就是這副性子，他當初也不敢說什麼啊！」想要她這個天之驕女低聲下氣，與別的女人一樣爭寵，她沒辦法做到。

「唉……」趙嬷嬷輕嘆一聲，繼續勸說：「翔公子雖然寵著柳氏，但小姐您畢竟是正室，他每個月也都會來您房裡幾日，何不放下身段，好好地跟他說，非要鬧得面紅耳赤，才肯甘休嗎？您愈是這樣，翔公子就愈會覺得柳氏好。再不改改，怕是以後，連每個月規定的那幾日，他都不肯踏入您房裡一步了。」

女人若是失去了夫君的疼愛，那這輩子就算完了。

陳氏咬著下唇，半晌都沒有說話。

她一向喜歡恣意妄為，哪裡伏低做小過？突然要她學著那些女子，做出嬌滴滴的模樣，她想想就覺得汗毛直豎。

「嬤嬤知道小姐心裡苦，可是為了月兒，您可得做長遠的打算啊！」趙嬤嬤點到即止，相信她會為了小小姐，努力忍耐的。

「嬤嬤……」

說到女兒，陳氏的心也一軟。「我知道該怎麼做了。」

突然，門外一個丫鬟跌跌撞撞地闖了進來，欣喜稟報道：「夫人，大喜呀！」

「什麼事如此驚慌？冒冒失失闖進來，成何體統！」趙嬤嬤最講規矩，見丫鬟這般無禮，忍不住教訓兩句。

那丫鬟委屈地癟了癟嘴，這才說道：「啟稟夫人，奴婢看見王爺朝著這邊過來了！」

「什麼？妳說父王過來了？」陳氏激動地站起身來，趕緊整理著裝。

雖然不知道沐王爺為何會過來，但這畢竟是好事。陳氏忙不迭地收拾了一番，便讓奶娘將月兒抱了過來，自己親手抱在懷裡，朝門外迎了上去。

她的動作很快，但沒想到柳氏比她還快，早已趕在她的前面，給王爺請了安。

陳氏一見到柳氏眼裡閃過的挑釁之色，不由得沈下臉來，要不是趙嬤嬤一再提醒，恐怕她又要鬧起來。

「兒媳給父王請安。父王好久沒到這邊來了呢！」陳氏這樣說著，又將月兒抱上前去，教她說話。「月兒，快給祖父請安。」

月兒還是個半大的孩子，連路都還不會走，哪裡會叫人。不過，一看到王爺，她倒是露出兩顆牙來，傻乎乎地笑著。

沐王爺本來對這個兒媳婦意見大得很，覺得柳氏比較規矩，不過見到長孫女，他的臉也冷不起來了。「月兒都這麼大了？來，給祖父抱一抱。」

陳氏得意地一笑，將女兒遞給了沐王爺。

月兒倒也不認生，任由王爺抱著，偶爾還親一親他的臉蛋。畢竟是王府的骨血，沐王爺對這個孩子也不錯。

問了一些尋常的問題，他才將月兒遞回到奶娘懷裡，說道：「西廂這邊若是缺什麼東西，儘管去找王妃，月兒正是長身子的時候，可不能馬虎。」

他會這樣說，也是為了孫女著想。

陳氏卻會錯了意，以為王爺這是赦免了西廂的過錯，想起長子的好來了。「多謝父王關懷，兒媳惶恐。」

「聽說柳氏也懷上了？」沐王爺瞄了一眼長子那嬌滴滴的妾室，例行公事般地問道。

陳氏咬著牙，擠出一絲笑容，說道：「可不是嘛，這都是沾了世子妃的喜氣呢！若是世子再納一、兩房美妾，說不定王府一下子要多好幾個小世子、小郡主呢！」

她的話聽起來酸澀不已，顯然對司徒錦起了嫉妒之心。

原先，她也是獨占著龍翔的寵愛，不肯跟別人分享男人，可偏偏司徒錦不知道在背後如何挑唆，就讓龍翔與自己離了心，還娶了一個專門與自己作對的女人回來。她如何能不埋怨司徒錦！她比自己高一頭就罷了，偏偏還能得到世子全心全意的愛護，就更讓人嚥不下這口氣了。

見她提起世子納妾的事情，沐王爺的臉色便沉了下來。「這些事情也是妳能過問的嗎？好好照顧好月兒就是了，什麼該說什麼不該說，也要有個數。別怪本王沒提醒妳，在外人面前少開口，免得禍從口出。」

說完，他冷哼一聲便離開了。

陳氏驚愕了半晌沒有回過神來，直到趙嬤嬤來扶她，這才哀呼一聲，癱軟在地上嚎啕大哭起來。「我這是造了什麼孽啊？一個個都不待見我，我活著還有什麼意思啊！」

「小姐，快快住口！」王爺都還沒有走遠呢，她就鬧開了，這不是自找罪受嗎？

趙嬤嬤狠狠地瞪了一眼那幸災樂禍的柳氏，便讓丫鬟將陳氏扶進了院子。「小姐，王爺好不容易過來一趟，您這不是老虎頭上撲蒼蠅嗎？那些話，也是您該說的?!」

「我到底哪裡說錯了?憑什麼翔公子納了如花似玉的美嬌妾，司徒錦卻享受世子的專寵?憑什麼受委屈的只有我?父王明明就是偏心！」陳氏邊哭邊說。

趙嬤嬤心疼地將她抱進懷裡，安慰道：「小姐啊，現在不是計較這些的時候。當務之急，是重新讓王爺重視起西廂來！自從莫側妃被送走，王爺有半年都不曾踏進西廂的院子了，輕重緩急，您總得顧忌一些。」

「可是翔公子他整日只知道陪著柳氏那個賤人，根本毫無建樹，又如何能夠得到父王的欣賞？」陳氏提到那個不成器的相公就滿肚子怨氣，恨鐵不成鋼。

趙嬤嬤也知道翔公子不比世子有能耐，但好歹也是王爺的骨肉，他不會放著他不管的。「王爺剛才對小小姐的態度，您也看到了。他畢竟還是在乎自己的骨血的。只要翔公子這般這般……」趙嬤嬤附在陳氏的耳邊嘀咕了兩句，陳氏這才重新綻放笑顏。

慕錦園

「夫人，朱雀來了，這會兒正在花廳跟春容還有杏兒說笑呢！」司徒錦午睡剛起，緞兒便喜笑顏開地進來稟報。

司徒錦知道她過來必定有要事，於是立刻將她請了進來。

「夫人近來是愈來愈嬌媚了，難怪咱們爺一下朝就迫不及待地趕回來了呢！」朱雀的性子一向如此，說起話來夠直白。

司徒錦早已習慣她這般作派，倒也沒責怪，只是臉上有些掛不住。「沒出閣的姑娘家，說話竟然這般大膽，不怕將來找不著婆家嗎？」

「找不著就找不著，一個人過得還自在一些。」對於現代人朱雀來說，不結婚又不是什麼稀奇的事情，在她的世界裡，這樣的單身貴族多了去。

「夫人，您別聽朱雀的。她呀，早就有了主兒了！」緞兒開起朱雀的玩笑。

朱雀臉突然一紅，支支吾吾起來。「緞兒，妳再瞎說，小心我撕了妳的嘴！」

「唉唷，被我說中了吧？」緞兒一副「我就知道是這樣」的表情，臉色頗為得意。

司徒錦聽了她們之間的對話，頓時呆住了。

她怎麼把這件事給忘了?!原先的太子妃想要利用楚羽宸陷害她的時候，是他跟朱雀救了她，那個時候她就看出端倪來了。只是，那楚家一滅，楚羽宸也不知下落，他如今是在逃的罪犯，豈能給朱雀幸福？

想到這些，司徒錦難免有些同情起朱雀來。原本是天造地設的一對璧人，偏偏命途多舛！以前，是朱雀的身分配不上堂堂國舅爺，如今倒是反了過來。

第一一八章 表明心跡

朱雀忸怩了幾下，便又恢復正常了。輕咳兩聲之後，她便想要轉移話題。「夫人的身子如今已經穩妥，應該多走動走動才是，將來也有利於生產。」

司徒錦也知道這個道理，點頭表示贊同。「每日用膳之後，我都會去院子裡走兩圈。許久沒有走動，身上長了不少肉呢！」

原先苗條的纖腰，如今已被半圓的肚皮給取代。司徒錦雖然驚喜孩子在慢慢長大，但也有一般婦人的煩惱。若是生產之後瘦不回去，那可就麻煩了。

女子到底是愛美，怎麼能容忍纖細的腰身變成水桶腰！

「朱雀妳也別故意轉開話題。說說看，今兒個有什麼事要煩勞妳親自跑一趟？」如今朱雀可是醉仙樓的老闆，那些糕點不用她親自送來吧？

朱雀臉上浮起一絲不易察覺的紅暈，但很快就掩飾過去了。「我想夫人想得緊，難道常回來看看不行嗎？」

看著她狡辯，司徒錦也不戳破，不過，朱雀的到來，倒是讓她想起了一直感到困惑的問題。例如楚羽宸到底去了哪裡？那醉仙樓原先可是他的產業，如今卻落到朱雀手裡，這裡面還真是大有文章啊！

「都下去吧，朱雀留下。」想到那些機密，她不得不謹慎一些，連綴兒都請了出去。丫鬟們雖然不明所以，但是世子妃吩咐了，她們也不好違背，乖巧地福了福身，便緩緩地退出了屋子。

朱雀見世子妃這般作為，微微有些驚訝。「夫人是不是有什麼絕密的事情要吩咐？」

司徒錦挪動了一下身子，換了個姿勢才說道：「朱雀，妳跟著世子爺的時日也不短了，也是我們信任之人。妳告訴我，楚羽宸是不是在京城？」

提到那個男人，朱雀的臉不由自主地紅了。「夫人怎麼會問起他？」

「京裡最近發生了那麼多事，讓人有些摸不著頭腦，楚公子是人中龍鳳，不是個簡單的人物。楚家滿門被擒，偏偏少了他一個，不是有些奇怪嗎？他怕是早就知道了些什麼，所以才順利消失在眾人面前吧？」司徒錦猜測道。

朱雀琢磨著要不要將秘密告訴司徒錦，畢竟沐王府可是向著五皇子的，若是知道了他的身分，會不會洩漏出去？若真如此，那他的性命就堪憂了！

「很為難，是嗎？」司徒錦笑著說道。「我也明白妳的苦衷，畢竟他是妳的良人。朱雀，妳是世子的得力屬下，我不會棄妳的感受於不顧。妳放心，我絕對不會讓他有事的，我只是……有些問題想不通而已。」

如今的沐王府，正在風口浪尖之上。皇上似乎猶豫了起來，畢竟他知道自己活不長了，五皇子還年幼，二皇子又跟他不甚親近，在這樣的局面下，為了江山著想，他必定會在仙遊之前，替兒子將障礙一一除去。

司徒錦想弄清楚情況，到時候也好有個準備，不至於被動地挨打。她已經嫁入王府，必須與王府同甘共苦。

朱雀審視著世子妃的眼睛，發現她沒有在說謊，於是無奈的嘆了口氣，說道：「他的確還在京城，不過……已經對別人沒有威脅了。」

她的回答很委婉，但也闡述了自己的觀點，那就是不容許他受到任何傷害。

知道他身世的朱雀，了解他的苦楚。眼睜睜地看著那些撫養他長大的人被收監、發賣甚至慘死，而這一切與他這個被冠上楚姓的人不能說沒有關係。他良心所受的煎熬，除了她能感同身受，再也無人能體會。

「朱雀，他的身分並不簡單，是嗎？」司徒錦見她承認了，便繼續追問。

朱雀驚愕地抬起頭，眼裡滿是疑惑。這件事只有極少數人知道，她又是如何知曉的？

其實，司徒錦剛開始並不確定，不過從朱雀剛才的表現來看，她的推測沒有錯。那個二皇子的身世很是曲折，沒道理早年夭折之後，現在又活著回到京城，除非他根本沒有死，除非他就被養在京城裡！既然姜家被楚家害得顛沛流離，那麼最好的報復，便是讓他們將自己的孩子給養大。

雖然這一切能用各方面的線索推敲出來，但司徒錦卻只是試探性地問問而已，沒想到這其中的秘密竟真的如此驚人！

「原來是這樣……」她喃喃自語。

朱雀突然上前兩步，單膝跪在她面前。「夫人，看在您跟我相識一場的分上，千萬別讓外人知道這個秘密！」

「朱雀，妳做什麼？快起來！」司徒錦很驚訝她對楚羽宸的感情如此深厚，但也很是為她高興。

「夫人若是不答應，朱雀就不起來。」朱雀任性起來，那是九頭牛都拉不回來的。

司徒錦長嘆一聲，說道：「我是什麼樣的人，妳還不知道嗎？既然他是妳心愛之人，我又如何忍心將你們分離？起來吧，再跪著我可要生氣了！」

朱雀眼含熱淚，卻沒有哭出來。她是個要強的人，絕對不會表現得那般軟弱。朱雀吸了吸鼻子，將眼淚逼了回去。「多謝夫人成全。」

「他住的地方可還安全？」司徒錦追問了一句。

「嗯，都說最危險的地方，就是最安全的地方。他很好，夫人不必擔心。」朱雀老實回答。

「那就好……」司徒錦安了心，繼而又皺起眉頭，「只是這事瞞得了一時，瞞不了一世。只要稍加調查，就會知道宮裡的二皇子是假的，到時候皇上不會逼著楚公子回宮繼承皇位嗎？」

若說不知道真的二皇子是誰也罷，一旦曉得他就是楚羽宸，事情哪能這麼簡單？即使他並非在宮中成長，但光是他的能力，就足以讓皇上願意將皇位交給他，而五皇子最後只能落得為人作嫁。

朱雀沈默了一陣，這才開口。「那朝堂上的二皇子，怕是支撐不了多久，此後世上再無二皇子，只有瓊玉公子。」

「這就是他的打算？他從未想過那個位置？」司徒錦十分驚訝地問道。

「想要為姜家報仇的時候，也曾想過，不過看到那些皇位鬥爭帶來的影響，後來慢慢地就沒有了那個心思。他說，逍遙一世地活著也挺不錯，高處不勝寒，那樣的日子，他不想要。」

司徒錦覺得這話很有道理，即使皇位人人想要，但坐上那位置以後考驗才真正開始。除了每日要處理那麼多政務，還要平衡朝中勢力，照顧天下黎民百姓，更免不了面對後宮的明爭暗鬥，豈不折磨！

「他倒是個真君子！」司徒錦笑著讚嘆。

朱雀撇了撇嘴，心裡暗暗抱怨：他才不是個君子！有君子死皮賴臉地賴在她床上不走的嗎？夜探香閨，也是君子該有的作為嗎？

「夫人，聽說皇上曾經暗示世子納妾，可有其事？」比起楚羽宸，現在朱雀更擔心沐王府的處境。

司徒錦輕輕地點頭，算是默認了。

「那狗皇帝真是……想要逼得人家夫妻反目成仇嗎？太可惡了！」朱雀張口就來，完全不顧什麼大逆不道的言論。

司徒錦愕然地看著她，有些不敢置信。

這丫頭的膽子未免太大了吧，居然連皇上都不放在眼裡！她到底哪裡來的底氣，竟養成這樣一副性子！

「快快別說了，小心隔牆有耳。」沐王府如今可是不大安全，她這樣會惹來禍事的。

朱雀撇撇嘴，不以為意地笑了。「當官不為民作主，不如回家賣紅薯。更何況他是一國之君，若不能讓老百姓過安生日子，就絕對不是個明君！」

「妳哪來這麼多大道理？不過倒也說得是。」司徒錦先是敲打她一頓，又讚許兩句。

朱雀很想說這是課堂上學來的，只可惜這樣的話說出來，怕是又要嚇到夫人了。索性把這個秘密帶到棺材裡吧！

兩個人密談了半個時辰，才讓丫鬟進來擺飯，朱雀也不客氣地留下來用了午膳。只是到了傍晚時分，天都要擦黑了，朱雀也沒有離去的意思，這倒是讓司徒錦有些訝異。

「朱雀姑娘今晚要歇在紫玲閣嗎？」掌燈時分，李嬤嬤進來詢問道。

司徒錦還未開口，朱雀就自個兒要求了。「不必那麼麻煩，我跟緞兒擠一擠就好了。」

緞兒驚愕地張著嘴，半晌沒有回過神來。

「王府裡不差這幾間房，何必跟緞兒擠一張床？」司徒錦試探地問道。

朱雀抿了抿嘴，依舊不依不撓地要求跟緞兒同寢。司徒錦捂著嘴輕笑，看來朱雀是在躲著某個人呢！

還躲到王府裡來了！

看來這楚羽宸果真不簡單！司徒錦為朱雀開心的同時，也在心底默默為他們二人祝福。

一炷香之後，龍隱回來了。

剛一進門，他便瞧見朱雀也在，頓時挑了挑眉。「妳怎麼來了？」

朱雀哪好意思說是躲人來了，只有一個勁兒地朝世子妃使眼色，要她幫自己說話。

司徒錦自然看懂了她的眼色，於是迎上前去，拉著他在桌子旁坐下。「朱雀是專門送糕點過來的，你又不是不知道，醉仙樓的糕點是我的最愛。」

龍隱也不多問，算是信了她的說辭。

朱雀趁此機會，躲到緞兒屋子裡去了，姊妹倆說笑著，倒也能打發時間。

沐浴更衣之後，司徒錦幫龍隱換上了乾淨的中衣，這才上床安置。龍隱怕傷害到她肚子裡的孩子，只能輕輕地摟著妻子的腰腹，不敢稍加使力。

「說吧，朱雀到底幹麼來了？」作為她的夫君，他哪裡會聽不出來她說的是真話還是假話？留在此時說，是給足了她面子。

司徒錦嬉笑了兩聲，才如實相告。「朱雀這是在躲著某人呢！」

「哪個某人？不會是……」那人與朱雀之間的糾葛，他也知道一些。「他不是失蹤了嗎？難道還在京城？」

「八九不離十。」司徒錦說道。「朝堂之上的格局是否有變化？那二皇子一看就是個冒牌貨，估計成不了什麼大事，五皇子的地位想必已經穩固了，就是不知道皇上怎麼想的……」

她的言語間，隱約有著擔憂。

皇上的身子一日不如一日，怕是支撐不了多久，看起來五皇子登基名正言順。只是在此之前，皇上會不會有什麼動作？有沒有可能對沐王府不利？五皇子為了皇位，會不會答應皇上一些過分的要求？

想到這一連串的疑問，司徒錦就無法安寢。

「這些事有我操心就夠了，妳只需要平平安安地生下孩子，就足夠了。」他寵溺地在她耳邊一吻，有些意亂情迷地說道。

司徒錦覺得渾身一顫，身子忍不住顫抖。

懷了身子的婦人，身體總是特別敏感。他的手在她身上游移著，不斷地挑起火焰，只是她的理智告訴她，她還大著肚子，不能服侍他。

可是忍耐了好幾個月的龍隱，卻再也忍受不了美人在懷，卻什麼都不能做的憋屈，輕輕地在她耳旁吐氣。「錦兒，都已經五個月了，胎也該穩了吧……」

他可是問過太醫了，說只要胎兒穩定，行房也沒什麼大問題。

司徒錦沒想到他連這個也打聽清楚了，不由得更加羞澀，恨不得躲進被子裡去。「連你也不正經了……」

「美人在懷，坐懷不亂的，那是太監。」他調侃著，一雙手卻如願地伸進了她的中衣裡，隔著肚兜揉搓了起來。

夜已深，但帷幔內的好戲才剛剛開始……

第一一九章　峰迴路轉

與沐王府同樣處在水深火熱當中的，自然還有宮裡那一位。

齊妃已經好幾天沒有見到皇上了，如今那二皇子整日圍在皇上身邊打轉，說是侍疾，但明眼人誰都看得出來，他那是刻意奉迎，討巧賣乖呢！

「母妃，難道父皇真的喜歡那個二皇兄？在霜兒看來，他與五皇兄相比，簡直差得太遠了！」龍霜氣憤地握著拳頭，臉上滿是憤慨。

不光是齊妃，龍霜幾次去九龍宮想要拜見聖武帝，都被擋在了門外。她可是從小被寵到大的公主，何曾受過這樣的氣。

齊妃的神色也有些不安，皇上如此反常，的確令人心慌。她轉過頭去，再一次問身邊的宮女。「五皇子怎麼還沒到？再去催！」

宮女知道主子心裡不安，迅速退了出去，去前面打聽消息。

大約過了半個時辰，龍夜才帶著一臉的陰沈走進了齊妃的寢宮。

「兒臣給母妃請安。」即使是帶著滿身的戾氣，龍夜仍舊規規矩矩地給齊妃行了禮。

齊妃顧不上那些禮節，揮退了所有的宮女和太監，只留下一雙兒女在身邊。「事情可探出些眉目來了？皇上究竟有什麼打算？」

龍夜提到這件事就忍不住大動肝火。想到剛才高德庸交給他的密旨所寫的內容，他就恨不得衝到皇上的面前去質問，為何要那般對他！

那個最寵愛他的父皇，居然在最後的關頭，下了一道密旨，表明若他不能除去沐王府，便要將皇位傳給二皇子。

憑什麼一個無人問津、被拋棄在外的皇子，能夠奪走屬於他的一切，他不甘心！

若不是高德庸攔住他，逼迫他冷靜下來，恐怕他會衝動地犯下大錯，給人留下把柄。

「母妃，父皇他……太狠心了！」面對慈愛祥和的母親，他只能說出這樣一番話來。

齊妃心裡一驚，說道：「莫不是……他真的打算將皇位交給那個成事不足敗事有餘的二皇子？他如何能承擔得起這個重任！」

她不相信，皇上會如此糊塗！

「母妃，那怎麼辦？若是讓二皇兄繼承了大統，那五皇兄要怎麼辦？」在龍霜心裡，早已經將哥哥當作未來的帝君，也是她的依靠。若他倒了，那她和母妃以後豈會有好日子過？說不定哪天就被打發到蠻荒之地去和親了。

「稍安勿躁。母妃，父皇的意思，是要我答應他除去沐王府，否則便將皇位傳給二皇兄。」龍夜深吸了一口氣，讓自己再冷靜一些。雖然不知道父皇用意為何，但現在並非輕舉妄動的時候。

「此事，皇兒可要與沐王爺商量商量？」齊妃聽了大吃一驚。沐王府的處境她也清楚，但萬萬想不到事情會走到這般地步。

龍夜鎮定下來，抿嘴一笑。「的確是該找皇叔商量。」

沐王府一直是站在自己這邊的，也是他最強大的依靠。隱世子的脾性他清楚得很，寧為玉碎不為瓦全，逼急了他，不會有好果子吃的。

他天性涼薄，會做出什麼大逆不道的事情來，也不是不可能。

「宮裡耳目眾多，直接去見沐王爺，怕是會惹來麻煩。不若母妃找個理由，召見幾位世子妃，協理六宮準備皇子納妃的事宜。」龍夜建議道。

齊妃聽了這個主意，覺得甚好。「就依皇兒的意思去辦。」

翌日，沐王府便接到齊妃娘娘的懿旨，司徒錦打賞了來宣旨的公公，這才走回內室，將朱雀給召了進來。「妳說齊妃娘娘這是何意？兩位皇子納妃，本該是後宮娘娘們的事情，怎麼突然想到找我們幫忙？」

這京城裡，還保有權勢的世家大族不多，能夠有世子妃這個稱呼的，就剩下司徒錦，以及幾個異姓王府的媳婦了。而這些世子妃當中，就數司徒錦最年輕。

「怕是醉翁之意不在酒，請夫人入宮，不過要討個說法而已。」朱雀的消息一向很靈通，如今的局勢她也看得明白，才會這麼說。

司徒錦也點了點頭，覺得她分析得很正確。「看來，這最後的一場鬥爭，還是在所難免了。」

「那位二皇子不會是五皇子的對手。只是……五皇子要讓皇上同意他繼位，必定還是需要一番周旋。」朱雀說道。

司徒錦默然，想著沐王府的處境，心裡也是萬分著急。

就在此時，隱世子也派人送信來。司徒錦急忙拆開信封一看，心裡頓時如擂鼓般震動起來，果然，皇上還是留了一手！

「皇上想藉由二皇子的事情，逼迫五皇子答應除去沐王府，才讓他繼位？」朱雀掃了那封信一眼，頓時驚訝地站起身來。「五皇子會答應這個要求嗎？」

司徒錦被問住了。

她不確定，非常不確定。

為了皇位，五皇子應該會答應聖武帝的請求，畢竟這樣一來他就是名正言順的皇位繼承者，不用擔心那些流言蜚語或引起百姓不安。只不過，若是除掉了沐王府，他手裡的勢力便會大大削弱，這也是傷敵一千自損八百的做法，無疑自斷後路。這樣不划算的交易，任誰都不會輕易答應。

若是那二皇子來個螳螂捕蟬黃雀在後，那麼五皇子的皇位能否坐得穩，也就難說了。

這真真是個難題！聖武帝也不知道是怎麼想的，難道他真的想要眼睜睜地看著自己的江山被毀掉才甘心嗎？

「這其中肯定還有什麼我們不知道的原因。」司徒錦捧著肚子在屋子裡來回走動著。對此，朱雀也沒有任何異議，點了點頭。

一想到那個關鍵人物，朱雀咬了咬牙，決定先回去一趟。「夫人，我在王府待的時日也不短了，醉仙樓我不能不管，得先回去一趟。有什麼消息，我會派人來知會一聲。」

「醉仙樓有那些夥計，怎麼會有事？妳擔心的，是那一位吧？」司徒錦轉過身來看著她，嘴角浮起一抹戲謔的笑容。

朱雀臉紅了紅，跺著腳不理睬她，飛身就離開了慕錦園。

「還真是心急吶……」司徒錦看著她的背影，不禁搖了搖頭。

「夫人在說什麼？」緞兒端著早膳進來，臉上帶著健康的紅潤，嫁了人之後，更加嫵媚動人了。

「謝堯有沒有欺負妳？若是他敢，我一定幫妳討回公道。」

原本司徒錦只是打趣她兩句，不料緞兒連連擺手，說道：「沒有沒有，他沒有欺負我，他對我很好！」

「很好啊……嗯，看來你們夫妻相處得不錯。」司徒錦揚了揚眉，笑道。

緞兒這才知道又被主子調侃了，臉色脹得通紅，支支吾吾半晌，不知道該說什麼才好。不過，回想起新婚這段日子，那個悶不吭聲的木頭一直對自己呵護有加，心裡就甜滋滋的，不知道有多幸福。

見綴兒嬌羞地低下頭去，司徒錦便不再欺負她，而是吩咐她做起正事來。「齊妃娘娘宣我入宮覲見，去叫人安排馬車吧。」

綴兒先是一驚，繼而走到主子身邊，替她整理起衣裳來。

「夫人此次進宮，可要多帶幾個人服侍？」綴兒替她插上一支七尾鳳釵，詢問道。

司徒錦搖了搖頭，道：「宮裡還差人服侍嗎？再者，齊妃娘娘不會讓我有事的，妳就放心吧。讓春容和杏兒跟著去就行了，妳留下來，幫我打理府裡的事務。西廂那邊很不安分，若是他們鬧到這裡來，直接打出去。」

「是，夫人。」綴兒對她的安排不敢有任何疑問。

司徒錦穿戴整齊，便帶著兩個丫鬟出府了。

司徒錦已經不是頭一次進皇宮了，因此並不感到新奇。但是另外幾位府裡的世子妃就顯得格外興奮，邊走邊說個不停。

司徒錦身子不方便，也沒跟她們走在一塊兒，默默地跟在身後，直到那些人發現她的存在，這才上前來與她打招呼。

「隱世子妃今兒個怎麼出府了？瞧這肚子都這麼大了，就不怕有個什麼意外？」本來是關心的話語，但從那人的嘴裡說出來，就成了諷刺。

司徒錦仔細打量了一番這位開口的貴人，一時沒認出來。以往的宴會她也都有參加，只是這幾位都不是很面熟，因此她有些遲疑，不敢開口。

她身旁負責帶路的宮女笑著替她解圍道：「岩世子妃多慮了，這都五個月的身子了，怎麼說都穩妥了。」

經過這宮女的提醒，司徒錦總算想起來了。

原來這位滿嘴酸味的女子，便是那麒麟王府上的世子妃，而麒麟王的女兒，雅郡主，便是許給了二皇子做正妃的。二皇子與五皇子是政敵，因此她才會這麼不待見司徒錦，詛咒起她肚子裡的孩兒。

「原來是二皇子未來的嫂嫂，真是失敬失敬。」司徒錦微微福了福身，卻沒有真的蹲下去，只是敷衍了一番。

要知道，如今在朝廷最有權勢的，就是沐王府。

麒麟王雖然也是封了王，但與真正的皇室比起來，可就差得遠了。而且這麒麟王一直在封邑，若不是回京述職，也不會有機會進京，更不會有機會將女兒送入二皇子府，成為皇子妃。

其他幾位世子妃，雖說也都很少在京城走動，卻比這位岩世子妃懂分寸，沒有貿然開口。

見氣氛有些尷尬，其中一位身穿梅紅色衣裳的女人走了出來，調解道：「我們還是快些走吧，莫讓齊妃娘娘久等了。」

提到此行的目的，眾人這才回過神來，繼續趕路。

不過，那岩世子妃仗著自己府裡的小姑即將嫁入皇室，完全沒將其他人放在眼裡，尤其看到司徒錦身上穿的、頭上戴的，都比自己要華麗精緻，心裡暗暗嫉妒。憑什麼大家都是世子妃，她的派頭卻要比她差了一大截?!

自此，岩世子妃便與司徒錦結下了梁子。

司徒錦等人進了大殿，規矩地向齊妃行禮。

「快，給隱世子妃搬張軟椅來。」招呼世子妃們坐下之後，齊妃又特地吩咐宮女為司徒錦安排了一個軟一些的座位。

司徒錦謝過之後，才慢悠悠地坐下來。

春容和杏兒分別站在她的身後，低垂著頭，不敢有半點踰矩。

「隱世子妃還真是嬌貴，不就是懷了身子嗎？」不等岩世子妃說完，一旁的荇世子妃便拉扯了一下她的衣袖，打斷了她的話。

一同前來的幾位世子妃都還算有些分寸，只是這岩世子妃沒怎麼見過世面，太過小家子氣，不但如此，還很沒眼力勁兒。誰都知道五皇子與隱世子關係匪淺，她卻當著齊妃娘娘的面給司徒錦難堪，這不是自尋死路嗎？

果然，齊妃原本還帶笑的面容，漸漸沈了下來。她淡淡地瞥了岩世子妃一眼，說道：

「若是岩世子妃也懷了身子，本宮定會善待，只是不知道岩世子妃可是有了喜訊？」

這一問，無非戳到了岩世子妃的死穴。

第一二〇章　達成協定

岩世子妃手裡的帕子早就絞成了一條麻花，心裡怨懟得很，可是她不敢輕易發火，怕得罪了這位皇帝的寵妃。進宮之前，麒麟王可是囑咐了又囑咐，要她小心謹慎一些，別惹了不該惹的人，而這位齊妃，就是不好惹的人之一。

但是，當眾被揭穿了醜事，她怎麼能不急不恨？她嫁入麒麟王府也有五年了，可惜肚子一直不爭氣，連一顆蛋都沒有生出來。倒是岩世子的那些妾室，一個接一個生了孩子，這教她情何以堪？

若不是看在她父親曾經救過麒麟王一命的分上，怕是她這個世子妃的位置早就保不住了。

「多謝娘娘關心，妾身沒那個福氣。」她咬著牙回了一句。

齊妃抬眸看了看她，便將話題轉移了。「今兒個召大家進宮，是為了兩位皇子納妃之事。妳們也看到了，這後宮后位懸空，也沒個主事的人。本宮身子不是很好，一個人操心這些事情，也是心有餘而力不足。幾位都是世家大族的媳婦，理應為皇上分憂。」

「娘娘太抬舉妾身們了。皇子納妃，如此重大之事，妾身們如何有置喙的餘地？」剛才出面調停的女人率先表態，似乎不想參與這件事情，想要明哲保身。

司徒錦剛才問過了宮女，宮女也為她一一介紹了。這位荇世子妃，一看就是比較保守，不喜歡出風頭，想必來此之前，上邊有人囑咐過了。

「荇世子妃太過謙虛了。如今本宮身邊的確沒有什麼得力的人，也只能靠大家幫忙，用心籌辦兩位皇子的婚事了。」齊妃似乎不想就此作罷，依舊極力遊說。

「娘娘說得是。后宮的確缺乏人手，承蒙娘娘不棄，妾身願意聽候娘娘差遣。」一位二十來歲，穿著寶藍色衣裳的貴氣女子笑著接話道。

她長得頗為清秀，端莊大方，說話也極為得體，一看就是家教良好、出身不凡的女子。司徒錦在宴會上早就聽說過她的大名，此刻見到真人，倒也覺得傳聞不虛，果真玲瓏！

「端世子妃果然知道體貼本宮的難處。」齊妃讚賞了一句，顯然已經將她當作自己人。

司徒錦仔細一回想，便知道其中的利害關係了。

這五皇子未來的正妃，不正是與這位世子妃出自同一個世家嗎？以後就是姻親了，她自然對齊妃百依百順。

「既然端世子妃都同意了，那妾身也沒什麼好推辭的了。」荇世子妃見有人起了頭，也不好再反駁，應下了。

「隱世子妃這般模樣，想必無法操勞，娘娘請她進宮，怕是還要專門找人伺候著。如此一來，豈不是又多出一些事來？」岩世子妃冷眼看著對面椅子裡一派清閒的司徒錦，依舊學不乖，非要鬧出點兒事來。

齊妃對她的印象本來就很差，如今她三番五次拿隱世子妃說事，她也不好繼續給她留面子，乾脆出言訓斥道：「岩世子妃這麼說，就是懷疑本宮的眼光嘍？」

「妾身不敢。」岩世子妃咬了咬下唇，低下頭去。

「妳有什麼不敢的？從進宮到現在，就一直在針對隱世子妃。錦兒今日與妳也是第一次見面，哪裡得罪妳了？拈酸吃醋也就罷了，若是誤了大事，我看妳要如何向麒麟王交代！麒麟王府的郡主可是要嫁進宮裡來的，有些話妳還是想清楚了再說。」

面對齊妃的一頓教訓，岩世子妃立刻知趣地閉了嘴。

一旁的宮女勸了幾句，齊妃這才消了氣，談起了正事。司徒錦打量了幾位世子妃，發現只有一位炆世子妃最為低調，自始至終一句話都沒有說過。

這位炆世子妃，是相王府的媳婦，炆世子在前幾年早逝，她算是個寡婦。相王府也不比其他府邸有勢力，已經敗落，因此炆世子妃才一直這般沈默，儘量減低自己的存在感。

「皇子納妃，該有的禮節都要做到位。三媒六聘是少不了的，另外，兩位皇子在宮裡的住處，也要好好地修整一番，等拜了堂行了禮，住滿三日，才會回各自的府邸。在這段期間，就要煩勞幾位世子妃多多辛苦，替兩位皇子打點一些事宜了。」

「娘娘客氣了，這是應該的。」幾位世子妃都謙虛地回話道。

齊妃接下來便開始安排具體的分工，兩位皇子那邊各分了兩人去幫忙，剩下司徒錦一個，因為身子重了，不能奔波勞累，因此負責在齊妃身邊幫忙做些力所能及的小事。

對於齊妃的安排，眾人不敢有任何異議，只是齊妃對司徒錦的照顧，卻讓她們心中多少有些不快。

「齊妃娘娘也太偏心了些，咱們五個人地位相等，憑什麼她就只用出出主意，而我們卻要四處奔波？」最先開口的，自然是那麒麟王府的世子妃。

荇世子妃不喜歡搬弄是非，張了張嘴，卻一句話也說不上來。說她不嫉妒，那是不可能的，只是她畢竟有分寸，知道什麼話該說，什麼話不該說。

「妳們都是啞巴嗎？怎麼都不說話！」見沒有人附和她的話，岩世子妃有些不痛快。

「既然是娘娘看重，又有何話要說？若是不甘心，妳大可回府去。說那些有的沒的，又有什麼用？」端世子妃自然站在齊妃這一邊。

「哼，別以為妳娘家的妹妹要嫁給五皇子就了不起了，我們家郡主還是二皇子正妃呢！」論起來，長幼有序，日後端世子妃的妹妹還得叫麒麟王府的郡主皇嫂呢！

端世子妃到底是教養良好，沒有跟她一般計較。她轉過身去，跟一同前來的炆世子妃說道：「世嫂家裡還需要做一番安排吧？咱們先回去打點打點。」

炆世子妃巴不得早些離開皇宮，便一個勁兒地點頭。

岩世子妃見到她們頭也不回地離去，便冷哼一聲，朝著荇世子妃說道：「她們顯然是一家的，荇世子妃妳呢？是二皇子一邊的，還是五皇子一邊的？」

荇世子妃見她如此大膽，居然將這些大逆不道的話輕易說出口，不由得倒吸一口冷氣。

「世嫂還是謹言慎行，皇宮不比自己家裡，小心隔牆有耳。」

被荇世子妃這麼一嚇唬，岩世子妃這才閉了嘴，但心裡卻老大不樂意。

「哼，又是個趨炎附勢的！」說罷，她便帶著自己的丫鬟匆匆離去，想回去跟公婆商量一下如何對付五皇子這一派。

送走了其他幾位世子妃，齊妃便將殿內的宮女和太監都打發了出去，留下司徒錦說起私房話。「錦兒身子最近可好？有什麼不舒適的，一定要跟本宮講。」

「娘娘厚愛，錦兒感恩戴德，哪裡還敢有別的要求？」她笑靨如花，因為懷身子的緣故，臉龐更加豐腴，容顏也比以前更秀麗。

「錦兒太客套了，還將姨母當外人呢！」齊妃笑著拉起她的雙手，眼裡滿是憐惜。

若是不瞭解齊妃，司徒錦肯定會被她的表現所欺騙，但一個在後宮屹立幾十年不倒的女人，又豈會這樣真心實意對人好？不過是有求於人罷了。

「娘娘，錦兒說的可都是實話，哪裡有半點虛假。」她嬌嗔著，露出幾分小女兒姿態來。

「好好好……本宮就喜歡錦兒這個樣子！有什麼需要，儘管跟姨母開口。」

「如此，錦兒便多謝姨母了。」司徒錦一副打蛇隨棍上的模樣，順著她的話說了下去。

寒暄了一陣，齊妃才正式進入正題。「如今皇上似乎對二皇子頗為看重，沐王府受到的衝擊也不小，不知道王爺有什麼打算？」

她試探性地問，想要確認沐王府的態度。

司徒錦沈吟了一會兒，說道：「公公最近很少在府裡，錦兒又在自己的院子裡養胎，見面的機會不多。不過，世子倒是跟我提過，說怕是有些麻煩。」

原來世子已經警覺到了！齊妃正想要不要加一把火讓沐王府出面，替她擺平這件事情，但不等她開口，司徒錦便已經接下去說道：「相信五皇子如今也是處在水深火熱之中吧？唉……人說帝心難測，伴君如伴虎，果然是真的。」

她故意說得傷感，就是在提醒齊妃，她們的處境一樣危險，想要將沐王府推出去當擋箭牌，是不明智的。

齊妃顯然也明白了司徒錦的意思，眼中閃過一絲不易察覺的狠戾。「按照錦兒的意思，該如何是好？」

「這就要看五皇子是否有那個魄力了。」她淡淡回道。

「此話怎講？」齊妃似乎聽出些門道來，不顧形象地追問道。

司徒錦頓了頓，悄悄地在齊妃耳邊說了幾句話。齊妃聽了之後，眼中瞬間一亮。「果然是妙計！錦兒是如何想到的？」

這樣一個聰明的女子，實在有些可怕。

「皇家根本沒有什麼親情可言，既然都已經被逼到這分兒上了，又何必在乎那些虛無縹緲的東西呢？娘娘，您說是不是？」

齊妃沒有吭聲，只是一瞬不瞬地望著司徒錦，想要從她臉上看出一些端倪來。只可惜，司徒錦隱藏得太好，她始終看不透。

「啟稟娘娘，皇上秘密召見了幾位朝中大臣，似乎有什麼急事。」這時候，一個宮女急匆匆地闖了進來，連規矩都忘了。

齊妃雖然不高興，但對她所說的話卻十分震驚，也就沒有責怪這些小節。「妳說什麼？難道……」

「看來，這計劃是勢在必行了。」司徒錦提醒。

齊妃娘娘沈默了一陣，這才吩咐道：「宣五皇子速速來見本宮！一定要快！」

第一二一章　謀害

兩位皇子的婚期漸近，聖武帝興許是心裡高興，身子比往常好了許多，甚至能夠下床走兩步了。

這一日，齊妃帶著宮女到九龍宮來探望，聖武帝見到她，臉上頓時染上了幾分笑意。「愛妃來了。」

「皇上今兒個精神不錯，臣妾恭喜皇上。」齊妃溫柔體貼地坐到他身邊，一邊替他捶背，一邊吩咐宮女們將精緻的吃食端上來。「皇上餓了嗎？臣妾準備您最愛吃的竹筍燜肉，要不要嚐嚐？」

聖武帝眼中閃過一絲欣喜，連連笑道：「還是愛妃知道朕的喜好。」

齊妃親自接過那一盤冒著熱氣的佳餚，放到龍座旁邊的矮几上，又拿乾淨的帕子將銀碗筷擦了擦，這才挾起一塊，遞到聖武帝嘴邊。「皇上，這溫度剛剛好，正是最入味的時候。」

聖武帝瞄了一眼那筷子上的竹筍，笑著張開了嘴。「嗯，愛妃的手藝還是這麼好，幾十年如一日。」

見聖武帝吃得高興，齊妃又親自餵了他一些。不過，他的身子剛好一些，不能一次吃得太多，因此沒多久齊妃便將筷子放下了。

「愛妃怎麼不餵了？朕還沒吃飽呢。」聖武帝正在興頭上，難免有些意猶未盡的感覺。

「皇上龍體剛好一些，再好的東西也不能多吃。」齊妃端了茶杯來，輕輕地吹了幾回，才將杯盞遞到他面前。

聖武帝遲疑了一下，這才笑了起來。「還是愛妃會體貼人。」

「瞧皇上說的。臣妾不心疼您，還能心疼誰？」她嬌嗔地說了這麼一句，臉上閃過一絲紅暈，看起來嫵媚至極。

齊妃本就是個美人，有著成熟女子的風韻，保養得又不錯，因此到了三十多歲的年紀，仍舊能輕易吸引別人的目光。

聖武帝頗為感慨地拉著齊妃的手，盯著眼前的女子瞧。在經歷了那些變故之後，最後陪在他身邊的，就只有這麼一個貼心的人了。

「愛妃這些日子辛苦了。」後宮的事情都壓在她一個人肩上，的確很辛勞。

「能夠為皇上分擔憂愁，是臣妾的本分。只是，臣妾這身子……若不是有幾位世家媳婦幫襯著，怕是支撐不了多少時日呢。」她笑著說道，並沒有表現出倨傲。

聖武帝就是喜歡她這樣的性子，不喜不悲，就算掌管整個後宮，也沒有驕奢蠻橫，依舊保持著原本的平淡之心。

「兩位皇兒大婚的日子近了，到時候朕要宴請群臣，好好地慶賀一番。宮裡很久沒有這樣的喜事了。」他頗為感慨地說道。

「可不是嗎？兩位皇兒的媳婦，都是百裡挑一的。皇上見了她們，必定也是喜歡的。」她有意無意地將話題往這方面引導。

提到那兩個媳婦人選，聖武帝不禁點頭微笑。那兩個人選是他欽點的，雖然沒見過真人，但據他的了解，那兩位世家小姐都是相貌出眾、賢慧能幹。「宮裡打點得怎麼樣了？需要什麼的話儘管開口。」

齊妃淡淡笑著，說道：「都準備得差不多了，皇上只管安心靜養，大婚那一日可少不得您親自出席呢！」

聖武帝捋了捋鬍鬚，滿意地點頭。「愛妃辦事，朕很放心。」

「皇上就會取笑臣妾！這可是臣妾第一次處理這麼大的事呢，若是有什麼不妥的地方，皇上可別惱了臣妾。」齊妃謙虛地說道。

「哈哈哈……愛妃多慮了。」聖武帝爽朗地大笑了起來，連日來黑沈沈的臉色，也似乎明朗了不少。

齊妃在九龍宮待了一炷香的工夫，勸聖武帝躺下之後，這才回到自己的寢宮。

「母妃，父皇那邊……」龍夜等宮女們都退出去之後，這才開口問道。

齊妃靜雅地坐在軟榻上，臉上是不帶驚慌的沈穩。「自然是成功了。」

「還是母妃有辦法。」龍夜眼裡閃過一絲欣喜。

當初，司徒錦要他們依樣畫葫蘆的時候，他還有些擔心，畢竟是他的親生父親，而且宮裡的御醫也有不少，要讓那些人查不出什麼來，也得費些功夫。但司徒錦給的一個妙方，卻讓他的擔憂降到了最低。

要置人於死地，不一定要毒藥。根據相生相剋的道理，很多東西分開吃沒事，但若是合在一起食用，就有大問題了。

司徒錦並不想取人性命，只不過想讓皇上起不了身、開不了口罷了。只不過，齊妃根據她的方子，又增添了一些別的藥物，如此一來，那效果也就變了。

聖武帝是個十分謹慎小心的人，就算是齊妃親手做的東西，他也不一定會完全信任，那雙銀筷子是她特地用來讓皇帝降低戒心的。那盤竹筍燜肉裡，的確加了料，只不過是銀筷子驗不出來的一些東西。那些東西的分量不多，吃一、兩次也不會有什麼事，但吃過之後卻會上癮。只要長期服用，再配上那茶水裡的另一味藥物，就會成為催命的毒藥！

齊妃並非表面上看起來那樣賢良淑德，也並不像外人認為的與皇帝感情深厚。早在聖武帝逼著她拿掉自己肚子裡的孩子，只因為嫡皇后還沒有生育的時候，她就恨透了這個薄情的男人。

這麼多年來，她日夜為那個沒能來到世上的孩子感到痛心，仇恨也不斷累積。雖然皇上對她寵愛有加，還將一個美人生的兒子寄養在她名下，但那始終彌補不了她心裡那個缺口。

五皇子對她還算孝順，但那又如何？畢竟不是親生的，指不定哪天他坐大之後，就將她拋到了腦後。

「夜兒，你就要大婚了，府裡都打理妥當了？」五皇子在宮外早就有了府邸，大婚之後，他也要回自己府裡住。

「都安排好了，母妃請放心。」龍夜恭敬地替她揉著肩部，笑著說道。

「馬上就要娶親了，日後可就是個堂堂正正的男子漢了！那位世家小姐心性不錯，你可要好好待人家。」齊妃像個母親一樣叮囑著。

龍夜沈默不語，只是笑著應了。

「好啦，我也不留你在宮裡了。早些回去歇著吧，以後有你忙的呢！」

「那母妃也早些休息，兒臣告退！」

「來人，送五皇子出去。」

宮女們站成兩排，恭送龍夜出了大殿。

齊妃看著他遠去的背影，這才鬆懈下來，朝著身後的軟枕靠去。

沐王府

司徒錦去芙蕖園給王妃請安，正巧碰上陳氏帶著柳氏過來。

「弟妹總算是肯露面了，想必是胎兒穩妥了吧？」陳氏嫉妒地望著司徒錦，一直盯著她的肚子，沒有移開眼過。

「大奶奶今兒個怎麼有空過來了？」司徒錦淡淡掃了這二人一眼，心裡隱隱覺得有些不對勁。

她們平時可是鬥得妳死我活，怎麼突然走到一起了？

「柳氏進門也有些時日了，一直沒能過來給母妃請安，剛好今兒個父王和母妃都在府裡，我就帶著她過來了。」陳氏捏著帕子，強打起笑容說道。

柳氏見到司徒錦，連忙上前來給她見禮。「婢妾見過世子妃。」

「別多禮了，還懷著身子呢。」司徒錦瞥了她一眼，不鹹不淡地說了這麼一句。

提到她的肚子，柳氏臉上浮現出一絲羞澀，一旁的陳氏則狠狠地瞪了柳氏一眼，心裡恨不得早日將這個狐媚子除掉。

「她可沒弟妹妳嬌貴，不過是個妾室罷了。」陳氏酸酸地說道。

司徒錦見她們之間再次燃起戰火，不著痕跡地笑了笑，這才扶著緞兒的手臂說道：「母妃想必已經起身了，大奶奶跟我一起進去吧？」

陳氏想起正事，給了柳氏一個警告的眼神，這才跟著司徒錦一起進了王妃的院子。

此刻，沐王妃剛梳洗完畢，就聽見丫鬟進來稟報。她先是一愣，繼而笑著將她們給請了進來。

「給母妃請安。」

「兒媳見過母妃。」

「婢妾見過王妃娘娘。」

沐王妃撫了撫衣袖，笑道：「錦兒，快些起來吧，妳身子這麼重了，怎麼還如此多禮？過來，挨著母妃坐。」

見到司徒錦，王妃心情頓時好了許多，畢竟，她的肚子裡懷著她的孫子，她自然看重一些，至於另外兩個人，她看著就不舒服，也就沒有好的待遇了。

陳氏咬著牙，王妃不讓她起身，她也不敢冒失地站起來，怕惹怒了她。但柳氏本就是個嬌滴滴的女子，又懷著身子，自然不能久蹲，沒多久便有些乏了。

司徒錦掃了她一眼，笑著對沐王妃說道：「母妃，柳氏第一次來給您請安，您可不能讓她空著手回去啊！」

沐王妃這才睥睨地望了那二人一眼，讓她們起了身。「珍喜，去把箱底的那柄玉如意找來，賜給柳氏。柳氏，妳如今也有了身子，坐著說話吧。」

王妃的話音剛落，珍喜就捧著一柄玉如意走了過來。

司徒錦心裡可明白，這些東西不見得有多麼珍貴，因為隨手都可以拿到。不過，王妃這樣的態度，卻是打了陳氏的臉。如此抬舉一個妾室，的確讓她這個做正室的心裡有些不快。

陳氏手裡的帕子扭成一團，但臉上卻還強顏歡笑著。「柳氏，還不謝謝王妃的賞賜？」

柳氏接過那柄玉如意，誠惶誠恐地跪謝。「婢妾謝娘娘賞賜。」

第一二二章　話術

王妃一直顧著跟司徒錦說話，根本沒理會那兩人。陳氏的面子上掛不住，偶爾強硬地插話，也沒多大意思，只能憋著氣，安靜地坐在一旁。

沐王爺一大早就去了書房，此刻過來陪王妃用早膳。發現屋子裡多了幾個人，先是一愣，繼而笑著走了進去。「王妃這裡好熱鬧，看來本王來得正是時候！」

「給父王請安。」

「見過王爺。」

沐王妃只是抬眸掃了他一眼，卻沒有接話，讓他一個人尷尬。

陳氏見到王爺，臉上頓時又亮了起來。「父王今日休沐在家，可以好好地陪陪母妃了，不像翔公子，今日還要在衙門裡做事，都好幾日不曾休息過了。」

陳氏這樣說的目的，一是提醒王爺，他還有這麼個兒子；二來，也是想給自己的夫君邀功，讓王爺覺得他能幹，另一方面，就有些拍馬屁的成分了。以前她不屑給王妃請安，如今為了將來有好日子過，自然要討好巴結一下王妃。

司徒錦只覺得好笑，陳氏以為她這樣做，就能讓王爺重新正視翔公子了嗎？要知道，王爺最近最煩惱的，就是如何能與王妃重修舊好，哪裡還會管其他閒雜人等？

她可是悄悄透露了消息給王爺，說王妃之所以不高興，不是因為這麼些年來所受的那些苦，而是他不夠專情，明明有了心愛之人，還娶了別的女人，甚至跟那個女人生了一兒一女。即使當年他是被她設計，也不該因為不滿老王爺安排的婚事，就自暴自棄，甚至報復一個無辜的女人。

他總是說王妃是他最愛的女人，卻與別的女人生孩子，嘴裡說一套，背地裡又是一套，難怪王妃會寒了心，不肯原諒他。

所以，只要一提到翔公子或敏郡主，沐王爺就像炸了毛的貓一樣，渾身充滿了警戒，對陳氏刻意討好的話，也聽不進去了。「他辛苦什麼？都遊手好閒這麼多年了，出去做點事也是應該的。現在還不知道努力一些，等日後分了家，要拿什麼養活一家老小？」

陳氏被王爺的話給震住了，她有些難以置信地看著他，眼睛瞪得老大。父王竟然如此絕情，他居然想要將他們分出府去自己討生活？那怎麼行！

龍翔是個扶不起的阿斗，是個敗家子！若是單獨出府去生活，怕是不到半年，連她的嫁妝都要倒貼進去！

不行，她絕對不允許分家！

「父王，翔公子也正是這麼說呢！自己辛苦一些也就罷了，將來也好幫襯著二弟，好好地孝順父王跟母妃。」陳氏趕緊放低姿態，就怕王爺真的分家。

「他有這份孝心就足夠了，怕就怕他什麼事都做不成。」想到府臺大人三番兩次暗示翔公子不適合做他的下屬，他心裡就有氣。

果然被莫側妃給寵壞了！什麼事情都辦不成，還仗著自己是王府的公子，就不將人家放在眼裡。唉，他到底造了什麼孽，居然生了這麼個廢物！

「父王……」陳氏還要說什麼，卻被沐王爺給打斷了

「好了，妳不用說了。翔兒有幾分能耐，難道本王還不清楚嗎？只要他不闖禍，就謝天謝地了！」停頓了一下，他忽然想起一件事，於是用商量的語氣跟王妃說道：「愛妃，敏兒被廢皇后貶去寺裡做了姑子，可是這廢皇后都已經仙逝，妳看……」

家裡有個郡主當了姑子，傳出去可不好聽，反正楚皇后已經不在了，她的命令也就是個擺設了。龍敏雖然任性了一些，但畢竟是他的骨血，讓她待在寺裡，的確不是個辦法，為了王府的顏面著想，他必須將她弄回來。

沐王妃聽他這般說，心裡就有氣。

龍敏做出那等丟臉的事情，哪裡有半點王府郡主的樣子，他居然還想將她弄回府來，真是腦子進水了！

王府的顏面早已被他一雙兒女給丟光了！即使將敏郡主接回來又如何？一個被人欺負過的破鞋、剃了光頭的女人，還有誰會上門提親？將她留在府裡，那才是丟人現眼。

「是啊母妃，敏兒畢竟是王爺唯一的女兒，她還那麼年輕，怎麼能當一輩子的姑子呢！」說起自己的小姑，陳氏就有了話題。

若是龍敏能夠回府，那麼對她也有好處，起碼對付起世子妃來，也多了一個幫手。想到這裡，她更加賣力地遊說起來。「雖然莫側妃有罪，但也不該波及子女。敏郡主雖然不是母妃親生的女兒，但也是看著長大的，若母妃能夠將她接回來，世人定會稱讚母妃心胸寬廣、賢慧通達。而且，還能多一個女兒孝順您，豈不是一舉兩得?!」

司徒錦沒有插嘴的意思，畢竟這不關她什麼事。況且，以她對王妃的了解，定不會這般輕易讓西廂那邊的人翻身的。

見沐王妃沒什麼表示，陳氏又把主意打到了司徒錦身上。「弟妹，妳是世子妃，妳覺得此事該如何？」

司徒錦原本沒打算開口，可王爺將視線落到了自己身上，她也不得不回答。「母妃自然是賢慧的。只是，敏郡主的確是因為做錯事才被罰的，貿然領回家來，怕是不妥。不若這樣，先將郡主接到王府的家廟裡帶髮修行，母妃再根據敏郡主的認錯態度來定奪，如此一來，也不會給世人留下話柄。」

沐王爺和王妃聽了她的建議，一致點頭稱讚。

「還是錦兒看得透澈。」

「這賢名不要也罷，可不能讓人詬病了去。若是有人在朝廷參上一本，怕是王爺的名聲也會受到牽連。就按世子妃說的辦吧！」

陳氏死死地瞪著司徒錦，沒想到偷雞不成蝕把米，不但沒能討好王妃，還將敏郡主送到王妃手裡拿捏住了。日後，若是王妃高興，興許還會讓敏郡主回王府繼續做郡主；若是她不高興，只怕敏郡主一輩子都得待在家廟裡了！這跟當姑子又有什麼區別?!

「父王，難道您忍心敏兒孤零零地一個人待在那樣冷清的地方，了此殘生？」陳氏故意說得可憐兮兮的，想要博取王爺的同情。

但她卻料錯了。家廟是什麼地方？那可是供奉祖宗牌位和供家裡人修行的地方，豈能夠被辱沒?!

「大膽陳氏，還不閉嘴！家廟是什麼地方，豈容妳詆毀?!敏兒犯了錯，在祖宗面前懺悔，那也是應該，什麼孤零零的？一個犯錯的人，難道還要一大幫子丫鬟還有婆子跟著伺候？不知道就別亂說！」

王妃也是極為輕蔑地瞥了陳氏一眼，覺得這個女人與自己的媳婦比起來，還真是不止差了一點、兩點啊！

就這樣的腦子，還想著爭奪當家主母的位置，真是癡心妄想！

「陳氏，有空的時候，多用些心思在教育月兒身上，別整日想些有的沒的，有些東西不是妳想要就會有的。」停頓了一下，王妃才又繼續說道：「柳氏如今也有了身子，妳這個當正室的，可要好好照應著。怎麼說都是翔公子的骨肉，將來若是個男孩，也要養在妳名下，馬虎不得。」

陳氏咬著牙，心不甘情不願地道了聲是，便不再開口。

恩賜了。

柳氏沒想到王妃居然如此關照自己，心裡更加得意。如今她不但擁有翔公子全部的呵護和寵愛，還有王妃的另眼相待，如何能不自傲？雖然只是一個妾，但這樣的待遇已是天大的恩賜了。

但是聽王妃話裡的意思，將來她生的兒子要給陳氏養，想到陳氏平時對自己的苛刻，她就覺得自己的兒子絕對不會得到善待。於是，她下定了決心，一定要母憑子貴！

將來即使不能將這個正室給擠下去，也要弄個平妻做做，起碼自己的孩子，不能給陳氏這個嫉妒心強的女人撫養。

司徒錦將二人的神色看在眼裡，嘴角不由得上揚。母妃這一招還真是高明！三、兩句話就將兩個人挑撥了起來，想必日後西廂那邊又有好戲看了。

陳氏的性子眾所周知，不僅嫉妒心強，還是個潑婦，她絕對不會讓一個妾室爬到自己頭上去。柳氏看起來雖然文文弱弱，卻是個很有手段的女人。

後院之爭一旦開始，便不會停止。只要她們起了內鬨，那她就有清閒日子過了。

一隻手撫摸上自己的肚子，司徒錦滿臉慈愛地跟肚子裡的寶貝對話：乖孩子，娘親和爹爹一定會很疼愛你的！

肚子裡的孩子，似乎聽懂了她的話似的，抬起腳踢了她一下。

司徒錦驚愕地睜大了眼，繼而彎起嘴角，笑了。

第一二三章　蘊心機

回到祥瑞園，陳氏便指著柳氏的鼻子一頓大罵。「別以為母妃剛才賞了妳一柄玉如意，尾巴就能翹上天去了！我告訴妳，西廂這邊可是我說了算的！哼，不要臉的狐狸精！誰知道妳肚子裡懷的是個什麼貨色，指不定是個賠錢貨！」

柳氏咬著下唇，渾身氣得發抖。但她知道翔公子不在府裡的時候，她不能與陳氏對著幹，否則她肚子裡的孩子怕是保不住，因此她只能忍氣吞聲，低著頭一聲不吭。

陳氏見她毫無反應，反而更生氣。「杵在這裡做什麼？還不過來給我捶背！」

柳氏猶豫了一下，但還是走到陳氏身後，乖乖地給正室當丫鬟使。

「左邊一點……妳有沒有吃飯啊！」

「唉唷……妳想謀殺我啊！」

陳氏挑剔得很，不管柳氏怎麼做，她都覺得不對。柳氏不能反駁，只能任由她罵著，但她早就在心中將陳氏詛咒了一百遍。

龍翔回府之後就直奔柳氏的屋子，可是找了一圈都不見人，問了丫鬟才知道陳氏將她叫過去了，於是他又匆匆趕到陳氏這邊來。

柳氏聽到外面的腳步聲，知道是翔公子回來了。於是她故意使勁在陳氏的肩膀上掐了一把，陳氏痛得叫了起來，憤怒之下，便將柳氏給狠狠地推了出去。

「啊……！」柳氏雖然早已有準備，但不曾料到陳氏力氣如此之大。她整個身子往後仰去，猛力撞上身後的椅子，這才摔倒在地上。

腰部傳來的痛楚，讓柳氏眼淚都給逼了出來。而剛踏入門檻的龍翔正好看到陳氏推柳氏這一幕，頓時火冒三丈。「陳氏，沒想到妳這麼沒度量！她還懷著孩子呢，妳居然這麼用力推她，妳是不是想讓我斷子絕孫啊！」

陳氏對丈夫的偏袒本就看不過去，哪裡經得住這麼毫無根據的亂罵。「你不分青紅皂白就誣衊我，你眼裡可還有我這個明媒正娶的正妻?!」

「我親眼看到妳將柳氏推倒在地，還敢說我誣衊妳？」龍翔氣得上前就是一巴掌，打得陳氏身子沒穩住，朝後倒了下去。

丫鬟們驚叫著，跑過去想要將陳氏扶起來。龍翔則一心一意都在柳氏身上，根本沒注意到陳氏的傷勢。

「相公，我肚子好痛……」柳氏捂著還未顯懷的肚子，哭得楚楚可憐。

陳氏剛要罵她幾句，奈何下身的痛楚讓她失去了聲音。一陣頭暈目眩後，陳氏便栽倒在丫鬟的懷裡，不省人事。

「夫人……公子，夫人暈倒了！」陳氏的貼身丫鬟尖叫出聲。

「喊什麼喊，還不趕緊去請大夫！」龍翔以為陳氏是裝出來的，早就厭煩了。他逕自一把將柳氏抱起來，回到清幽居。

丫鬟們驚慌地跑到王妃的院落，說明了緣由，便請旨想要出府去請大夫。

沐王妃聽了個大概，算是明白了。剛才自己一番挑唆的話語，讓陳氏與柳氏內訌了。陳氏本就潑辣，哪裡容得下柳氏那個嬌滴滴的妾室，所以才導致柳氏動了胎氣吧？

「妳們怎麼做下人的，也不會勸著點！去，拿我的帖子請林御醫過府來。」說著，她又問了珍喜關於王爺的下落，再差遣人去請他。

「小姐的意思是……」珍喜有些不明所以。

「哼，他的好兒子好媳婦，自然是他自己去關照，本王妃哪裡有那個閒工夫管西廂那邊的事情！等本王妃的孫子出世之後，他們也該單獨出府去過了。」沐王妃不是嫉妒，而是覺得王爺太過放縱那些人了。

真是沒規矩！

珍喜應了，派人給王爺報了信，便扶著王妃去了慕錦園。

世子妃的身子重，王妃體諒她，免了她那些規矩。可是王妃又忍不住想去關心一下那未出生的孫子，只好天天往兒子跟媳婦的院子跑了。

「夫人，西廂那邊又鬧起來了呢！這一次，陳氏也氣得病倒了。」緞兒彙報著外邊的動靜，臉上仍舊嬉笑著，不帶任何同情。

司徒錦倒覺得陳氏那樣的女人會被氣得病倒，實在有些不太尋常。「請了大夫沒有？可別鬧出大問題來。」

就在此時，丫鬟進來稟報，說西廂出大事了。

「何事如此慌張？」沐王妃剛踏進院子，便聽見丫鬟們嘰嘰喳喳的，於是好奇問道。

司徒錦聽到王妃的聲音，趕緊上前去行禮。「母妃怎麼過來了？緞兒，快去準備冰鎮酸梅湯。」

「到底怎麼回事？」在司徒錦攙扶下，沐王妃在貴妃榻上坐了下來。

司徒錦知道她問的是西廂那邊的事情，便示意那丫鬟繼續說下去。「王妃問話，挑最要緊的事說吧。」

那丫鬟自然懂世子妃的意思，便省去了很多形容詞，稟報道：「啟稟王妃，大夫人與翔公子爭吵了起來，不知怎麼的就暈倒了，還落了紅。據大夫說，是小產了……」

沐王妃挑了挑眉，神色卻沒多大變化。畢竟她與西廂那邊的人沒什麼感情，而且陳氏一向對自己都不恭敬，她也做不來那樣假惺惺的憐惜之情。「王爺知道了嗎？」

「王爺在院子裡教訓翔公子呢。」意思是已經知道了。

「柳氏那邊怎麼樣？」王妃繼續問道。

「柳姨娘動了胎氣，大夫拿不定主意。林御醫還沒有過來，尚且不知道結果。」那丫鬟打聽到的，就只有這些了。

司徒錦的手頓了頓，覺得這個柳氏倒是有手段。不但陷害主母流產，還能保住自己的胎兒，果真不簡單！

「母妃，要不咱們過去看看？」她提議道。

柳氏摔得不輕，胎兒怕是也保不住。不過，柳氏瞞著不報，似乎還有別的用意。她的孩子若是沒了，龍翔肯定會全部推到陳氏身上，如此一來陳氏的地位便不保。可陳氏也查出有孕，還是被龍翔給弄沒了的，這樣的話，柳氏小產就不算什麼了。她這般舉動，怕是想要弄出點大動靜來，好獲得更多的利益吧？

她想栽贓給誰呢？

司徒錦不太確定。

畢竟西廂那邊與東廂一向互不來往，也只有今日陳氏帶著柳氏去王妃房裡請安，偏偏回去就出了這樣的事情，這裡面會不會有什麼蹊蹺？

想到這些，司徒錦就再也坐不住了。

王妃看著她，神情有些奇怪。「錦兒怎麼突然想要過去？」

「畢竟是一家人，出了這麼大的事情，兒媳理應過去瞧瞧。」司徒錦的理由很是冠冕堂皇，不過王妃自然不信。

「也罷，妳就陪母妃走一趟。」說罷，王妃便起身，與司徒錦攜手出了慕錦園。

祥瑞園

「你這個逆子！一事無成也就罷了，還將那些地痞的風氣學了個十成十，你是要氣死我才甘心，是吧？一會兒陳家來了人，我看你要如何跟他們交代！」沐王爺氣得鬍子直翹，臉上滿是震怒。

龍翔哪裡敢說半個不字，他也沒想到陳氏懷了身子啊！只不過是一巴掌而已，怎麼會流產了呢？

「父王，兒子知錯了……您別再打了……」他是個軟骨頭，身嬌肉貴的，根本承受不住王爺踢打。

看著兒子那不爭氣的模樣，沐王爺更確信自己做錯了事情。他根本就不該讓這個孽種來到世上，根本就不該迫於壓力娶了那個心思歹毒的女人！

「給我跪在這兒，我不許你起來，你就給我乖乖跪著，聽見沒有?!」

「兒子知道了……」龍翔小聲地回答。

罰跪雖然也很難受，但總比挨打強。

沐王爺發了一頓脾氣，正打算去芙蕖園找王妃，卻見王妃婆媳倆攙扶著進了院子，這才換了副神態，迎了上去。「妳身子不好，怎麼過來了？」

這是王妃第一次踏入西廂的院子，他心裡也不知道是什麼滋味。

「聽說陳氏和柳氏都摔倒了，我這個做嫡母的，也該過來看看。」王妃的態度不冷不熱，卻多了一絲人情味。

王爺聽後心頭舒暢了許多。「屋子裡見血了，愛妃還是別進去了吧。」

這種事一般人都會忌諱，他也只是聽了丫鬟的稟報而已，根本沒進去看個真切。王妃卻不同意，扶著司徒錦的手，一同走進了屋子。「咱們都是有福氣的，哪裡會忌諱這些？王爺是男人，還是在院子裡等著吧。」

說完，不顧他的阻攔，便朝著陳氏的屋子走去。

丫鬟見到王妃和世子妃一同前來，有些失神。好在王妃也沒計較那麼多，逕自走到陳氏的床前，問了一些情況。

陳氏仍舊昏迷，臉色蒼白得很，不像是裝出來的。那床頭上的矮凳子上，還放著一條帶血的褲子，雖然血塊不大，但的確是小產的症狀。

王妃與世子妃對視了一眼，交代了丫鬟幾句就出去了。

「看來，陳氏還真是小產了。」王妃似乎鬆了一口氣。

司徒錦擔心的不是陳氏搞什麼鬼，真正值得提防的，是柳氏。「既然來了，不若母妃也陪兒媳去柳氏房裡看看吧？」

王妃微微蹙眉，低聲問道：「不過是個妾而已，錦兒為何如此看重她？」

司徒錦淡笑著，說道：「都是翔公子的骨肉，是王府的子嗣。」

「妳這個小潑猴，又打什麼主意呢？」王妃對司徒錦還算了解，知道她不會做這麼無聊的事情。

怕是要她去看好戲吧？

既然來了，就去看看吧。

王妃打定了主意，便和司徒錦去了清幽居。

清幽居位於祥瑞園南端，是一個很幽靜的院子。當初陳氏安排柳氏住在這裡，也是為了不讓她在自己面前晃來晃去。其實這裡風景還不錯，而且安靜，適合靜養。

清幽居內，丫鬟們都規規矩矩地在外面做事，而柳氏的房門卻一直緊閉著，有些不太尋常。

王妃和司徒錦到來的時候，那些丫鬟顯然有些慌張。

「給王妃、世子妃請安。」一個嬤嬤模樣的婆子見到她們，立刻高聲喊了起來。

「嬤嬤這麼大聲做什麼？當我們耳聾嗎？」司徒錦知道她這是有意向屋子裡報信，喝止道。

要是讓人將證據毀滅了，那她來這裡一趟，不就是白跑了？

「妳們主子呢？」王妃冷著臉，睥睨著跪在地上的丫鬟、婆子。

「回稟王妃，柳姨娘動了胎氣，正在屋子裡休養。大夫交代了，不讓開門窗，怕著了涼……」那婆子態度雖然恭敬，卻是滿口謊言。

只有月子裡的婦人，才不能吹風，再說了，這麼熱的天氣，吹一吹風哪裡會著涼？分明就是刻意掩飾！

司徒錦裝作十分緊張的模樣，對王妃說道：「母妃，既然柳氏身子不便，就別讓她出來見禮了，還是我們進去探望吧？」

王妃點了點頭，就要往屋子裡走。

那婆子慌了，立刻攔在前頭。「王妃請留步！姨娘的身子剛才見了血，有些不吉利，王妃還是別進去了吧，若衝撞了王妃，奴婢可擔待不起呀！」

「大膽奴才！母妃乃王府的主母，親自來探望柳姨娘，已經是莫大的恩惠，妳在此推三阻四，是何道理？」司徒錦喝斥道。

那婆子身子抖了抖，仍舊硬著頭皮上前勸阻。「恕奴才斗膽。奴才真的是擔心王妃的身子，怕受到血污的衝撞，還望王妃明察！」

「笑話！那些都是毫無根據的事情，豈能輕易說出口？來人，把她拉開，若是反抗，板子伺候！」司徒錦沒空跟一個婆子廢話，便叫自己的人動手將她拉走。

此時，清幽居的正門打開了，一個綠色衣服的丫鬟恭敬地上前來行禮。「不知道王妃和世子妃駕到，柳姨娘不能親自迎接，還望王妃和世子妃恕罪。」

王妃掃了這丫鬟一眼，說道：「妳們姨娘身子如何了?大夫可有開方子？」

「謝娘娘關心，姨娘並無大礙，只要靜養就好。」那丫鬟低眉順眼的，看來十分鎮定。

司徒錦心想：這柳氏還真是個人物，連身邊的一個小丫頭，都是這麼沈穩。看來，她是真要好好地認識一下這位柳姨娘了。

「母妃，我們進去看看柳氏吧？」司徒錦知道屋子裡肯定處理乾淨了，不然這丫鬟也不會出來開門。

不過，有些東西就算肉眼看不見，還是會留下一些痕跡。

王妃嗯了一聲，便讓那個丫鬟在前面帶路。

柳氏見王妃和世子妃進來，掙扎著要起來。

「柳姨娘身子不好，還是躺著吧，母妃不會怪妳的。」說著，她衝著王妃眨了眨眼，算是詢問她的意思了。

王妃果然很配合地說道：「妳好好躺著吧，不必起來。」

司徒錦一進屋子，就聞到很濃郁的熏香味，有些好奇地問道：「都說孕婦不能聞太過濃郁的香味，這屋子裡怎麼還點了熏香？」

「回世子妃的話，姨娘習慣了這些香味，加上蚊蟲比較多，所以才點了熏香。奴婢平日都會將窗戶打開，這樣就不會對腹中的胎兒有所影響。」剛才那個綠衣丫鬟冷靜地回答道。

司徒錦點了點頭，說道：「原來如此！」

這是欲蓋彌彰啊！雖然那香味很濃郁，但司徒錦還是聞到了一股不尋常的血腥味。雖然動了胎氣也會小量出血，但味道早就該散去了，根本不需要用這麼濃郁的香味來掩飾，除非……是大出血。

瞧柳氏那蒼白如紙的臉龐，司徒錦就知道她失血過多。若只是動了胎氣，臉色不至於這麼差。

司徒錦又走近了一些，在她的床褥上打量了一番。那床褥看起來很乾淨，帶著一股皂角的清香，看來是剛換上不久的。

專門換了被褥，看來還真是很嚴重呢！

「母妃，既然看過了柳氏，咱們也該回去了。」司徒錦得到了想要的答案，便打算離去。她吩咐自己的丫鬟將手裡的一個盒子放下，說道：「這是母妃賜給柳姨娘的安胎補品，妳們燉了給姨娘補一補身子吧。」

那綠衣丫鬟趕緊接了過來，恭敬地道了謝。

等到她們一走，柳氏便有些心急地問道：「她們為何會突然過來？不會被她們瞧出些什麼來了吧？」

「姨娘放心，若是王妃和世子妃有所察覺，也不會這麼輕易地揭過去。奴婢剛才點了熏香，已經聞不出血腥味了。王妃和世子妃又不是大夫，不會看出什麼破綻的。」

「那就好……」柳氏蒼白著臉嘆道。

她的孩子已經沒了，在這樣的打擊之下，還得費神想辦法彌補，實在有些精力不濟。不過陳氏跟她一樣沒有了孩子，她們算是打成平手了！只要她想辦法將孩子落胎的責任推到更有用的人身上，那她的地位就會更加穩固。

至於那個人選，她已經有了定論。

這王府後院裡，最有權勢的就是王妃了，只要她使點兒手段，讓王妃對她有所虧欠，那麼她日後的日子就好過了。

她打算買通那個來瞧病的大夫，幫她瞞住失去胎兒的事實，等到有合適的機會，她再適時地失去這個孩子，那麼她孩兒的死就更有價值了。

之所以選中王妃，一是看重她在王爺心裡的地位，二來，就是她比較好拿捏。一個被莫側妃打壓這麼多年的女人，又能厲害到哪裡去？

「姨娘，一會兒林御醫要過來為您診脈，這個秘密還能守得住嗎？」綠衣丫鬟一臉愁容地問道。

「放心好了，林御醫不敢亂說話的。」柳氏鎮定地說道。

丫鬟有些不解，問道：「姨娘怎麼知道？那林御醫可是王妃娘娘請來的……」

柳氏神秘地一笑，說道：「我不打沒把握的仗！難道妳忘了嗎？那個林御醫可是我的姨父。我將來若是好了，也能幫襯著他，這一點他是明白的。」

綠衣丫鬟欣喜不已，說道：「還是小姐想得周全！幸好是林御醫過來。」

「妳以為我沒想到這一點嗎？早在嫁入王府之前，我都調查清楚了。給王府的主子們瞧病的，都是宮裡的御醫，而我這位姨父，是最近提拔上來的，時常來王府給世子妃請脈。這府裡一旦有人生病，就會去請他。」

「原來主子都算好了呀！害得奴婢白擔心一場。」那丫鬟總算是安了心。不過，她忽然又想到一個問題。「既然林御醫是自己人，他又經常給世子妃請脈，何不……」

「此事不急。」柳氏停頓了一下，才說道：「慕錦園的人都十分謹慎小心，就算是林御醫親自開的方子，她們也會仔細檢查，才會給世子妃服用。更何況，花郡王跟世子交情匪淺，有他在，要想害世子妃肚子裡那塊肉，也不是容易的事情。」

「花郡王？那個脾氣古怪的神醫傳人？」

「嗯。所以，我們不能輕舉妄動。如今只有先取得她們的信任，日後徐徐圖之，不能操之過急。」柳氏眼中閃過一絲狡猾，嘴角微微上揚。

她的野心很大，不會僅僅安於做一個無權無勢的公子妾室。既然是嫁到王府，那她就要做最尊貴的那一個！

即使翔公子不成器那又如何？他很好拿捏，只要她在他耳邊吹吹枕頭風，他都會聽自己的。

只要讓世子妃生不了孩子，那麼這王位還指不定是誰來坐！更何況，翔公子是王爺的長子，他在王爺心裡的地位肯定不一樣。

只是，柳氏將一切想得太美好，根本不知道莫側妃為何會得寵，又為何會失寵。她的那些小算計，不過是竹籃子打水，一場空而已。

林御醫在兩刻鐘之後，總算到了王府，還沒來得及喘口氣呢，就被請到了祥瑞園。陳氏的問題不大，就是小產，只要好好休養就足夠了。他開了一些補身子的藥物給陳氏，便又匆匆趕到清幽居。

在仔細把過脈之後，林御醫的眉頭忍不住蹙了起來。

「姨父，我的孩兒還好吧？」不等他開口說話，柳氏便率先開了口。

林御醫先是一愣，繼而辨認出了她的聲音。「是媚兒？」

「正是。能夠在這裡見到姨父真好……」柳氏擠出幾滴眼淚，扮演弱者。

林御醫從她的脈象上判斷出她已經小產，孩子沒能保住，可是那些勸說的話到了嘴邊，卻說不出口。這個孩子是柳家唯一的嫡女，是柳家的掌上明珠，這樣的打擊她如何能夠接受得了？

林御醫的遲疑，給了柳氏機會。「姨父……我的孩子若保不住，那我在這府裡就更加沒有地位了……您也知道，陳氏那人霸道無理，今日害我失去了孩兒，但王府的主子卻沒有任何責怪，我真是命苦啊……」

「媚兒別哭，妳這樣對身子不好，也會影響日後有孕的。」林御醫唉聲嘆氣地勸導。

「可是媚兒不甘心！這孩子好不容易才懷上，一旦失去，這府裡豈會有我的立足之地？姨父，您一定要幫幫我……」柳氏乾脆爬起來，對著林御醫跪了下來，哭著哀求。

林御醫有些不忍，將她給扶了起來。「妳要我如何幫妳？」

「只要姨父幫我瞞著失去孩兒的消息，媚兒就不勝感激！等到日後身子恢復了，媚兒會再想辦法懷上，如此一來，也不算辱沒了姨父的名聲。求姨父答應媚兒這個請求吧……若是日後媚兒在王府站穩了腳跟，必定不會忘記姨父的大恩大德！」

柳氏這番話，說得十分流暢，因為這本就是她心裡所想，因此沒有絲毫的隱瞞。反正又不是什麼傷天害理的事情，只要她日後懷上了，那麼對自己也不會有影響。

林御醫猶豫了一番，想到王府的勢力，以及自己的前途，便應了下來。

「妳先起來，姨父答應妳就是。不過妳此次小產有些嚴重，可要好好調理身子。」林御醫一邊開方子，一邊好心提醒道。

「媚兒多謝姨父關照！」說罷，柳氏給自己的丫鬟使了個眼神，那丫鬟便捧著一個錦盒過來，遞給了他。

「媚兒這是做什麼？」林御醫有些驚訝。

「這是媚兒的一份心意，還望姨父不要嫌棄。」那裡面都是一些名貴的首飾，所謂捨不得孩子套不住狼，親戚歸親戚，有些事情還需要利誘，免得他半途而廢。

林御醫見到那些珍貴的首飾，心裡的猶豫完全放下了。「都是自家人，何必這麼客氣？既然是妳的一點心意，那我就收下了。」

做官的，那點兒俸祿遠遠不夠開銷，因此林御醫順手接下了那個錦盒，藏在藥箱子裡。

「綠雲，送送林御醫。」
那個綠色衣服的丫鬟立刻上前去，恭敬地送林御醫出了清幽居。
林御醫給西廂這兩位診完了脈，還是要去王妃那裡回個話的。如實將情況稟報了一番，王妃也沒有多問，派人給了診金，便打發他出去了。
司徒錦聽到林御醫的診斷，不由得起了疑心。
「按理說，這個林御醫應該不會說謊才是……」她自言自語地說道。
龍隱剛好從外面回來，聽見她喃喃自語，不由得問道：「什麼說謊？」
司徒錦笑了笑，道：「沒什麼……剛才林御醫過來稟報，說柳氏只是動了胎氣，可是明明就……對了，林御醫的醫德如何？」
龍隱對這個林御醫沒多大印象，只知道他一向還算老實，不然王府也不會請他來診脈了。「醫術一般，看起來挺老實，若是懷疑，我這就派人去調查一下。」
「也好。」司徒錦點了點頭，說道：「今日休沐，一大早就不見了蹤影，做什麼去了？」
龍隱寵溺地將妻子圈禁在自己懷裡，磨蹭了一下她的鼻子，才說道：「五皇子就要大婚了，自然有事交代我去辦。」
「哦？難道是要你去調查那未來的五皇子妃了？」司徒錦猜測道。

「娘子果然聰明。」他讚許地吻了吻她的臉蛋，意猶未盡地想要索求更多。
「說正經事呢……」司徒錦躲避著，臉上浮現出一絲紅暈。
「和娘子溫存，也很正經……」說完，他手臂一伸，便將她整個人抱起，朝內室走去。
司徒錦的臉早就脹得通紅，在得知四個月後可以行房之後，這個男人就好像永不知足似的，一有機會就喜歡欺負她。
當初，她怎麼就沒看出他是個外冷內熱的男人呢！

第一二四章　皇子大婚

這一日天氣晴好，萬里無雲。

司徒錦早早就起了身，服侍龍隱穿戴整齊，又吩咐丫鬟們準備好了早膳，這才得了空，坐下來梳妝。

「夫人，今日兩位皇子大婚，不若就穿那件橘紅色的紗裙吧？既喜慶又端莊。」緞兒在一旁幫忙出著主意。

龍隱坐在桌子旁邊，聽見緞兒的話，不由得插了一句嘴：「妳們夫人穿什麼都好看。」

緞兒手一抖，差點兒沒將手裡的玉簪給摔了。

世子爺的變化還真是大啊！這樣的話張口就來，這還是原先那個冷面閻羅嗎？不過，想到自己的夫君跟世子爺一個德行，她就忍不住抿著嘴笑了。

司徒錦自然也是聽到他的話，眼角泛出一抹羞澀，梳頭髮的動作也慢了下來。

「夫人，朱雀有消息傳回來。」春容先是給世子爺見了禮，這才來到司徒錦面前，將一個信封遞了上去。

司徒錦放下銀梳，將信件拆開來。快速瀏覽了一遍之後，這才嘆道：「果然如此。」

「何事？」龍隱有些不解地看著她。

司徒錦將手裡的信件遞給龍隱，沒有多說，只是揮了揮手，要屋裡其他人全都出去。

龍隱將信件掃視了一遍，臉色卻沒有絲毫變化。看來，有些事情早在他的預料當中，不足為奇。

「無關緊要的事情，錦兒以後就別操心了。」那個即將大婚的二皇子，果然是假貨，皇帝之所以抬舉他，也不是出自於真正的喜歡，而是另有目的。

「看來皇上已經發現他不是真的二皇子了。」司徒錦輕嘆，這個聖武帝還真是心機深沈，為了自己心愛的兒子，真是無所不用其極。

「相公，你說皇上會不會早就知道了當初換子之事？他不揭穿假的二皇子身分，是不是要等到五皇子跟假的二皇子鬥得差不多了，再將真的二皇子給接回來，好名正言順地繼承皇位？」

長幼有序，皇室也不例外。

一旦皇上不在了，那麼皇位的繼承人，便會落到這兩位皇子其中一人身上。自古以來，都講究長幼有序，二皇子比五皇子年長，因此更有資格繼承皇位。但五皇子的勢力也不容小覷，所以他最近才頻頻對沐王府出手，想要將五皇子最大的靠山給扳倒。

皇嗣本就單薄，聖武帝膝下也就四個皇子、兩位公主。如今太子和三皇子謀逆，太子被皇上貶為庶民，三皇子也被囚禁，繼承皇位的人選，便只剩下二皇子和五皇子。依皇上昔日對姜妃的寵愛和愧疚，立她的兒子為太子，也是情理之中的事。可任誰都看得出來，如今這位二皇子，無論相貌、氣質都與皇上沒有半分相似；行為舉止也魯莽輕浮，根本不是當帝王的料。聖武帝真的放心將祖宗江山交到這麼一個人手裡嗎？抑或是，他早就知道真正二皇子的下落，如今這局面，不過是他的一步棋罷了？這裡面還真是大有文章。

「皇上是個有為明君，他這麼做，自然有他的道理。」龍隱攏了攏愛妻的髮絲，眉宇間並沒有過多的憂慮。「這些事情就交給我來處理吧。不管皇上是怎麼想的，五皇子絕對不會坐以待斃。即使他有心讓真的二皇子繼位，也要二皇子贊同才行。」

一語驚醒夢中人！

司徒錦這才鬆開了眉頭，笑道：「看來，我真的是多慮了。」

「用些早膳吧，妳可不能餓著。」龍隱抱著她來到桌子旁坐下，親手餵起她飯菜來。

看著他親自餵她，司徒錦不禁臉紅心跳。那樣的舉動，對於一般男人來說，是莫大的恥辱。但在她看來，這就像是致命的毒藥一樣，讓她不可自拔地愛上他這樣的溫柔體貼。

見有殘留的米粒黏在她的嘴角，他伸出手去，輕輕地替她拈掉。

司徒錦感受到他手指上的溫度，心裡又是一陣悸動，低下頭去，不敢看他。龍隱見狀，嘴角微微勾起，這才安靜地吃起自己的飯菜，不再為難她。

他的小妻子就是這麼害羞。在別的事情上，可以毫不留情地將對手置於死地，但是在他面前，卻像個小姑娘一樣手足無措。

對外，她可以讓他無後顧之憂；對內，她是個善解人意又體貼細心的妻子。這樣一個完美的女人，如何讓他不愛呢？

皇城

「迎親的隊伍過來了！」

「羅國公府的儀仗隊還真是氣派！」

「麒麟王府的花轎很有看頭呢……」

皇子娶親，可是難得一見，因此百姓都在一旁看熱鬧，嘴裡還品頭論足。

司徒錦跟在一些命婦的隊伍裡，靜靜地等候著新人到來。

「隱世子妃，妳這肚子有六個月大了吧？」站在她身邊不遠的，正是端世子妃。

司徒錦淡笑著，臉上滿是母性的光輝。「五個多月，不到六個月呢。」

「才五個月，就這麼大個頭了？想必這第一胎就是個兒子！」端世子妃說著，臉上滿是羨慕之色。

這位端世子妃嫁入王府也有不少時日了，可惜肚子一直沒有消息，見到懷了身子的婦人，就十分的羨慕。

司徒錦笑道：「謝世嫂吉言。其實不管是兒子還是女兒，我都喜歡。」

端世子妃抿了抿嘴，轉移了話題。「這位羅國公府的嫡小姐，也就是我的表妹，是個標致的美人呢！這些年來在京裡也是才名在外，五皇子娶到她，想必十分滿意。」

對於那位羅小姐，司徒錦也有所耳聞，加上朱雀的調查，她對這位羅小姐也是充滿了好感。據說她不但長得美，而且還是個性格溫柔的聰慧女子，在妻妾和子女眾多的國公府裡，年幼失去母親庇護的她，依然活得恣意，這就不得不讓人承認，她是有幾分本事的。

想到自己的遭遇，司徒錦對這位未曾謀面的羅小姐產生了惺惺相惜之情。「齊妃娘娘的眼光自然不會錯，以後我也多了一個可以說話的伴了。」

端世子妃見司徒錦這麼說，心裡也是十分歡喜。她從齊妃娘娘那裡知道了一些關於司徒錦的事情，起初還以為是齊妃娘娘抬舉她，所以一直有些懷疑，不過見到她的為人處事之後，就越發喜歡她。

「可不是嗎？我這位表妹最喜歡結交志趣相投的朋友，世子妃若是得了空，可以經常去五皇子府走動走動。」

司徒錦笑而不語，但心裡也是有些嚮往。在偌大的京城裡，除了江家兩個表姊妹，她連一個朋友都沒有。若是真的能夠湊在一起，日後也能找到個說話的伴。

兩個人正私下交談著，突然聽到一陣鳴炮聲。

「新娘子到了！」

被周圍的宮女一提醒，司徒錦和那端世子妃便住了口。

遠遠望去，兩隊大紅色的人馬朝皇城門口逼近。喜氣盈盈的嗩吶聲與鑼鼓聲不斷。

儀仗隊的前面，騎著高頭大馬，器宇軒昂的，便是五皇子殿下，而另一匹稍微落後的馬匹上，看起來有些精神不濟的年輕男子，就是二皇子。

「那二皇子似乎有些不大對勁……」端世子妃有眼力勁兒，一下子就看出了問題。

司徒錦順著她的視線望去，只見二皇子不斷打著呵欠，一副沒睡醒的模樣，騎在馬背上晃來晃去，看起來還真是有些散漫。如此也就罷了，他的臉色還有些異常的潮紅，像喝醉了酒的醉漢似的。

此時，二皇子的馬匹不知道怎麼了，突然嘶叫一聲，發起狂來。負責護衛的侍衛們都衝了過去，想要將馬匹制伏，奈何那馬匹早已失去耐性，朝著城門就衝了過去。二皇子似乎沒有料到會發生這樣的事情，還來不及反應，就一頭從馬上栽了下來。

「唉呀……二皇子墜馬了！」

不知道是誰先尖叫一聲，接著周圍的人群都轟動了。

五皇子將手裡的韁繩一勒，吩咐道：「侍衛，立刻將圍觀的群眾攔住。另外，趕緊去請御醫過來！」

吩咐完這些，他又對那些慌亂的宮女說道：「將二皇子扶起來，送到宮裡休整一下。等御醫診治過後，再做定奪。」

五皇子有條不紊地安排好一切事宜，不少人都對這位年輕的皇子投以讚許的目光。

司徒錦嘴角微翹，他還真是會表現自己！

發生了這麼大的事情，還能如此鎮定，不愧是最會演戲的五皇子。如此一來，不少百姓都對他產生了好感，至於那個二皇子，面子可就丟大了。先不說他的傷勢是否嚴重，就拿大婚之日墜馬這一件事來說，怕是要被人嘲笑好久了。堂堂皇子，居然連馬匹都馴服不了，這樣的事情說出去還真是令人笑掉大牙！

皇城不遠處的一個酒肆二樓，一個戴著斗笠的男子看著這一幕發生，臉上絲毫沒有驚訝之色，好像這一切都在他的預料當中似的。

「你似乎一點兒都不生氣？」他的身旁坐著一個面容普通的女子。見他神色自若，不由得多問了一句。

「我說過，那些都與我無關了。」他嘆道。

「那個位置，你真的不會動心嗎？」好多人想求都求不來呢！

男子咧著嘴笑了，一雙眼睛卻透亮得很。「別人笑我太癡狂，我笑他人看不穿！不相干的人這麼說也就罷了，朱雀，妳還不了解我嗎？」

女子格格笑著，挽著他的胳膊，一臉諂媚。「我自然了解你！開個玩笑罷了，何必這麼認真？嗯？」

男子無奈地搖了搖頭，拿自己心愛的女人沒辦法。再過不久，他就要離開京城了，在離開之前，他想要看到局勢穩定下來，這樣他便可以安心了。

「客官，有人送了一封信過來給您。」小二突然走過來，仔細打量了他一眼，這才恭敬地將信件遞了過去。

戴斗笠的男子接過那封信，剛要拆開，卻被朱雀阻止了。「讓我來吧。」

那信封上有些細微的粉末，不怎麼打眼。但朱雀一向謹慎小心，即使與心愛的人在一起，也沒有降低戒備。

男子任由朱雀將信奪了過去，沒有任何不快。

朱雀避開那些粉末，輕輕地將信封拆開，將裡面一張紙給取了出來。「果然……」

那信紙上什麼都沒有，是空白的。送信來的人，不過是想借這個機會，將那些粉末弄到他身上，方便跟蹤而已。

「妳覺得會是誰？」目前為止，知道他存在的，就兩個人。

其一，是他的親生父親；其二，就是身旁這個女子。

那人找他，一向都是叫皇家暗衛前來通知，不曾有過什麼書信之類的東西。至於朱雀，他相信她不可能出賣自己。

「嗯……看來我還是低估了他。」朱雀一邊說著，一邊露出幾分狡詐的神情來。

「小二哥，可看清那送信人的面目？」男子見朱雀不肯明說，只好轉而向這個遞信件的人下手。

店小二摸著頭，一臉歉意地說道：「不好意思，客官。小的剛才沒仔細看，只知道對方穿著一身黑色的衣服，頭壓得很低，看不清楚面貌。個頭大概七尺左右，身形偏瘦，其他的就不知道了。」

「多謝。」斗笠男子扔給他一錠銀子，便起身打算離去。

朱雀忙站起身來，跟了上去。「等等我……」

「妳不用回去護著妳的主子嗎？跟著我做什麼！」

「怎麼？這樣的醋都吃啊！她可是女的耶。」朱雀不滿地癟了癟嘴。

這個男人還真是難伺候！

她都已經很少幫組織辦事了，也儘量少跟男性接觸，他還有什麼不滿意的？

見朱雀嘟著嘴，男子不由得嘆氣。「我沒有……妳還不去辦妳的事？」

「你要去哪裡？晚上會回來吃飯嗎？」朱雀像個八爪魚似的，纏著他的胳膊不放，生怕他一去不回。

那種等待的日子，她實在受夠了！可是，當初她卻下不了決心跟他一刀兩斷。起初，她以為他要回去當他的二皇子，所以鬧了一陣小脾氣，還說要跟他分手。二皇子，那可是個人人羨慕的位置！他怎麼會輕易放棄高貴的身分，跟她這樣一個沒權沒勢的女人待在一起呢？

後來她才知道自己誤會他了，那不過是權宜之計。他派了個自己的屬下冒充二皇子，為的就是擺脫這個麻煩的身分，過逍遙自在的生活。在他解釋清楚之後，朱雀這才原諒並重新接納他。

那醉仙樓，就是他賠罪道歉的禮物。

「放心，我晚上一定回來！」他保證著，卻沒說去哪裡。

有些事情他不想讓她知道，免得她擔心。

朱雀也不笨，知道他有些危險的事情要去做，也就沒有繼續追問。她不是那種小家子氣的女人，自然懂得相處的分寸。「也好！那我做好你愛吃的飯菜等你回來！」

男子寵溺地捏了捏她的鼻子，這才快速離開這裡，沒入人群當中。

朱雀看著他遠去，這才想到那信封上粉末的事情。她迅速地朝著皇城門口而去，在一條空巷子內，她迅速將外面的衣服給扯下，露出裡面充滿喜慶顏色的衣服，接著便將原本那身衣物給扔了，省得真的被追蹤。

司徒錦感受到身後熟悉的味道，這才悄聲問道：「發現了些什麼？」

「二皇子被人下了藥了，那馬也是。不過，估計御醫檢查不出來什麼。那人做事，一向小心。」朱雀小聲回道。

「嗯……看來，他是要在這個大喜之日動手了。」司徒錦喃喃說道。

「夫人放心，朱雀一定會護著您的！」她極有自信地說道。

對於這個突然冒出來的丫鬟，端世子妃很是驚詫。她一直與司徒錦在一處，也沒看到這個丫頭，這是打哪兒冒出來的？

司徒錦看出了她的疑惑，便主動讓朱雀上前打招呼。「這是我們沐王府的丫鬟，剛才腹痛難忍，我讓她走開了一會兒。」

朱雀扯了扯嘴角，極力忍著臉部的抽搐，對端世子妃行了禮。「世子妃安好。」

端世子妃這才鬆了眉頭，繼續與司徒錦說話。

不久，迎親的隊伍就進了皇宮。

聖武帝端坐在大殿的高位上，看起來神清氣爽，齊妃娘娘則並排坐在一旁的矮凳上，臉上也是充滿了笑意。

「拜見吾皇，萬歲萬歲萬萬歲。」朝臣跪伏在地，三呼萬歲。

聖武帝揮了揮手，道：「眾愛卿請起。」

「謝皇上。」眾人這才謝恩起身。

聖武帝朝著大殿門口望了好幾回，也不見二皇子到來，便忍不住問道：「怎麼不見二皇子？」

五皇子上前一步，說道：「啟稟父皇，二皇兄的馬在城門口受了驚，二皇兄不慎墜馬。如今御醫正在為其診治，一會兒方有結果。」

「什麼？吟兒他墜馬了？」聖武帝似乎非常震驚。

齊妃微微一愣，看了看五皇子。

五皇子回了個眼神，似乎不曾料到這個意外。

齊妃的眉頭皺了起來，心裡不斷揣測。到底是誰下的手？會不會是有人想要故意嫁禍給五皇子？畢竟若是二皇子真有個什麼萬一，那受益最大的人就是五皇子了。

可是思來想去，也不知道是誰想要害龍夜。

就在此時，為二皇子診治的御醫們急匆匆地走了進來。「參見皇上、齊妃娘娘。」

「仇御醫，你是太醫院院使，你說。」聖武帝臉色十分不好，急切地追問道。

那仇御醫乃醫學世家出身，一門出了五位御醫，醫術自然不在話下。他上前一步，躬身稟奏道：「啟稟皇上，二皇子不小心墜馬，摔斷了盆骨。雖然無性命之憂，但留下了後遺症，以後怕是……」

「怕是什麼？你說清楚一些！」聖武帝急了。

「微臣該死！二皇子他……怕是再也站不起來了！」仇御醫嚇得跪伏在地，不敢抬頭。

聖武帝聽到這個噩耗，臉上卻沒有絲毫傷悲。他用眼神掃過下邊的所有臣子，眸中透出一絲狠戾。「其他人呢，你們有什麼看法？」

「微臣無能！」那些御醫一聽到皇上點名了，全都嚇得跪下。

那二皇子的確摔得太厲害，椎骨斷了好幾根，即使治好，下半輩子也只能在床上度過了。

「一群廢物！」聖武帝冷喝一聲，便沒有再開口。

齊妃小心翼翼的上前勸道：「皇上息怒……您身子剛好一些，不宜太過激動。更何況，這只是一場意外，說不定還能治好的。」
聖武帝看了她一眼，便揮了揮手，道：「都起來吧。」
今日是兩位皇子的大喜之日，他也不能殺了這些無用之人。
但麒麟王府的人聽了御醫的診斷，一個個都震驚得張大了嘴。再也站不起來，那郡主嫁過去豈不是要守活寡了？
這樣大的打擊，縱使是麒麟王這樣的沙場老將，也急得暈了過去。他就這麼一個寶貝女兒，好不容易有個好的歸宿，沒想到出了這樣的意外。
岩世子妃聽到這個消息，整個人半晌都動彈不得。前些日子她還在親朋好友面前吹噓，說是她的小姑嫁入了皇家，以後麒麟王府要翻身了。可是這麼一來，對麒麟王府不但沒有任何幫助，還賠上了小姑一輩子的幸福！
「世子妃，您沒事吧？」一服侍她的丫鬟上前去攙扶住她搖搖欲墜的身子，擔心地問道。
「唉唷……怎麼會發生這樣的事啊！這教我們郡主日後要怎麼過啊！唉唷……」岩世子妃一邊小聲哭著，一邊拚命擠眼淚，想要博取別人的同情。
司徒錦看到她那副模樣，不禁搖了搖頭。這樣的場合，她居然如此胡鬧，就不怕皇上一怒，降罪於她嗎？
那頂著紅蓋頭的麒麟王府小郡主，在得知二皇子墜馬成了殘廢時，身子就抑制不住地顫抖了起來。丫鬟們還未反應過來，她整個人就向後栽倒，暈倒在金鑾大殿之上。

第一二五章　司徒長風暴斃

一場盛大的婚禮，在二皇子墜馬中匆忙的結束。在宮裡用過膳，不少人怕惹上麻煩，都匆匆起身告辭。

司徒錦去新房道喜，送上了賀禮，便也打道回府了。然而府門還沒跨進去，就看見一個小廝打扮的男子急匆匆地跑了過來，跪在她的面前。

「世子妃，老爺……沒了！」那男子面有哀戚之色，但眼睛裡卻沒有絲毫悲傷。

司徒錦聽到這個消息，先是一愣，繼而才反應過來。「你說清楚！老爺不是好好的嗎？怎麼會突然就……」

對於司徒長風，司徒錦並沒有任何的感情可言，但事關司徒府，為了母親和弟弟著想，她不得不多問一句。

那小廝只斷斷續續地說了幾句，但明確傳達了一個訊息：司徒長風並非正常死亡，是昨天夜裡突然就沒了，死得有些不明不白。

司徒錦出於身分，也該回去一趟，於是她吩咐王府的小廝進去通報王妃，便帶著緞兒、朱雀回了司徒府。

此刻，司徒府已經掛滿了白綾，府裡的丫頭、小廝也都換上了白衣，所有人的臉上都顯得十分平淡，似乎早就料到了這麼一天。大家不過做做樣子，沒有一個人真的為司徒老爺傷心。

司徒錦到達的時候，已經有僕婦在門口迎接了。她沒見到江氏，心裡有些疑惑，於是問道：「夫人可還好？」

「回世子妃娘娘的話，夫人昨夜偶染風寒，有些咳嗽，倒沒什麼大礙。」一個眼熟的婆子回答道。

司徒錦心臟怦怦直跳，隱約有種不好的預感。

領著丫鬟直接去了江氏的院子，遠遠就聽見一陣咳嗽聲，司徒錦不由得皺了皺眉，這麼嚴重，居然還說沒什麼大礙？

緞兒狠狠地瞪了那婆子一眼，扶著司徒錦就走了進去。

「母親！」司徒錦踏進門檻，便看見江氏一臉憔悴地半躺在引枕上，看起來很是虛弱，心疼得不得了。

江氏聽到女兒的聲音，有些驚慌地抬起頭。「錦兒怎麼來了？咳咳咳……妳懷著身子，快些出去，免得被過了病氣……咳咳咳……」

司徒錦哪裡顧得了這些，現下一心都掛在江氏身上。她挨著江氏在床頭坐下來，耐心地幫她順著氣，說道：「母親說的什麼話！您生病了，做女兒的豈能置之不理？您放心吧，女兒身子康健，不會輕易生病的。」

江氏心裡又是感動，又是擔憂。

畢竟女兒現在可是王府的世子妃，又懷著未來的小世子，若是真的有個什麼閃失，那她可是吃罪不起！

「錦兒的心意，母親領了。只是……咳咳咳……」自己的身體，她是知道的，雖然大夫說只是風寒，但她卻覺得並不簡單。

可是，如今府裡的那些奴才，一個個都漫不經心，根本就沒將她這個主母放在心上，族裡的那些人更不時地上門來鬧騰，她的精神有限，應付起來也相當吃力。本來她可以去王府請女兒幫忙的，可是一想到女兒懷著孩子，也不好什麼事情都去找她，既是怕她的身子受不住，另一方面也是怕影響女兒在王府的聲望。

嫁出去的女兒，就像潑出去的水一樣，更何況是王府那樣的門第。

因此，江氏即使再苦再難，也不想去打擾女兒。

如今，不知道是哪個不懂事的，居然找到了女兒那裡。唉，還是她自己的不是，這一次又連累了女兒為她擔憂。

「弟弟呢，怎麼不見他？」司徒錦進屋好一會兒，也不見母親提起幼弟，不由得好奇。

江氏極力忍著喉頭的不舒服，說道：「我讓奶娘抱到別的院子裡去養著了，我這身子……怕對他不好。」

說著，江氏又劇烈地咳了起來。

司徒錦見屋子裡除了紫鵑一人之外，沒有別的人進來服侍，頓時憤怒不已。「這院子裡的丫頭呢？都死哪裡去了！夫人都病成這樣，居然只有一個人在一旁服侍！妳們還把主子放在眼裡嗎？」

門口那些丫頭一個個將腦袋縮回了衣服裡，生怕得罪了這位世子妃娘娘，但一想到四少爺的吩咐，她們就又硬氣了幾分。

「世子妃娘娘，夫人的病需要靜養，因此四少爺吩咐奴婢們只能在外頭服侍，不能進去打擾夫人休息，還望娘娘恕罪。」一個膽子稍微大些，長得有幾分清秀的丫鬟回答道。

司徒錦冷哼一聲，道：「本妃還不知道，這司徒府，原來已經是一個庶子當家了！妳們還真是聽話，竟然放著當家主母不顧，跑去巴結一個庶子。這般對主母不敬，簡直罪大惡極！來人，拉下去掌嘴二十，以儆效尤！」

「世子妃娘娘，您冤枉了奴婢啊！這……都是主子的吩咐，奴婢不過是個下人，哪裡敢反抗?!」那丫鬟非常不服，大聲嚷嚷起來。

「不知悔改！本妃沒要妳說話，妳就在這裡吵吵嚷嚷，成何體統?!再加二十下，也好讓妳長長記性！四少爺不過是個庶子，論起來不過是半個主子，妳口口聲聲稱他為主子，看來是得了他什麼好處了！」司徒錦將矮凳上的藥碗揮到地上，發出清脆的聲響，整個人變得威嚴無比，讓人不敢直視。

那些丫頭們這才意識到，這世子妃娘娘不好惹，全都閉了嘴。剛才還昂著頭，顯得十分硬氣的丫鬟，則有些驚恐地四處張望，不知道在看些什麼。

司徒錦自然知道她在看什麼，不過就算是司徒青來了，她也不會怕他。

「愣著幹什麼，還不拖下去掌嘴！」司徒錦威嚴地喝斥著。

那些婆子哪裡還敢說半個不字，拖了那個丫鬟就去了院子裡，接著一陣噼哩啪啦的掌嘴聲從門外傳來。

司徒錦微微平息了一些怒氣，又掃視了屋子外的丫鬟、婆子一眼。「一個個都傻了嗎？夫人病得如此厲害，還不快去請大夫！」

「娘娘……這京城有名的大夫，已經請了不少，只是……沒有一個人瞧出什麼問題來，只說是染了風寒……您看，是不是請宮裡的御醫來為夫人診斷一番？」一個婆子諂媚地走上前來，刻意巴結。

江氏的身分並不高，不能勞駕御醫來看診，這是規矩，但司徒錦的身分就不同了，貴為王府世子妃，自然能請得動御醫。她這麼說，也是為了討好司徒錦。

司徒錦深吸了一口氣，對緞兒吩咐道：「拿我的帖子，去郡王府一趟，要快！」

緞兒應了一聲，趕緊出去了。

司徒錦聽說京城的名醫都找不出病根，便知道這不是一般的病，於是乾脆略過宮裡的御醫，直接去花郡王府請人了。

如今，她能信任的人，也只有這個花弄影了。

江氏聽說女兒派人去郡王府，不由得有些憂心。「不過是一點小病，怎麼能煩勞花郡王跑一趟？」

司徒錦面對江氏的時候，又變回了溫和的模樣。「母親放心，世子與花郡王還有幾分交情，不礙事的。」

江氏擔心的就是這個。

女兒已經是王府的人了，卻時時刻刻為了娘家人操心。她只怪自己沒用，連累了這唯一的女兒，她也怕世子覺得她娘家人無用，連帶對女兒有怨言。

司徒錦明白她的心思，不過有些話她是不會說的，例如世子只會有她一個女人。這樣的話若是說出來，怕江氏不但接受不了，還會責怪她不夠大度，沒能給世子爺納通房或侍妾，索性不說，免得又挨訓。

「但畢竟人家是郡王，怎麼能為了我一介平凡婦人而勞師動眾……」江氏說著，又咳了幾下。

司徒錦安撫著母親，吩咐丫鬟們打開門窗透透氣。

此時，一幫人氣勢洶洶地從外面進來。司徒錦一眼便瞧見了那軟轎上的人影，臉色頓時沈了下來。

「二姊姊什麼時候回來的？怎麼沒人通報一聲，也好讓我前去迎接啊！」司徒青從軟轎上下來，一臉得意。

司徒錦瞄了一眼江氏的反應，見她緊握拳頭，卻沒有說話，心裡便有了數。看來，這位庶弟是得了其他人的支持，所以骨頭才硬了起來，只是不知道他的背後是什麼人？

大姊姊司徒芸早在太子一黨倒臺的時候，受到牽連，被貶到蠻荒之地去為奴為婢了，再者，她本來就是個瘋子，對自己不構成威脅。

司徒嬌嫁入張府，過得本來就不如意，她也沒那個能耐在背後搗鬼，因此背後指使者不會是她們這些姊妹。

剩下的府裡人，不至於有那本事，那麼排除了府內的，就只剩下府外的勢力了。是誰這麼有能耐，居然能在江氏的眼皮子底下，鬧出這麼大的亂子來？看來，她得好好地查一查了！

「四弟精神不錯，果真是人逢喜事精神爽。」司徒錦淡淡說了這麼一句。

她所說的喜事，便是他的親事。

雖然司徒府大不如前，但也有人看在她這個世子妃的面子上來巴結，不少官員都上門來給司徒青說親。

這事江氏早就跟她提過，只是江氏自然不會讓司徒青有機會攀上高門第的女子，便在她的授意之下，定下杜家小姐。只是不知道，這最後定下的人，是否真是那杜雨薇。

司徒青見她提到自己的親事，頭就昂得更高了。「多謝世子妃關心，弟弟還真是託了姊姊妳的福呢！要不然，麒麟王府的庶出小姐，也不會挑上我們這樣的人家。」

麒麟王府？

司徒錦眉頭微蹙，他們怎麼會把女兒嫁到名存實亡的司徒府來？更何況，司徒青是個病子，名聲也不太好。

「那就恭喜四弟你了。」她淡笑著，臉上絲毫看不出異樣來。

司徒青得意了一會兒，忽然想起院子裡正在受罰的丫頭，臉色有些難看。「世子妃剛回府，來看望母親是天經地義，怎麼任由婆子們在院子裡鬧，不怕影響到母親休息嗎？」

他話裡的意思，便是在指責她不該過問府裡的事情。不過，這個司徒青還真是不簡單，士別三日刮目相看。如今的他，說起話來比以前要有分寸多了，不再是那個魯莽青年，任由別人當槍使了。

「母親病得這麼嚴重，她們卻在一旁偷懶耍滑，還說是四弟你指使的。你說氣不氣人？姊姊我自然是不信四弟會做出如此大逆不道的事情來，於是就罰了那個不懂規矩的丫鬟，也好讓這府裡的人都警醒警醒，什麼叫做嫡庶尊卑！」司徒錦不緊不慢地說著。

司徒青本想過來救人的，如今聽司徒錦這麼一說，便不好再開口了。那個丫鬟是他的心腹，看見她被罰了，他心疼得不得了。

「可是母親病著，需要清靜……世子妃罰幾下就算了，也算是為母親積福。」司徒青咬了咬牙，努力讓自己保持冷靜。

司徒錦低垂著眼眸，並未答話。只等外面的掌嘴聲停了，這才抬起頭說道：「也是，這樣不知規矩的丫鬟，繼續留在院子裡，只會打擾了母親的清靜。四弟一看就是會心疼人的，不如就讓她去四弟的院子裡服侍吧？」

司徒青沒想到她三言兩語，就把一個心腹給拔除了，心裡那個恨啊！可是，礙於她世子妃的身分，他又不好隨意得罪了她，只能道了謝，領了那個丫頭回去。

司徒錦見他面色陰沈地離開，轉身對江氏問道：「母親，他的親事是誰定下來的？為何都沒有人去王府給我通報一聲？」

江氏輕嘆一聲，似乎有些難言之隱。「此事說來蹊蹺！幾日前，麒麟王府的岩世子妃親自派人前來，說是與妳相熟，有意親近。但聽聞府裡的嫡出公子還小，於是就提到了青兒，還說要將她們府裡的庶出七小姐給了他。」

「岩世子妃？」司徒錦聽到這個名字的時候，眉頭又是一陣緊蹙。

她與那岩世子妃根本算不上熟悉，甚至還有些不對盤，她為何會如此好心？想必這裡頭有不可告人的目的吧？

畢竟麒麟王府與二皇子是同盟，但以她跟五皇子的關係，他們斷然不會跟司徒家結親的。難道，這裡頭真有什麼蹊蹺？

「麒麟王府的庶女，那也是郡主，嫁給四弟，還真是抬舉我們啊！」司徒錦嗤笑著，臉上充滿了鄙夷。

「聽說……二皇子在迎親途中出了事？這可是真的？」江氏沒有提到司徒長風的死，反而問起了皇家的事。

司徒錦點了點頭，說道：「據說摔斷了盆骨，這輩子怕是不能直立行走了。」

「馬兒為何會突然受了驚？那皇上豈不是龍顏震怒？」江氏有些擔憂地望了望女兒。聽聞皇上對二皇子寄予厚望，原先得寵的五皇子反而被冷落。沐王府是五皇子一邊的，皇上會不會遷怒到王府頭上去呢？

若是如此，她的女兒以後怕是有危險！

司徒錦安慰她道：「母親多慮了。此事的確是意外，皇上也是個明君，不會牽連到無辜之人的。您呀，還是安心養病吧。」

「啊，對了，父親他……怎麼就突然去了？事先沒有預兆嗎？」想起正事，司徒錦這才問了一句。

提到自己的丈夫，江氏臉上毫無痛苦之色，只是淡然說道：「他身子本就不好，我也沒做多少指望。走了好，對他來說也是解脫。」

司徒長風長年臥病在床，不能動不能語，簡直比死了更難受。苟活於世，的確生不如死！他是個愛面子的人，可自從出了事之後，就一下老了許多，精神上也受了極大打擊。

不過，司徒錦可不認為，他是個一心尋死的人。所謂好死不如賴活著，他這麼多時日都挺過來了，如何會在昨夜突然就去了？這裡面肯定有原因。

一會兒花弄影過來了，順便讓他去瞧瞧也好。這樣想著，司徒錦便被外面的一陣腳步聲給吸引。

司徒錦以為是花郡王到了，剛要起身相迎，卻見一身玄袍的冷峻男子踏了進來，見到她的時候，似乎才放了心。

「給世子爺請安。」屋子裡的丫鬟、婆子見到龍隱，全都不敢抬起頭來，跪倒在地。

司徒錦笑著迎上去，說道：「你怎麼來了？」

「還說……回娘家也不通知我一聲。」龍隱小聲地在她耳旁呢喃。「害我著急，看我怎麼罰妳！」

司徒錦臉蛋上浮現出一抹紅暈，立刻找別的話題掩蓋過去。「聽說父親沒了，母親又病著，來不及通知你，就先過來了。」

提到江氏，龍隱這才上前去見禮。「小婿見過岳母大人。」

江氏哪裡承受得起他的禮，想要掙扎著起身，卻被龍隱一個手勢給按了回去。「岳母大人身體不適，就不要多禮了。」

江氏感激地看了他一眼，一激動又劇烈地咳了起來。

「怎麼又咳起來了？來人，去取枇杷露來！」司徒錦看著母親那痛苦的神色，感到焦急不已。

龍隱攔住她，生怕她摔著，畢竟肚子那麼沈了，他很不放心。

就在此時，花弄影大步地走了進來。「什麼事啊？這府裡誰死了啊？」

花弄影一向都這麼直來直往，雖然有些大不敬，但人家是郡王，也沒人敢指責。

司徒錦對這個父親沒什麼感情，便假裝沒聽見。「郡王可來了！我母親病了，可是京城的大夫都請遍了，也查不出個所以然來。」

聽到司徒錦這麼說，花郡王嬉笑的臉頓時嚴肅了起來。他上前幾步，將一方絲帕搭在江氏的手腕處，開始把起脈。

隨著時間推移，他的眉頭也愈來愈緊。

司徒錦在一旁看著，心裡更加著急。

看來，母親這病的確不尋常！

龍隱攬著愛妻的腰，無言地安撫著。感受到他的支持，司徒錦的心這才漸漸安定下來。

「郡王，我母親到底得了什麼病？」

花弄影糾結的眉頭始終沒有舒展開來，最後化作一聲嘆息，有些憐憫地看著司徒錦。

「令堂的病，很是奇怪。表面上看不出任何異樣，但看這樣子，怕是極為嚴重，而且病得太過突然，實在有些費解。」

「連你都診斷不出來病因嗎？」聽到他的話，司徒錦的心不由得一緊。

她看向江氏那灰白的臉色，內心隱隱作痛。

她好不容易過上了好日子，只盼母親和弟弟也能一生平安幸福，可如今江氏卻受了這麼大的苦，她這個做女兒的，心裡自然不好受。

「表嫂放心，我會盡力醫治伯母的。」花弄影給了龍隱一個眼神，示意他跟自己出去一下。

龍隱與他素來默契，找了個藉口說要去給司徒長風上香，便離開了江氏的院子。不過臨走之前，他還是囑咐了朱雀幾句，要她好好地保護世子妃。

來到無人之處，龍隱忍不住問道：「你是不是查出什麼來了？」

花弄影點了點頭，眼裡有些不敢置信。「你可聽過『迷醉』這種秘藥？」

「『迷醉』？你是說……」龍隱眉頭緊蹙，似乎也感到十分意外。

「不錯，正是你想的那樣！那東西可是皇家不外傳的秘藥，怎麼伯母的身上竟會有中了『迷醉』的症狀？」

那藥物的厲害之處，便是讓人診斷不出任何問題，卻又讓人虛弱不已，伴隨著持續不斷的咳嗽，直到斷氣。這藥很是霸道，據說服了此藥的人，不出半個月，便會虛耗身子而亡，死後三日便會化作白骨，非常恐怖。

他剛才不說，也是怕世子妃擔心。

她的胎兒好不容易穩定了，他可不想之後被龍隱拿來說事。

「怎麼又跟皇家扯上了關係？」龍隱眉頭緊皺，絲毫無法鬆懈。

「你不覺得司徒長風死得很不是時候嗎？」花弄影打量了一番周圍，這才低聲說道。

「的確不是時候。」而且太突然。

這太師大人一死，司徒家便不再是官宦之家，連帶著司徒錦在王府的地位也會受到影響。

另外，司徒府沒有了男主人，那些族裡的老人們還能不站出來說話？以往，江氏還能以司徒長風還活著的理由來打發那些人，如今司徒長風死了，那些人便可以肆無忌憚地欺負這孤兒寡母了。

加上一個無能的庶子居然爬到主母頭上，這怎麼都說不過！看來有人在背後策劃這一切，想要一舉將司徒府掌控在自己手裡。其背後的目的，怕也是衝著沐王府來的。

江氏若是有事，最著急的，自然是司徒錦，而司徒錦又剛好是王府的世子妃。如此一聯想，就能夠想通很多問題了。

那幕後之人，還真是迂迴，轉了這麼大一個彎子，設計出這麼一齣戲，還真是用心良苦！

「那藥可有解藥？」這是龍隱最擔心的。

他知道，司徒錦最在乎的就是她的母親和弟弟，至於府裡其他人，她根本沒放在心上，是死是活，都與她無關。

所以只要保住了江氏，就等於保住了她！

花弄影臉上也是愁雲慘霧，有些無可奈何。「那藥我是聽母親以前隱約提過，至於解藥則並不清楚。不過，這事也許齊妃娘娘能夠幫得上忙。」

龍隱點了點頭，伸手招來一名影衛，交代了幾句，這才朝著司徒長風的院子走去。

花弄影也跟了去，只為探查清楚司徒長風的死因。

經過一番仔細檢查，花弄影終於在司徒長風的後頸髮際線處，發現了一根肉眼幾乎看不到的細針。

「這手法還真是惡毒啊！這個穴位可是死穴，一針下去，哼都不會哼一聲就斷了氣。」花弄影擺弄著手裡的細針，有些戲謔地說道。

這司徒長風，他一向不大喜歡。

他死了，他也不會有任何的可惜。

龍隱看到那針上的黑色尖端，眉頭一挑。「針刺死穴，還餵了劇毒，雙管齊下！」

「可不是？那下手之人，怕是恨透了他吧？」花弄影撇了撇嘴說道。

兩個人沒有多作停留，將白布往司徒長風頭上一蓋，就離開了。

太師司徒長風突然死亡，皇上賞賜了不少東西，算是褒獎他的功績。說實在的，司徒長風並沒有任何政績可言，皇上也就是做做樣子罷了。

司徒府在主母的吩咐下，只通知了幾家比較親近的親戚前來弔唁，並沒有邀請朝中那些同僚。只不過，發喪那一日，還是有不少朝中大臣趕了過來。

司徒錦已經出嫁，不必在家屬區跪著回禮，只是負責接待一些官員夫人和小姐。靈堂前，司徒青、司徒巧還有剛學會走路的司徒念恩披麻戴孝，跪在一旁。江氏還病著，根本起不了身，於是這裡便由司徒青主持。

「爹爹！您怎麼就這麼去了呀！女兒回來晚了啊……」突然，一陣哀嚎聲從門外傳來，只見一個身穿白衣、楚楚可憐的少婦急匆匆地撲向靈堂。

司徒錦不著痕跡地挑眉，這不是嫁入張府的五妹妹嗎？

第一二六章　歪念頭

司徒嬌這一舉動，讓不少夫人都忍不住皺眉，但礙於這是別人的家事，她們也就懶得管。只是跟在她身後進來的張府二公子，臉色就有些難看了。

這個妹婿，司徒錦不是頭一次見到。那臉長得的確不錯，細嫩白淨的，頗有幾分風流。只是那一張臉比女子還嬌豔，他的一舉手一投足，也都帶著幾分娘氣，缺少了男子漢的氣概。

「爹爹啊……您怎麼就這麼去了呢？前些日子不還好好的嗎？怎麼才過了幾日，就走了呢……」司徒嬌還在那兒假惺惺地哭著，但那話也是意味十足。

許多人聽了她的話，都皺起了眉頭。

司徒錦周圍的幾位夫人，也是一臉好奇地問道：「太師大人病得也有些時日了，不過聽說病情穩定，怎麼忽然就……」

司徒錦長嘆一聲，道：「也不知道怎麼的，這般突然，我也是才得了信兒……母親一病倒，這府裡就出了事，唉……」

不少的夫人都點頭，覺得此事定是下人服侍不周。江氏一向賢慧，夫君病了，她一手撐起這個家，很不容易。如今剛病倒，府裡就有人迫不及待地想要取而代之了。

「世子妃節哀順變。司徒夫人還病著，您可要挺住啊！」

司徒錦假意在眼角按了按，說道：「多謝夫人們掛懷，司徒錦感激不盡。」

「世子妃可是雙身子的人，快別傷心了，這樣對胎兒不好……」一些夫人巴結地湊上來勸道。

司徒錦自然不會為了一個她不在意的人傷心，不過是做做樣子罷了。

司徒嬌哭了一陣，也沒見一個人上前來勸一句，便收了淚。「二姊姊這都懷了身子，還要趕過來幫忙，真是辛苦了。」

沒有人理會她，司徒嬌自然主動貼過來。

「五妹妹這話說的，我畢竟也是司徒府的女兒，如何能夠不盡盡孝心？倒是妹妹妳，剛大婚不久，也急著趕回來，真是難為妳了。」這樣的酸話誰不會說？

司徒錦不是容易任憑搓圓捏扁的人，對付一個庶妹，綽綽有餘。

司徒嬌咬著下唇，覺得司徒錦是在指責她不孝，這麼晚才趕回來。她也想早點回來啊！可是昨日一直尋不到自己的夫君，一個人回來實在沒什麼面子，所以才等到今日。

司徒錦輕蔑地看了她一眼，便帶著幾位夫人去別處坐了。

司徒嬌咬了咬牙，狠狠地跺了跺腳，這才來到司徒青旁邊，問道：「爹爹怎麼去得這麼急？你們怎麼連個信兒都不給我，若不是我聽別人提起，還不知道府裡出了什麼事！府裡的下人都做什麼吃的，竟然……」

「五妹妹剛回來，還是先去梳洗一下，過來一起守靈吧！」司徒青不等她說完，就打斷了她的話。

她以為她是誰？居然在他面前指手畫腳，真是不自量力！

司徒嬌挑眉，臉上滿是驚訝。她沒想到這個同樣是庶出的哥哥，竟然這麼跟她說話！司徒錦也就罷了，畢竟人家身分高人一等，可如今連他也爬到自己頭上去了，她哪裡能嚥得下這口氣！

「四哥哥說的什麼話？難道我關心爹爹也有錯嗎？你到底什麼意思……」

「爹爹屍骨未寒，妳就在這裡吵吵鬧鬧，不怕爹爹怪罪嗎？」司徒青冷哼一聲，根本沒將她放在眼裡。

在一旁學女孩兒家捏著帕子的張府二公子，見妻子這般蠻橫，不由得哆著嗓子說道：「嬌兒，妳這是做什麼？岳父大人去了，也是去了極樂世界，還有什麼好擔心的。」

司徒嬌聽了他的話，心裡更加來氣。

他當然不在乎司徒長風的死活了，可是她不一樣啊！司徒長風還活著的時候，丈夫還會有些顧忌，可是這司徒府的男主人不在，她的地位就更加不保了！

張府的人都沒有將她放在眼裡，就連底下的奴婢都不將她當成是主子，時不時甩臉子給她看。但即使如此，他們多少會看在司徒府的面子上，不好做得太過。如今司徒長風一死，張府便沒有了後顧之憂，她以後豈會有好日子過？

別人可能不知道，她到如今都還未跟張二公子圓房！這要是傳出去，她的面子要往哪裡擱？日後她生不出孩子來，別人還要怪到她頭上！可是丈夫的隱疾，她又不能說出去，如此一來，最後受罪的還是她。

「我爹爹過世了，難道我不該傷心嗎？」她委屈地紅了眼。想到江氏給她訂的這門親事，她就恨得牙癢癢！若不是江氏將她推入火坑，她怎麼會過得這麼辛苦？

思及此，司徒嬌就有些沈不住氣。「既然這裡有四哥哥招呼著，那我去後面看看母親。」

說到「母親」二字，她咬得特別重，好像要吃人一樣。

司徒青懶得理會他，逕自跪在蒲團上，裝作孝子。他在心裡琢磨著，只要司徒長風下葬，一切就成定局了。

日後，這司徒府就是他的天下了！

只是，他蠢笨的腦子就不想想，司徒長風一死，他就要守孝三年，麒麟王府許下的婚事，三年之後是否有效，還很難說呢！即使他想要娶別人家的女子，也是不可能，畢竟守孝期間不能談論婚事。

如此一來，他的年紀愈來愈大，日後要娶個好人家的姑娘，怕是難了！

他也不仔細想想，麒麟王府如何會看上他這麼個不中用的庶子？不過是為了利用他罷了，還真把自己當回事。

到頭來，他是什麼都撈不著！

江氏的屋子裡，充斥著濃郁的藥味，司徒嬌進去的時候，還忍不住嫌惡地捂著鼻子，絲毫沒有半點尊敬之意。「唉唷，母親……您這是怎麼了？怎麼病得如此嚴重！」

聽到她幸災樂禍的聲音，江氏只是笑了笑，沒有聽進去。「嬌兒還真是孝順啊！還記得我這個嫡母。」

大婚三日本該回門，可是她在張府並不受寵，丈夫也不打算陪她回來。於是她乾脆不回來，覺得丟不起這個人。如今卻眼巴巴地跑到她這裡來，不過是作戲而已，她又怎麼會不知道呢?!

「母親的大恩大德，嬌兒自然時刻謹記在心，不敢忘記！」她意有所指地說道。

江氏輕蔑地低垂著眼眸，沒有理會她。

丫鬟們服侍在一旁，小心翼翼地，生怕不周到，被世子妃發現。「五小姐，夫人身子不適，就不招呼您了。」

那意思很明顯，是要她離開了。

司徒嬌恨恨地望著江氏，冷笑道：「母親的確不宜起身，那嬌兒就先退下了。」

說完，她一甩頭，就踏出了江氏的屋子，朝自己原先的院子而去。在那裡，還有她的親生母親王氏。

儘管王氏瘋瘋癲癲的，但司徒嬌卻依舊抱著一絲僥倖，希望她日後能夠清醒過來，也好為自己找到一個可以撐腰的人。

可是就算王氏清醒過來又如何？這府裡的男主人也不在了！她沒有了給她恩寵的人，又如何能夠在府裡立足？不過是個妾室而已，只能戒慎恐懼地在正室面前仰人鼻息，像個奴婢一樣侍候著主子們，哪裡還有半點尊嚴？

這樣的地位，如何能夠為她撐腰？

司徒嬌依舊太天真，經歷了這麼多的事情，還是學不乖！

司徒嬌一臉不快地走在後花園裡，一邊咒罵江氏和司徒錦，一邊打著歪主意。江氏如今臥床不起，府裡就沒有了主心骨，若是嫡出的七弟弟有個什麼，那江氏豈不是痛不欲生？想到這裡，她嘴角微翹，心中生出了計較。

「哇哇哇……」年幼的司徒念恩不知怎麼，在靈堂前一直哭個不停，奶娘哄了好久，他都沒有止住哭聲，反而愈哭愈響亮。

司徒嬌趕過去的時候，便見到這樣一副手忙腳亂的場景。她嬌呼一聲，走過去假意關懷道：「七弟弟這是怎麼了？怎麼哭得如此傷心？妳們怎麼帶的！」

兩個奶娘一臉無辜地望著眾人，她們也不知道為何小少爺會啼哭不止。

司徒嬌上前一步，將司徒念恩接過來。「定是妳們沒有照顧好弟弟，才讓他不舒服了！

母親生著病，不能勞累，二姊姊懷著身子，也不方便照顧，妳們就偷懶了是不是？」
奶娘趕忙搖頭，辯解道：「冤枉啊！小少爺一直都是由我們二人一起帶的，從來都好好的，今日可能是知道老爺不在了，所以才……」
「哼，一派胡言！弟弟還小，哪裡知道這麼多？定是妳們不夠用心，讓弟弟受了苦！我看還是由我帶著比較放心。」說著，她便將司徒念恩抱起，轉身去了後堂。
司徒巧見五姊姊抱走了七弟弟，心裡不由得著急。司徒嬌是什麼樣的人，她會不知道？她這麼做肯定有原因，但此刻她不好明目張膽地離開，只能暗示身後的嬤嬤，去給司徒錦報個信兒，免得出什麼意外。
那兩個婆子是原先在李姨娘身邊服侍的，對司徒巧很是忠心，見她使了個眼色，頓時明白在心，悄悄退出了靈堂，四處尋司徒錦去了。
等找到司徒錦的時候，已經過了半炷香的時辰。
司徒錦聽說弟弟被司徒嬌給抱走，心裡有種不好的預感。
「緞兒，快去找人幫忙，一定要儘快找到小少爺！」
緞兒領命下去，又偷偷地召喚了幾名影衛，在司徒府的後院裡搜尋了起來。

第一二七章　念恩有恙

司徒錦跟幾位官夫人告了罪，說身子有些不適，便匆匆去了江氏的院子。那些官夫人原本就來巴結的，自然不敢質疑她的話，再說她肚子裡的可是王府未來的小世子，若是有個差池，她們也吃罪不起。

江氏此刻剛好吃了藥，正歪在引枕上聽丫鬟們彙報著府裡的情況，見女兒心急火燎地進來，走到她軟榻邊，不由得心生疑惑。「錦兒不是在前院陪客人嗎，怎麼有空到這裡？是不是身子不舒服？」

司徒錦這才發覺自己太過心急，為了避免江氏太過擔心，只能鎮定下來，笑著說道：「母親多心了，不過是有些睏倦，想來母親這兒打秋風，歇息一下罷了。」

「紫鵑，快給二小姐搬張軟榻來。」江氏知道司徒錦身子重，自然不敢怠慢，吩咐丫鬟做事的同時，拉著女兒的手，眼裡滿是心疼。「都怪母親身子不濟，連累了妳替我奔波操勞。」

「母親說的是什麼話？為母親分憂，是女兒的本分，母親快別說這些了。」司徒錦說笑了兩句，想到正事，假裝不經意地問道：「剛才在前院見到了五妹妹，她說要過來給母親請安，可是過來了？」

提到司徒嬌，江氏的臉色便有些悻悻然。「來倒是來了，還不如沒來。」

如今司徒嬌在夫家過得並不如意，想必是將那不幸全都怪到母親頭上。司徒錦猜想司徒嬌應該是頂撞了江氏兩句，兩人不歡而散，又想到她抱走了幼弟，心下便有了數。

「母親也別跟她一般見識，她再不懂事，也有夫家管教，母親安心養病即可，其他的事情，還是不要多想。」司徒錦安慰著江氏。

江氏知道女兒體貼，臉上才重新綻放了笑容。

司徒錦拉著江氏說了會兒話，便找了個藉口離開了。江氏原本想留她休息片刻，但司徒錦說怕前面沒有人招呼，並一再保證自己沒事之後，這才脫了身。

緞兒早就在外面候著了，見到司徒錦出來，便匆匆上前去稟報。「世子妃，您可出來了，真真是急死奴婢了！」

「小少爺有下落了？」司徒錦相信影衛的能力，因此並不是太擔心。

緞兒擦了擦額頭上的汗，說道：「找到了，只不過……」

「不過什麼？」司徒錦眉頭一皺，眼中透出一股冷芒。

緞兒知道小姐最在意的就是夫人和小少爺的安危，因此不敢有絲毫隱瞞。「小少爺上吐下瀉，不知道是不是吃壞了肚子。奴婢已經通知謝堯去找花郡王，應該很快就回來了。」

司徒錦讚許地點了點頭，說道：「司徒嬌人呢？」

「回主子的話，已經讓人拘了起來，關在一個偏僻的院子裡，只等主子您發落呢！」提到那個無良的五小姐，緞兒也是一臉憤恨。

司徒錦聽罷，一甩衣袖，說道：「前面帶路！我倒要看看，她是不是吃了熊心豹子膽，居然敢對念恩做出那樣的事情來！」

意識到主子隱含怒意，緞兒心肝忍不住顫了顫。看來，這一次五小姐要倒大楣了！也活該她要受罪，誰讓她那麼不長眼，居然敢對主子最在意的人下手！就算不會要了她的小命，起碼也得掉層皮了。

主僕二人繞過人多的院落，去了關押司徒嬌的院子，侍衛們遠遠見到司徒錦到來，全都恭敬地行了禮。

司徒錦這會兒哪裡有心思理會這些俗禮，揮了揮手，讓他們開了門。

司徒嬌雙手反剪地跪坐在地上，眼裡滿是驚恐。她的嘴巴被一塊破布堵著，臉上的妝容已經哭花了，看起來十分恐怖。見到司徒錦走進來的時候，她的身子忍不住抖了抖。

她不過是想給司徒念恩一個教訓，好報復一下江氏的，沒想到自己還未來得及下手，就被人抓個正著。

「司徒嬌！妳到底對念恩做了什麼?!沒想到妳如此狠毒，對一個半大點兒的孩子，也下得去手?!更何況，他還是與妳有血緣關係的弟弟！」司徒錦見到司徒嬌那副模樣，心裡就來氣，上前一巴掌打得她歪倒在一旁。

司徒嬌又急又氣，既害怕司徒錦，又怨恨自己身分不如對方，處處要受氣。她一雙眼睛睜得老大，眼淚鼻涕一同落下，憤恨地瞪著司徒錦，似乎在控訴她的惡行。

看她的模樣，讓司徒錦一肚子氣無處發洩，但為了念恩，她不得不先忍一忍，等問清楚情況後才好定奪。「將她嘴裡的東西拿開！」

緞兒上前一步，將那布團取下，臉上滿是不屑和輕蔑。

司徒嬌見一個丫頭都瞧不起自己，很是不服氣，正要大吵大鬧，司徒錦已經早一步喝止了她。「妳最好老實一些，若是惹惱了我，有妳好受的！」

司徒嬌惡狠狠地瞪著司徒錦，狡辯道：「二姊姊還真是姊弟情深！怎麼就不見二姊姊對妹妹我憐惜一些，還任由這些下人欺負到我頭上?!好歹我也是司徒府的小姐！」

「哼！死不悔改！自己做錯了事，還要怪別人瞧不起妳！」司徒錦冷哼一聲，撇開頭去，不願意看她那副嘴臉。「他們都是王府的侍衛，是跟隨王爺和世子爺上過戰場的軍士，都有軍銜在身，勞他們動手，已經算是看得起妳了。」

司徒嬌沒想到王府的侍衛都有品階，不由嫉妒得紅了眼。

司徒錦可沒工夫跟她在這裡理論，於是大聲喝道：「說，妳到底對念恩做了什麼?!若有半句假話，看我不扒了妳的皮！」

「妳……妳憑什麼發落我？我什麼都沒做！」司徒嬌仍舊死咬著牙，不肯說實話。

她的確沒來得及害司徒念恩，不過她就是看不慣司徒錦頤指氣使、高高在上的模樣，不肯求饒。

「好好好……果然夠硬！」司徒錦冷笑，吩咐侍衛道：「天氣怪熱的，請五小姐去荷花池好好清醒清醒！」

那些侍衛都是龍隱的忠心護衛，對世子妃的話自然言聽計從，於是兩個侍衛走上前，不等司徒嬌反抗，就一把將她拎起，朝門外走了兩步，逕自將人給扔下荷花池。

雖然如今已經是三伏天，熱得不成樣子，可是在水裡待得久了，對身子也不好。更何況，司徒嬌這樣嬌滴滴的小姐，哪裡受過這般待遇，頓時又是撲騰又是叫罵的。

司徒錦見她仍舊沒有悔過之心，跟上去站在岸邊威脅道：「五妹妹可清醒了一些？若是還覺得不夠，我也不介意再弄點蛇啊什麼的，送它們下去跟妳作伴！」

一提到蛇那種冷血動物，司徒嬌臉上的血色頓時散盡。

那種東西任誰都怕，更別說是閨閣女子了。

司徒嬌一聽到她要放蛇，頓時軟了。「二姊姊，不，世子妃……您大人不計小人過，饒了我這一回吧！我再也不敢了！」

司徒錦冷冷瞥了她一眼，卻沒有饒過她的意思。

司徒嬌著急不已，不斷地求饒，但因為雙手被捆綁，根本無法動彈。喝了好幾口池子裡的水之後，整個人變得跟落湯雞一樣狼狽不堪。

司徒錦不焦不躁地往荷花池邊的欄杆上一坐，不緊不慢地開口。「五妹妹這會兒知道錯了？」

「是是是……世子妃您大人有大量，饒了我這一回吧！我說……我真的沒對七弟弟下手。是真的。我不過想要將他抱到無人之處，嚇一嚇他，可是還沒來得及下手，姊姊的侍衛就找到我了，真的不是我幹的……」

「我如何能夠相信妳這個蛇蠍心腸？」司徒錦冷眼看著她，心裡依舊不舒服。念恩那個樣子，一看就是吃了不該吃的東西，若沒有人餵他，他如何會又吐又瀉？分明是有人動了手腳！

「我發誓！若是有半句謊話，我……我會被五雷轟頂，不得好死！」司徒嬌為了取信於她，連惡毒的誓言都說出了口。

司徒錦盯著她瞧了好半晌，發現她並沒有說謊的必要，這才給了侍衛一個眼神示意，讓他們將人弄起來。

侍衛心領神會，一個飛身，踏著荷葉借力，就將司徒嬌從池子裡提了起來。

司徒嬌咳嗽了好一陣，才緩過勁來。

剛才被這麼一驚嚇，她倒是老實多了。

「五妹妹難得回來一趟，妳那姨娘身子也不怎麼好，就待在後院伺候她吧。」司徒錦這是在警告她不要亂說話。

司徒嬌驚魂未定，自然不敢有意見，只能不斷點頭。

司徒錦又吩咐緞兒叫了兩個丫鬟過來，說五小姐不小心落水，扶她回去歇下。等到司徒嬌一走，緞兒就忍不住開口了。「夫人，既然不是五小姐下的手，難道這府裡還有人想要置小少爺於死地？」

緞兒的擔憂，正是司徒錦所擔心的。

因為懷了身子的緣故，她最近對母親和弟弟有所疏忽，這才被人鑽了空子。「什麼人下的手，我心裡有數，等到老爺的喪事辦妥之後，就是清理門戶的時候了。」

第一二八章　嫁禍王妃

慕錦園

司徒長風的後事料理完，司徒錦也累得夠嗆，想到弟弟和母親受的苦，她的心就一陣抽痛。

「夫人，小少爺會沒事的。」緞兒見她為了府裡的事情傷透了腦筋，心裡也很是著急。夫人現在可是雙身子的人了，怎麼能如此操勞？

司徒錦抬起頭來，微蹙的眉頭依舊未得到舒展。司徒府裡還有那些個不安分的，她放心不下來。

「爺回府了沒有？」已經到了掌燈時分，還不見龍隱回來，司徒錦便順口問了一句。

緞兒替她打著扇子，說道：「還沒有，想必也快了。可以擺膳了嗎？」

「再等等吧。」司徒錦一方面有些食不知味，另一方面也是為了等夫君一起用膳。

緞兒點了點頭，吩咐丫頭們將膳食給熱著。

過了一盞茶的工夫，門外傳來熟悉的腳步聲。緞兒知道是世子爺回來了，這才迎了上去。「爺可算回來了……」

龍隱微微一愣，繼而明白是怎麼一回事了。

他走到司徒錦身邊，有些憐惜地說道：「說了不必每日等我回來一起用膳的，妳跟孩子哪裡禁得起餓！」

司徒錦有些挫敗地將頭埋在他的懷裡，靜靜地享受這片刻寧靜。

龍隱知道她又在為岳母和小舅子的事情擔心，便在她身旁坐下來，安慰道：「錦兒不是還有我嗎？岳母的病，我一定會找到解藥的。司徒府妳也不必太過擔心，我已經派人專門盯著他的一舉一動了，不會有事的。」

為了妻子，他可是一次派出了好幾個得力屬下，日夜監視司徒青。

司徒錦自然知道他為自己做了不少事情，心裡感到十分溫暖。「隱，謝謝你……」

「我們本是一體，道謝做什麼？」見她重新換上笑容，龍隱這才稍稍安心。

緞兒帶著春容和杏兒將飯食送來，請了世子爺和夫人來到桌邊坐下，這才服侍他們用飯。「夫人，這些都是您平日最喜歡吃的，王妃娘娘還特地送來一份珍珠圓子，說是您前幾日念叨著的。」

司徒錦見這麼多人都在關心自己，總算寬了寬心。「難為母妃還記著這些……緞兒，代我去芙蕖園謝謝母妃。」

緞兒笑著應下，帶了一盒醉仙樓的糕點，就出去了。

隱世子看著嬌妻恢復了精神，整個人也輕鬆了不少。

若知道那些麻煩會讓妻子如此掛心，他早就想辦法清理門戶，也省得發生後來這些事情了。小舅子被人下了藥，雖然不至於馬上致命，但也有些麻煩。好在花弄影的醫術不錯，很快就幫他把毒解了，不然他的妻子指不定愁成什麼樣呢！

用過飯，司徒錦便吩咐丫鬟燒了熱水，正要去沐浴，卻聽見外頭亂哄哄的。於是她打起紗簾，傳春容進來問話。「發生了何事？」

春容不敢隱瞞，草草地將聽到的傳言講述了一遍。大意就是，西廂那邊的柳氏，晚上到芙蕖園去請安，不知道怎麼的，頂撞了王妃娘娘，王妃娘娘大怒，罰她跪在院子裡。原本也就想懲戒一下，柳氏卻突然暈倒，而且下體還流了不少血，怕是小產了。

司徒錦聽完她的稟報，嘴角譏誚地翹起。

看來，司徒府的事情沒完，王府又鬧起來了，還真是不省心啊！

「幫我換衣服，我要去芙蕖園。」

春容愣了一下，趕緊去找了衣服來給她換上。

司徒錦稍微整理了一下儀容，便去了王妃的住所。

進到院子裡的時候，屋子裡顯得格外寂靜。

沐王妃冷冷地聽著林御醫的診斷，臉色十分難看，而沐王爺挑著眉坐在椅子裡，並未多說什麼，氣氛十分詭異。

見到司徒錦進來，王妃的神色才稍有緩解。

「兒媳給父王、母妃請安。」司徒錦捧著肚子福了福身。

「妳怎麼過來了？身子這麼重了，怎麼還到處跑?!」王妃表面上像在指責她，但語氣卻十足關心。

司徒錦掃了那暈倒在地上的柳氏一眼，又將視線落在跪在地上的龍翔和陳氏身上。「母妃這裡這般熱鬧，兒媳自然不會錯過這場好戲的。」

聽到司徒錦提到「戲」這個字眼，王妃和王爺臉上都浮現出一絲疑惑，而龍翔公子和陳氏皆是一愣。

司徒錦仔細打量了一番那林御醫和地上的柳氏，發現他們也幾不可見地抖了抖。

「弟妹說的什麼話？柳氏她都那樣了，妳還在一旁幸災樂禍，到底安什麼心！」龍翔痛失孩兒，聽了她的話，心裡自然不舒服。

陳氏原本對柳氏就恨得要死，巴不得她的孩子沒了，可是她畢竟是龍翔的正室，自然要站在自己夫君這一邊。更何況，司徒錦也是她頭一號敵人，因此她便跟著龍翔一個鼻孔出氣。「父王，您瞧瞧弟妹這說的什麼話？柳氏雖然只是個妾室，身分低微，但好歹是王府的一分子。她失去了孩子，正是傷心的時候，弟妹卻在這裡說風涼話，真是讓人寒心啊！」

司徒錦面對他們顛倒黑白的說法，絲毫沒有怒意。她一雙眼睛只在那柳氏和林御醫身上。「我有沒有說謊，問一問林御醫不就一清二楚了？」

林御醫見世子妃提到自己，不由得流了一身冷汗。

柳氏情況如何，他自然再清楚不過。原先他也打算幫柳氏隱瞞，可是世子妃說得這般肯定，讓他不由得慌了。

有些事情做得隱秘，但這世上並沒有不透風的牆。若是一個不謹慎，落人把柄，那他這輩子就算完了！

正在思量著如何回答，司徒錦又發話了。「林御醫一直深得父王和母妃信賴，必定不會說謊，林御醫，您說是不是？」

司徒錦這般氣定神閒，看起來有十足的把握。

王爺和王妃狐疑的同時，也將目光集中到林御醫身上。

龍翔聽到司徒錦這麼說，心裡的疑團也愈來愈大。但他知道柳氏這般做，是為了鞏固西廂的地位，於是不分青紅皂白的，大聲嚷嚷了起來。「弟妹，妳到底什麼意思?!柳氏明明就是在母妃院子裡出了事，這可是所有人都看見的！母妃雖然是無心的，可柳氏失去孩兒也是事實！」

王妃一聽到這話，手不由得拽緊。

她心想柳氏的胎兒也差不多穩了，罰跪一小會兒也不會出什麼事，但誰會想到她的孩子就這麼沒有了！

若是王爺追究起來，她難逃干係，但即使他不追究，她心裡也會愧疚不安。只不過被龍翔這麼一鬧，她心裡就有一股無名之火。
這分明就是故意往她身上潑髒水！他們不知道安的什麼心，居然敢鬧到她頭上來，實在罪不可赦！
「這是事實嗎？」司徒錦依舊笑得從容，絲毫沒有被他的話嚇到。「父王最是公正，不如就讓父王來問問到底怎麼回事吧！」
見司徒錦提到自己，沐王爺這才正了正色，換上一副嚴肅的面孔，問道：「林醫正，你說說看，這到底是怎麼回事？那柳氏的身子為何虛弱至此，才跪了一會兒就滑了胎？她不是一直由你醫治的嗎？你倒是說說看。」
林御醫滿頭冷汗滴個不停，心裡有一股不好的預感。
看世子妃那笑容，想必知道了什麼，因此他不敢貿然開口，生怕王爺怪罪下來，毀了自己的前途。
此刻柳氏正好「甦醒」了過來，她假裝虛弱地撐起身子，問道：「我這是怎麼了？」
她抬起頭來，看見在座的主子，這才惶恐地跪坐起來，叩拜道：「婢妾不知道……婢妾給王爺、王妃、世子妃請安。」
王妃瞥了她一眼，沒有發話，倒是龍翔撲了過去，抱著她就痛哭起來。「我可憐的孩兒啊……」
陳氏見龍翔居然當著那麼多人的面，跟柳氏那小賤人摟摟抱抱，心裡就嫉恨起來。可是在王爺和王妃面前，她也不敢太過放肆，只能拿眼珠子瞪著他們，恨不得能在二人身上燒出個洞來。

「柳氏，妳倒是說說，今兒個怎麼想起到王妃這裡來立規矩了？」王爺似乎也察覺到了一些不對勁，開口問道。

柳氏楚楚可憐地流著淚，似乎對失去孩兒一事感到非常傷心，可是王爺問話，她又不得不回答，這才止住了哭聲，小聲回道：「婢妾在床上躺了不少時日，王妃娘娘也一直十分關照。因此婢妾身子剛好一些，便想著過來謝恩，沒想到衝撞了王妃娘娘，惹得娘娘生氣。都是婢妾不好，婢妾也是該罰的……是婢妾福薄，沒能保住這個孩子……」

說著，她又無聲地落下淚來，那模樣還真是梨花帶雨，教人看了不忍心。

司徒錦在心裡暗忖：這個柳氏還真是聰明！既沒有指責王妃的不是，還將所有的錯一個人承擔下來。她這麼做，無非是以退為進，想要降低別人的戒心。

如此一來，不但能夠博得他人同情，還成功將王妃給拖下水，落了個苛待庶子妾室的罪名。只不過，她是不會讓柳氏得逞的！

第一二九章　分家

「父王，您也聽見了，柳氏身子本就不好，還要到處走動，雖然是一片孝心，想要過來謝恩，卻惹得母妃生氣，倒是本末倒置了。說起來，這孩子也算命大，上一回大嫂無心之失，柳氏摔了一跤，那孩子也沒怎麼樣，這不過才跪了一會兒就沒了……」司徒錦淡淡講述著，並未被柳氏牽著鼻子走。

沐王爺蹙了蹙眉，想到上次祥瑞園的事，臉色頓時一沈，喝道：「林御醫，你怎麼辦事的？不是說胎兒穩妥了嗎，怎麼這麼輕易就……」

林御醫急到不行，都不知道該站在哪一邊了。

柳氏心裡也十分焦急，她偷偷地給了林御醫一個眼神，示意他按照自己教的那些話說。

林御醫心裡慌亂得很，不過還是賭了一把。

「啟稟王爺，小的的確用心幫柳氏保胎了，興許……興許是上次摔得太嚴重，這一次又受罰，胎兒不穩，才……」

「這麼說來，倒是本王妃的不是了！不該罰了一個頂撞本王妃的賤婢！」沐王妃愈聽愈生氣。想到上次司徒錦對她說起的那些可疑之處，心裡早已恨透了西廂那幫子喜歡搬弄是非的人。

見到王妃發怒，王爺心疼萬分。「頂撞王妃，可是重罪！柳氏，本王見妳平日裡也很乖巧，怎麼就衝撞王妃了？莫非，妳是故意過來找罪受的?!」

「父王明鑑啊！柳氏哪裡有那個膽子頂撞母妃！」龍翔見沐王爺偏心王妃，很不服氣地喊道。

司徒錦瞥了他一眼，冷眼看著他們表演。

沐王爺冷哼一聲，說道：「明知道自己身子不好，還跑到芙蕖園來丟人現眼，這般無狀，就算讓王妃打死了也不為過！」

「父王，您也太偏心了！我也是您的兒子啊，柳氏懷的，也是您的孫子啊！您這麼說，豈不是連兒子也罵了進去？弟妹的孩子就高貴，我的孩兒就卑賤？」龍翔說起話來也異常刁鑽。

沐王爺氣得鬍子一翹一翹，恨不得上前給兒子一巴掌。大庭廣眾之下，居然敢頂撞他這個父親，真是無禮得很！

「給我閉嘴！你這個畜生，有你這樣跟父王說話的嗎？什麼偏心?!試問這麼些年來，本王可虧待過你？說出這般大逆不道的話，真是不孝！」

柳氏見翔公子幫了倒忙，很是著急。她就是想讓王妃生出一些愧疚來，讓自己在王府的日子好過一些，但沒想到事情竟然演變成這個樣子，跟她預計的相差甚遠，讓她有些手足無措。

司徒錦見時機差不多了，便故意提起一件事。「啊……柳姨娘小產了，坐在地上可不好。母妃還是找人給她準備個軟榻，一會兒花郡王過來給媳婦診脈，順便幫柳姨娘看看，免得傷了身子，影響以後生育。」

說起花郡王，王妃的心總算安定了。「也好，免得有人在這裡亂嚼舌根，指責本王妃虐待了這庶出的。」

說完，王妃給了珍喜一個眼神示意，珍喜便讓丫鬟們抬著一張羅漢床過來，將柳氏扶了上去。

柳氏本就惶恐不安，又聽見花郡王要來給世子妃診脈，就更慌了。「多謝王妃娘娘厚愛，婢妾自知身分低微，不敢勞駕郡王……」

「翔公子剛才還說母妃偏心呢！既然如此，柳姨娘也就不必客套了。」司徒錦知道她心虛，沒打算就這麼輕易放過她。

想要算計到母妃頭上，她膽子不小，野心夠大！這樣的女人，只有徹底打垮她，才能永除後患！

柳氏的面龐灰白一片，顯然嚇到不行。

她的計劃，就這樣功虧一簣，這樣也就罷了，還要落得一個欺主的罪名，日後她沒好日子過了。

被王妃冷落還好，但日後翔公子定然不會再這麼寵著自己，陳氏那邊也會更加肆無忌憚。妾室的地位到底不比正室，她的結局如何，一目了然。
就在她瑟瑟發抖的時候，那林御醫擔不住，一個趔趄，暈了過去。
沐王爺見他這般沒用，生出了換掉他的念頭。王府這樣的人家，豈會用一個廢物?!這樣想著，他更加堅定地站在王妃這一邊，覺得她是冤枉的了。
龍翔憤怒地瞪著司徒錦，恨她不該插手這件事。
司徒錦卻依舊笑得沒心沒肺，和王妃有一搭沒一搭地說著話，根本無視他的存在。
這時，丫鬟進來稟報，說是花郡王來了。
王爺連忙叫人將他請了進來。「影兒你來得正好，你快去幫柳氏把把脈。她剛剛滑了胎，可別留下什麼後遺症。」
花弄影掃了司徒錦那幸災樂禍的神色一眼，頓時明白了。只不過，他才不屑碰那個不認識的女人，他只是靠近她，聞了聞，便有了結論。「王爺怎麼拿我開起玩笑來了，柳氏根本沒有妊娠的跡象，哪兒來的滑胎？」
「不可能！」龍翔聽了這話，脾氣頓時爆發。「怎麼可能！她都流了這麼多的血，明明就是沒了孩子，你怎麼能信口胡說！」
花弄影蹙眉，輕蔑地回道：「哼！你說這是滑胎產生的血？那我倒要問問翔公子，你的妾室，身上如何會有畜牲的血？莫非，她是與畜牲苟合，才懷的胎嗎?!」
花弄影這話剛落地，司徒錦就忍不住笑了。

王妃也是一臉鄙夷地望著柳氏，她自然對花弄影全然信任。「影兒，你說……柳氏身上的血是畜牲的血？」

「這畜牲的血，跟人血可是有區別的。人血跟動物的血顏色不同，濃淡跟味道也有些不同。若是我判斷得不錯，她身上的血，應該是家禽一類的血。」花弄影嘲諷地勾起了嘴角。用這樣的手段來唬弄他，還真是對他醫術的侮辱！

「柳氏，妳好大的膽子！居然敢用這麼卑劣的手段來戲弄本王?!」沐王爺聽花弄影解釋完，忍不住發火了。

這王府為何就有這麼些不安分的人，非得將府裡攪得一團糟呢?!東廂這邊一直相安無事，過得好好的，偏偏西廂那邊就是不安生。生了個沒用的兒子也就罷了，後院的女人還弄出這些無聊的把戲來，真是忍無可忍！

「父王息怒……兒子也不知道她會欺瞞父王，還嫁禍給母妃啊……」龍翔見風向變了，立刻拋棄柳氏，極力擺脫自己的嫌疑。

不過是個女人而已，沒有了柳氏，他還可以有別的女人。若是惹惱了父王，那麼他以後要怎麼過活？想到這些，為今之計就是自保！

柳氏見到花弄影的時候，就已經知道大勢已去，如今翔公子又為了撇清嫌疑，棄自己於不顧，頓時眼前一黑，暈了過去。

王妃冷眼看著這一幕鬧劇，手裡的杯盞瞬間丟了出去。「王爺，您現在知道，這翔公子是如何孝敬我這個母妃了吧？按理說，隱兒繼承了世子之位，翔公子早該出府去了，不過念在王爺的面上，多收留了他一些時日。可他們卻仍舊不知足，非要鬧得府裡雞犬不寧，現在還栽贓嫁禍到本王妃頭上來了。王爺，您說，這該如何處置呢？」

沐王爺自然知道這個規矩，只是他念在莫側妃已經不在的分上，才任由大兒子一家住在府裡，可現在看來，他們並不是安分的主兒，淨做些丟人現眼的事情。為了王府的將來著想，他心裡已然有了決定。

聽到分家這一說，龍翔頓時如覺五雷轟頂。

要他單獨過日子，那怎麼行?!離開了沐王府，還有誰會高看他一眼？更何況，他錦衣玉食慣了，怎麼受得了粗茶淡飯的日子？

他對自己還是有些自知之明，沒什麼本事，更沒有多少家當。若是被趕出王府，哪還有活路！

於是，他跪著爬到沐王爺腳下，苦求道：「父王，您千萬別趕兒子出府啊！兒子知道錯了……難道您忍心看著兒子一家幾口挨餓受凍嗎？」

「你個沒出息的，說什麼喪氣話！讓你單獨出去過，又沒說苛待你，該分給你的家業，一分也不會少。你說你，都二十幾的人了，什麼正經事都辦不成，只知道吃喝玩樂，將來如何能夠撐起個家？」沐王爺痛心疾首地看著大兒子，臉色十分沈重。

他不知道自己以前為何要寵著這個紈袴子弟，明明不愛莫側妃，還任由她在府裡囂張霸道了二十年；明明有喜歡的女子，卻娶了一個算計自己的女人，他那時候是不是被豬油蒙了心？

陳氏聽說要被趕出府，也急了。她這才意識到，王妃這次是真的發怒了！一想到日後的艱苦日子，她整個人驚慌不已。

司徒錦但笑不語，與花弄影兩個人相視一笑，當作看戲了。

若是西廂那邊的人能夠分家出去，也算好事一件，畢竟有這些人在府裡，也是個麻煩，時刻防備著，也挺累的。

第一三〇章　司徒青之死

不管龍翔再怎麼不情願，但沐王爺已經發了話，他也不得不帶著妻兒搬出王府，到另一處宅子裡去生活。少了西廂那邊的麻煩，司徒錦在王府過得更加舒心，每日喝著補湯，讓丫鬟、婆子伺候著，逍遙無比。

唯一讓她耿耿於懷的，便是娘家那些事。不過，龍隱既然已經答應幫她排憂解難，她也就放寬了心在府裡養胎。

這一日，龍隱下朝回來，神色頗為愜意。

司徒錦見他那春風得意的模樣，便知道那邊的事情有些眉目了。於是她親自端著茶水奉到他的手裡，撒嬌賣乖。「爺今兒個遇到什麼天大的喜事了？瞧這眉毛都舒展開了……」

被妻子打趣，龍隱沒有絲毫不快，反而寵溺地將她拉到身邊坐下，悄悄地透露了一些秘密給她。

「真的？看來，皇上受到的打擊不小。」司徒錦笑得恣意。

「如此一來，皇上也是白費心思了，籌劃了那麼久，但那人卻絲毫不感激，還打算一走了之。」龍隱輕笑著，對這個結果感到十分滿意。

若他已經放棄繼承皇位，那麼未來的皇帝人選，自然就只有五皇子一人。如此一來事情就有了轉機，沐王府的危難也就暫時解除了。

龍隱是個聰慧異常的人，問題也看得通透。皇上失去了最後一點希望，自然不會繼續揪著沐王府不放，畢竟沐王府是五皇子最有力的支持者，若是處置了沐王府，不但會給五皇子帶來麻煩，也會讓人覺得他無容人之量，濫殺無辜。

一世英名毀於一旦，這樣的結局，想必皇上也不樂見。

近幾日來，皇上稱病不再早朝，將朝裡的事務交給五皇子全權打理。龍隱也樂得清閒，可以多陪陪妻兒，做一個稱職的夫君和父親。

對於這個孩兒的到來，他滿懷期待。

「盛兒今日有沒有不乖？」龍隱聊完了正事，便又將注意力集中到司徒錦的肚子上。

即將要做父親了，龍隱一半茫然，一半欣喜。

司徒錦撫摸著高高隆起的肚子，笑道：「你怎麼就知道一定會是個兒子？」

盛兒是他給未來的小世子取的名字，不過司徒錦更渴望生一個乖巧漂亮的女兒，閨名也取好了，叫做靈兒。

「女兒也不錯，不過我希望第一胎是男孩，這樣以後他長大了，可以保護弟弟妹妹。」

龍隱一邊說著，一邊暢想著未來。

司徒錦見他這般說，心裡也是甜滋滋的。

他不是個迂腐的男人，也不將傳宗接代放在首位，這樣的想法讓司徒錦很是窩心。他沒有重男輕女的思想，而是考慮孩子作為兄長該承擔的責任。

「我倒是希望生個女兒，她一定會像她爹爹一樣有出眾的容貌和才智。」司徒錦望著夫君那張俊美容顏，心裡描繪著女兒的模樣。

龍隱喜歡司徒錦這樣說話時的表情，帶著些許嬌憨，些許輕快，比初次見面時的冷淡和佯裝鎮定，要真實多了。

將妻子擁進懷裡，龍隱埋首在她的髮間。「再過三個月，孩子就該出世了。」

「嗯，所以在他來到這個世上之前，我一定要解決掉所有的麻煩！」司徒錦瞇了瞇眼，說得十分坦然。

她的毫不隱瞞，讓他覺得很開心。

夫妻之間，貴在坦誠，一味遮掩欺瞞，只會讓兩個人愈走愈遠，而龍隱對司徒錦的依賴也很滿足。

「放心好了，一切都會解決的。」

「是不是那邊有些眉目了？」她喜孜孜地問道。

龍隱點了點頭，說道：「昨日朱雀來報，說司徒青夜裡出府，去了一條很偏僻的巷子，丑時才回府。跟蹤的影衛找到那個幕後指使者的落腳處，一路追蹤下去，最後查到了二皇子府。」

「二皇子？這不可能！」司徒錦緊蹙著眉頭，對這個結果很是詫異。

那二皇子是楚羽宸的替身，不可能背著主子做出這樣的事情來，這其中肯定有什麼誤會。再者，以楚羽宸跟朱雀的關係，他更不可能讓朱雀傷心。

「我也覺得不可能，但那人最後進去的地方，的確是二皇子府。」

「會不會是故布疑陣？」司徒錦猜測著。

「也許是早有防範，發現有人跟蹤，就隨便找了個地方藏起來，但也許……是姜家指使假二皇子這麼做的。」

即使楚羽宸無心皇位，但他那些跟隨者可能不願意就這麼放棄，好不容易得到一個可以一步登天的機會，怎麼可能看著他就這樣一走了之？

多少年的心血，豈能白白浪費？

看來，那些追隨姜氏一族的死忠分子，不會輕易就這麼甘休！

司徒府

「少爺，真的要這麼做？」一個看起來十分老實的男子垂首站在司徒青床前，再一次確認道。

傷天害理的事情，他從未做過，若不是為了自己兒子的前途，他也不會鋌而走險，跟了這麼一個無能的主子。

「廢話什麼！本少爺說的話，你當作耳邊風嗎？」司徒青暴躁地坐起身來，臉色十分不快。

好不容易就要到手的東西，突然間沒了，他豈能甘心？

那黑衣人明明承諾過自己，說只要幫他們做事，就不會少了他的好處。他惦記著這家業好久了，司徒長風一死，這府裡就只剩下一班老弱婦孺，他雖然不是嫡子，但好歹是司徒家的長子，這偌大的家業，該歸他來管才是。

可是，在他做了這麼多事情之後，那黑衣人居然反悔了，不但沒能兌現承諾，還一再警告他，不許傷害江氏和幼弟的性命。

這算怎麼回事?!當他是好欺負的嗎？他們不讓他動手，他就偏要做出一番事業來給他們看看！

司徒青不知道的是，原先與他接觸的，是姜家那邊的人，後來警告他的，是楚羽宸。既然他本人已經放棄皇位，甚至要離開京城，就不允許姜家那邊再惹出什麼麻煩，更何況那假的二皇子下半身已經癱瘓，失去了生育能力，這顆棋子再也無用，何必眷戀那個位置？

「少爺，這藥一旦下了，怕是要出人命啊！」男子擔心地問道，心裡頭有些怯意。

殺人可不是殺牲口啊！

「囉嗦個什麼！只要你眼睛一閉，將這藥粉倒入他們平日的吃食裡就完事了，剩下的交給我，不會有你什麼事的。」司徒青一再保證道。

除掉了江氏和幼弟，他就是司徒府唯一的繼承人了！這樣想著，司徒青不禁得意起來。

那老實的男人聽了他的話，還是有些忐忑。

「你別忘了，你的兒子可還在府裡做事。要想他平安無事、前途無量，就乖乖地給我去做事，否則可別怪我不講人情，活活打死你們一家子！」見軟的不行，司徒青就來硬的，非逼著他去做那下作的事情。

男子咬了咬牙，一口應承下來。

司徒青滿意地看著他離開，眼裡露出冷厲的鋒芒。他能夠透過那黑衣人的協助讓司徒長風死得不明不白，自然也有辦法讓江氏和司徒念恩死得毫無破綻。

他有所不知的是，司徒長風的死沒有人追究，那是根本沒人在乎他的死活，但江氏和司徒念恩就不同了。他們是司徒錦，也就是隱世子妃最在意的人，若是他們有個好歹，怕是掘地三尺，也會將凶手給找出來！

徘徊在漆黑的夜裡良久，男子始終下不了決心去做那傷天害理的事。就在他猶豫的時候，一道人影不聲不響地來到他身後，將他制住。「別出聲，否則要了你的命！」

男子連連點頭，生怕丟了性命。

「司徒青要你在夫人和小少爺的飯菜裡下什麼藥？」黑衣蒙面人問道。

男子哆嗦著，眼裡有驚訝也有恐懼，這麼機密的事情沒想到居然被人知道了。他嚇得冷汗涔涔，身下傳來一陣騷味。

黑衣蒙面人捂住鼻子，鄙夷地看了他一眼。有膽子做壞事，卻沒膽子承擔，真是個沒用的東西！

「說，這包藥粉是做什麼用的?!」黑衣蒙面人繼續逼問。

膽小怕事的男子見事情敗露，就全招了。「大爺饒命啊！小的也是被逼的！這藥是四少爺給小人的，聽說劇毒無比，一個時辰之內若是沒有解藥，性命就會不保。而且這藥很是奇特，毒死了人，還不會讓人看出異樣。」

「世上真有這麼管用的藥？」蒙面人驚愕地瞪大了雙眼。

「小人絕對不敢有任何欺瞞，還請您高抬貴手，饒了小人吧！」男子嚇得跪伏在地，不斷地磕頭。

「我也知道你有苦衷。這樣吧，你幫我辦一件事，我就保你全家人的性命，如何？」蒙面人繼續說道。

膽小男子沒想到他連自己家人被威脅都知道，頓時再也不敢有二心，不住地磕頭說道：「請大爺吩咐，小人一定盡力！」

「不是盡力，而是一定要去做！你就……」蒙面人附在他耳邊，吩咐了幾句。

膽小男人一聽那主意，整個人都傻了。

「怎麼，四少爺要你害別人你就敢，反過來要你背叛他，你就不敢了？」蒙面人嘲笑道。

男人低垂著頭，良久沒有出聲，似乎在考慮這件事的可行性。

蒙面人可沒多少耐性，見他久久不語，就又威脅了一番，這才逼他就範。

「放心吧，不會查到你頭上來的！這年頭，傷寒加上時疫，死個把人也是常有的事。」

膽小男子聽了這話，頓時放下心來。

翌日，司徒府四少爺因為感染時疫而病逝的消息傳出，並未引起多大的轟動。畢竟他名聲向來不好，多數人恨不得他馬上死掉呢！

這個野心勃勃、貪婪成性卻沒腦子的司徒四少爺，就這樣結束了短暫的一生。

第一三一章　新帝登基

七月初七，聖武帝因病駕崩，五皇子龍夜繼位，改國號為天元，史稱元昊帝。

新帝登基，大赦天下，百姓同樂，四海昇平，天下安定，這樣的局面，似乎是最令人滿意的結果。

這一日，老王爺請旨，將王位承襲給了兒子，龍隱在瞬間成了大龍有史以來最年輕的王爺，而司徒錦，則成了新一任的沐王妃。此後，原本的沐王爺改稱老王爺，沐王妃則改稱沈王妃。當然，有了孫子之後，自然得改稱太妃了。

大龍新皇登基，不少鄰國都派來使臣恭賀，作為大龍的股肱大臣、皇上最信賴的人，龍隱被指派為接待各國使者的代表。

一大清早，司徒錦仍在美夢中的時候，龍隱已經起身。看著妻子那香甜的睡顏，他的心頓時漲得滿滿的，有股說不出的幸福感。

「王爺要去接待各國使者，需要穿朝服嗎？」司徒錦不能服侍他更衣，這個責任就落在幾個丫頭身上。

龍隱不習慣讓旁人幫他穿戴衣服，反正在外面打仗的時候，他就已經習慣自己做許多事，倒也沒那麼養尊處優。「取繡有龍紋的衣衫來，我自己穿即可。」

春容應了一聲，趕緊去衣櫃裡翻找。

龍隱梳洗完畢之後，隨便用了些飯菜就出府了。司徒錦睡到日上三竿才起身，醒來之後也趕緊梳洗打扮。

「聽說這一次的使臣中，有不少皇族的人呢！」

「可不是嗎？大夏國又派來了一位公主，聽說長得國色天香呢！」

「該不會是送進宮當妃子的吧？」

丫頭們竊竊私語著，聊著最火熱的話題。

司徒錦今日一身紫色紗裙，上頭繡著金絲的鳳凰，那栩栩如生的圖案，隨著走動而翩翩起舞，非常精妙。

「娘娘這身打扮，真是漂亮！」春容和杏兒服侍她的時日不短了，說起話來也十分輕快，沒有顧忌。

緞兒因為有了身子，不方便再伺候她，謝堯可寶貝她得緊，連下床都不讓。司徒錦也不好霸著緞兒不放，只能讓春容和杏兒頂了她的位置，又升了春雨和另一個守本分的丫鬟做二等丫頭。

「這支金鳳釵，娘娘覺得如何？」杏兒拿著釵子在她頭髮上擺弄著，耐心詢問道。

司徒錦瞧了那熠熠生輝的釵子一眼，覺得太過耀眼了些。「還是戴那支玉簪吧，看起來素雅一些。」

「娘娘如今可是貴為王妃，戴些貴重的首飾，也是應該的。」春容笑著說道。在小姐還是世子妃的時候，是怕越過了王妃去，有失禮節。可是現在不同，小姐已經榮升為王妃，自然要打扮得貴氣一些的，才不能讓人瞧扁了去。

「金釵雖然好，但我這身子可承受不住。」司徒錦說著，摸了摸那圓滾滾、讓人有些難以負荷的肚子，委婉地說道。

她的肚子都八個月了，即將臨盆，走路都有些吃力了，更別提還要盛裝打扮。

「娘娘說得是，是奴婢考慮不周。」春容乖巧懂事，嘴巴也很甜。

司徒錦滿意地看著她們二人，心裡暗自喜歡。

除了緞兒之外，這兩個丫頭算是她身邊最貼心的人了，而且她們倆跟緞兒比起來，還要更加穩重一些。緞兒是個直腸子，有什麼就說什麼，但總是容易說錯話，得罪人。這兩個丫頭膽子稍微小些，不過時時刻刻都很謹慎，也算穩妥。

「李嬤嬤做什麼去了？」府庫的鑰匙一直由她保管，司徒錦要拿個什麼東西，還得經過她的手。

春容想了一會兒才說道：「嬤嬤一大早就告了假，說兒媳婦身子不大好，回去看看。」

「李嬤嬤的媳婦？」司徒錦喃喃自語。

「李嬤嬤一家，春雨是熟悉的，娘娘不如找她來問問，便一清二楚了。」春容聽她提起這個問題，便出主意道。

司徒錦默許了，不一會兒春雨就被叫了進來。

「奴婢給娘娘請安。」春雨在司徒錦面前還是有些拘束。畢竟她身分不同往日，已經是人上人了，因此春雨即使得到賞識，升了二等丫鬟，還是小心翼翼，十分謹慎。

司徒錦抬了抬手，說道：「起來吧，在我院子裡，沒那麼多規矩。」

春雨這才起身，恭敬地垂手站在一旁。「娘娘找奴婢來，有什麼吩咐？」

「聽說李嬤嬤的兒媳婦病了，可知道是怎麼回事？」李嬤嬤一向都十分規矩，絕對不會這麼匆忙就離開王府回家的。

她的兒媳婦病了，也算不上什麼大事，過去李嬤嬤的男人摔斷了腿，也不見她這般焦急。

提到李嬤嬤的家人，春雨便侃侃而談。「回主子的話，李嬤嬤的兒媳婦的確是病了，而且還很嚴重。聽大夫說，怕是活不過八月十五了。」

對於李嬤嬤，司徒錦還是很在意。有她這個有經驗的老人在，她什麼事情都不用操心，而且李嬤嬤為人勤懇又忠心，她自然多看重一些。「哦？是什麼病？居然這麼嚴重？」

「聽幾個熟悉的媳婦子說，好像是生產時落下的毛病，一直沒見好。如今越發嚴重起來，據說每日都要流好多血。」春雨有些害怕地說道。

提到生孩子，司徒錦不免有些緊張。

她的肚子也這般大了，而且還是頭一胎，自然辛苦一些。前世，她並沒有生產的經驗，這一世也就擔心得很。

都說女人生孩子，就是在鬼門關前走了一遭，生死有命！

聽說過不少難產的例子，司徒錦就隱隱感到有些擔心。

她的身子雖然一直保養得不錯，但難保不會有意外發生。生孩子的時候，男人不能守在一邊，但在那生死攸關的時刻，她多麼希望孩子的父親能夠在一旁，給她鼓勵和支持。

想到這些，司徒錦便有些忐忑。

「娘娘，您是不是在擔心生產的事情？」跟著她的時間久了，丫鬟們自然懂得察言觀色。

司徒錦抿了抿嘴，繼續剛才的話題。「怎麼就落下病根了呢？」

「那許氏身體本就不好，不適合生產，但為了李家能夠有個後代，便堅持要生，結果……唉，說起來，那許氏也是個不錯的人，李嬤嬤對這個媳婦很是滿意呢。」春雨繼續說道。

「那孩子怎麼樣？健康嗎？」司徒錦一臉關心地問道。

「孩子還算健康，而且是個男丁。為此，李嬤嬤還專門去廟裡還了願，說是感謝老天爺賜給她一個孫子。」

司徒錦點了點頭，那個孩子的確幸運。

「春容，一會兒送些補品和銀子去李嬤嬤家，讓她多休息幾日再回來。」對於守本分、肯認真做事又忠心的下人，司徒錦一向很寬厚。

春容立刻去收拾了一些東西，交給院子裡的三等丫頭去跑腿了。

府裡的下人知道了王妃這個舉動，無不動容。能夠有這樣一位謙和溫厚的主子，的確是做奴才的幸事。

用過早膳之後，司徒錦便挺著大肚子，在丫鬟陪同下進宮。

她的服飾不算是最耀眼的，卻夠獨特，引來不少人關注。如今，這大龍朝的貴婦當中，司徒錦算是個傳奇般的人物了。

從一個小小的庶女，變成了尊貴的王妃，這個轉變讓不少貧寒女子充滿了希望，都想像她一樣一飛沖天。然而，這世上又有幾個真正能夠慧眼識珠的人呢？

「沐王妃可算是來了。」剛踏進大殿之內，就有一個身著暗紅色織錦朝服的少婦迎了上來，跟在她身後的，還有不少世家媳婦和夫人。

「端世子妃近來可好？」因為身分上的差別，司徒錦在她們面前算是高了那麼一些，因此不必向別人行禮。

「沐王妃的衣服真是漂亮，是在錦繡坊做的嗎？」

「這肚子怎麼這麼大，不會是雙生子吧？」

有人關注她的穿著打扮，也有人關心她的肚子。總之，司徒錦一來，頓時成了眾人的焦點。

當然，那些依附著二皇子的世家就有些不屑了。

「不過是個庶出的罷了，得意什麼？」

「嫡庶之別，重於一切。如今沐王爺手握重兵，是那一人之下萬人之上的人物，也該配一位出身尊貴的王妃才是。」

「可不是嘛！司徒府都已經名存實亡，沐王妃的位置她豈能坐得穩？」

有人說著風涼話，有人則明顯是嫉妒。

不過這些司徒錦都沒有放在心上。

配不配得上，是龍隱自己說了算，這些人的話對她來說不痛不癢。要想讓他們見到她憤怒不甘的表情，真是抱歉得很，要讓他們失望了。

第一三二章　迷魂

各國使臣陸續到達皇宮，新帝也帶著後宮妃嬪陪伴太后一同來到了大殿之上。

司徒錦的位置在靠近龍椅的下方，可見其地位尊貴。因為她身子不方便，太后娘娘便免了她的禮，還將她召到自己身邊坐下。

「肚子這麼沈了，怕是要生了吧？」太后，也就是原先的齊妃娘娘關心地問道。

司徒錦笑得一臉幸福，眼中是掩飾不住的開心。「回太后娘娘的話，已經八個月了。」

「好好好，再過不久，哀家就要抱孫子了。」太后一邊笑著，一邊意有所指地望了望皇帝身邊幾位妃嬪。雖然司徒錦不是她的兒媳，但畢竟是姨甥的妻子，這孩子出世以後，自然也得叫她一聲奶奶。不過，她心裡還是希望兒媳們早點添丁的。

皇后娘娘羅氏坐在皇帝身邊，聽見太后的話，心臟一陣亂跳。她嫁給新皇也有數月了，就是不見肚子鼓起來，為此她找了御醫調理身體。那些御醫總是說她身子無礙，卻一次次讓她失望，因此每當提到這個話題，她就感到有些力不從心。

「王妃是有福氣，不但得到王爺專寵，還即將為人母，真教臣妾們好生羨慕。」開口說話的，是一個穿著寶石藍宮裝的麗人。

司徒錦知道這位妃子是太后娘家兄弟的女兒，頗得皇上喜歡，比起那正宮娘娘還要受寵。

司徒錦打量了她一番，臉上的笑意不減。「娘娘謬讚了。恕我直言，娘娘不也是皇上的心頭肉？何來羨慕之說？」

那妃子聽了她的話之後，抿嘴笑了笑，望向年輕的帝王時，也是滿臉嬌羞。

不過，司徒錦看到皇后臉上閃過一絲不快，但她很快就掩飾了過去。她主動走過來，挽著太后的胳膊撒嬌道：「沐王妃在這麼短的時日內，就懷上了子嗣，是不是有什麼秘訣？何不說來與我們分享分享？」

太后聽後也是眼睛一亮，追問道：「錦兒真的有良方？」

司徒錦臉色一紅，嬌笑道：「太后您這是取笑臣妾呢！臣妾不過是運氣好，哪裡來的什麼秘方？不過，是有些細節比較注意而已。」

一開始她與龍隱都不打算那麼快要孩子，但為了王府的將來著想，也就決定早些懷上孩子，好讓當時的王爺跟王妃放心。

「什麼細節？」不少未曾生育的婦人全都豎起耳朵，圍了上來。

司徒錦倒也沒有隱瞞，將一些要注意的事情一一列舉。「據說，在氣溫適中的日子裡，人體感覺最舒服，不僅受孕成功率高，而且有利優生，如遇到天氣異常，可推遲到下個月進行。

「另外，在準備生育的幾個月中，飲食宜清淡，以素食為主，魚、肉為輔。同時，生活起居要有規律，心胸開朗樂觀，保持良好的體能狀態，這樣受孕易獲成功。

「還有，要注意臥房的環境。太過濃烈的熏香，儘量少用。飯後多走動走動，也有利於身子康健。」

司徒錦一口氣說了很多，也滿足了別人的好奇心。

羅皇后不住點頭，覺得很有道理。

皇帝坐在高位上，躊躇滿志，使臣們踏進大殿的時候，每個人都回到自己的位置上坐好，周圍一下子安靜了下來。

「大夏恭祝新皇登基。」

「大齊恭祝新皇登基。」

「大秦恭祝新皇登基。」

「大楚恭祝新皇登基。」

好幾個國家的使臣同時走上前來，行禮道賀。

元昊帝抬了抬手，分別給他們賜了坐。「請各位使臣代朕向你們的皇帝陛下表達謝意。」

說完，他拍了拍手，立刻就有宮女奉上美酒和禮物。

那些使臣客套了一番，收下了禮物，臉上均表現出滿意的神情，唯有一個例外，那就是先前臣服於大龍的大夏國。

「今日是慶賀皇上登基的大喜之日，大夏國公主雪雁願意為陛下獻舞一曲，以助酒興！」一個人高馬大的大鬍子突然站起來說道。

元昊帝望了望旁邊那位蒙著面的公主一眼，自然不好拒絕這份好意。「那就有勞公主了。」

那名叫雪雁的公主盈盈起身，微微福了福身，然後款款走向大殿中央。「雪雁才疏學淺，若是舞得不好，還望陛下不要見怪。」

「公主言重了。」元昊帝表情欣賞，沒有覺得絲毫不妥。

樂聲響起，那公主便隨那曲調舞動了起來。她的舞姿曼妙，身段又極為妖嬈，一舉手一投足都充滿嫵媚，不少觀看舞蹈的人，都陷入了一種癡迷的狀態。

司徒錦剛開始也極為欣賞這位公主的舞姿，只是過了好半晌，她就發現有些不對勁了。她並非男子，卻被同性的舞蹈迷得神魂顛倒的，實在有些說不過去！

即使美人再嬌、舞姿再媚，但同為女人，也不會到這種近乎癡迷的程度。更何況，女子本就善妒，對於優秀的同類總存在一絲排斥，然而在場的每一個人表情都是那麼沈醉，彷彿身在夢中一般。

司徒錦努力保持警戒，她仔細打量對面的大夏國使臣，發現他們臉上露出一絲鄙視，心裡暗叫糟糕。

看來，這位公主所謂的獻舞是假，迷惑人的心智才是真正目的，看著眾人迷茫的神態，若是此刻出現個刺客，怕會有大麻煩。

此時司徒錦的肚子有些隱隱作痛，這倒是讓她清醒了不少。她一雙眼睛望向自己的夫君，發現他額頭上冒出不少汗珠，便知道他也在極力隱忍著什麼。

要怎麼樣才能打破那公主的迷魂陣呢？司徒錦暗暗著急。

她掃視了周圍一周，發現角落的桌子上放著一把焦尾琴。她忍著不適，站了起來，搖搖晃晃地朝著那琴摸去。

司徒錦坐在地上彈奏著焦尾琴。她不斷變換曲調，想要打破那支舞蹈給人帶來的迷惑。

龍隱聽見那清澈的琴音，整個人頓時清醒了過來。

他狹長的鳳目微微瞇起，看向那雪雁公主的時候，眼中閃過一抹戾色。長劍在手，他絲毫沒有猶豫地出手了。

雪雁沒想到還有人保持清醒，腳步微微一頓，身子急速向後退去。「來人，攔下他！」

大夏使臣一躍而起，朝著龍隱包抄過去。

龍隱不慌不忙地揮舞著手裡的長劍，招招凌厲，猶如地獄裡的惡鬼一般，毫不留情地刺向那些擋在他前面的人。

「啊……」不斷有尖叫聲和哀嚎聲傳出，大殿上也被鮮血染紅。

「殺人啦……」

「來人啊，救駕！」

雪雁的舞蹈一亂，那些迷醉其中的人頓時都醒了過來，見到有人在大殿上撒野，全都驚慌失措。

「殺了狗皇帝！為大夏報仇！」雪雁公主突然放棄了舞蹈，從腰上解下一條銀鞭，直直朝著元昊帝攻了過去。這一切不只是為了幫大夏皇帝報仇，還要為慧玉公主討個公道！當初慧玉公主被送來和親，卻死在大龍皇宮裡，大龍這邊只說她是失足溺水，教人如何信服？

雪雁公主自然不會知道，慧玉公主是被之前的太子妃楚濛濛給害死，只為了嫁禍給司徒錦。儘管當時聖武帝要人查個清楚，但楚皇后怎麼可能任由楚濛濛被揪出來呢？於是這慧玉公主也只能死得不明不白了。

元昊帝剛清醒過來，頭腦還不是很清楚，突然見到有人朝自己攻了過來，想要躲開已來不及。

這時候，羅皇后不知道哪裡來的勇氣，衝上前去，生生挨了一鞭子。那鞭子，瞬間在羅皇后身上留下一條血痕，深可見骨，慘不忍睹。

元昊帝大為震驚，大喝一聲。「御林軍，護駕！」

同時，他將羅皇后往旁邊一拉，躲過下一次的攻擊，然後接過高德庸手裡的寶劍，拿來防身。

元昊帝並不是一個手無縛雞之力的文弱書生，他的功夫也不錯，因此當那個雪雁公主再次攻來的時候，他輕鬆地化解了她的攻勢，漸漸處於上風。

雪雁惱怒地瞪了那角落裡挺著大肚子的女人一眼，怪她破壞了這天衣無縫的計劃。元昊帝的武功在她之上，她無法將他制住，但看到司徒錦裝束不俗，一看就知道身分尊貴。於是她轉而朝司徒錦衝了過去，想要挾持她，好威脅大龍的皇帝。

司徒錦也不是愚蠢之人，看到別人攻過來，還不知道躲避。奈何她身子沈重，根本就跑不快，更何況肚子的痛楚漸漸加劇，讓她行動不便。

「孩子，你不會這會兒提前來報到了吧？」司徒錦咬著牙，衣裳已經被冷汗浸濕，看起來有些狼狽。

龍隱一邊對付那些大夏的逆賊，一邊注視著司徒錦的一舉一動。當看到那雪雁公主朝著妻子攻過去的時候，他的心頓時提到了嗓子眼兒。手裡的招式一變，忽然追著那公主過去了。

雪雁正以為自己要得逞的時候，突然被身後一股強勁的冷風掃到，一時躲避不及，硬生生挨了一劍。

噴湧而出的鮮血，讓她眼前一陣漆黑，險些站不住。

不少夫人看到這血腥的一幕，嚇得失聲尖叫。

司徒錦看著千鈞一髮之際，將自己救下來的夫君，心裡突然一鬆。此時腹部傳來的劇烈痛楚，讓她不由得倒吸一口冷氣，整個身子僵住，動彈不得。

第一三三章　誕下麟兒

大殿之上的刺客頃刻之間就被剷除殆盡，不過元昊帝卻沒有因此放鬆，而是將所有使臣都請到偏殿之中，押了起來，不管他們如何喊冤，也於事無補。

龍隱俐落地抽出寶劍，雪雁公主的身子頓時癱軟下來，大量血液噴湧而出，濺到地上和周圍的人身上，看起來異常恐怖。

司徒錦沒心思在意那些事情，肚子處傳來的陣痛，已讓她大汗淋漓，嘴裡也忍不住哼出聲來。

龍隱見她如此痛苦，又見她手緊緊地按著肚子，心知不妙，也顧不上許多禮節，抱起司徒錦就朝大殿後面走去。臨去時，還讓屬下抓了兩個御醫一路跟隨。

大殿上總算安靜了下來，元昊帝一邊叫人將屍體拖出去示眾，以起到警示作用，一邊吩咐御林軍徹查此事，心中的怒氣才緩和了一些。

才登基沒多久便發生這樣的事情，的確有些觸霉頭。

太后娘娘則還算鎮定，指揮著宮女安撫殿內的女眷和後宮的妃嬪，尤其是那不顧一切替皇上擋了一刀的羅皇后。

「御醫，還不快過來給皇后娘娘包紮，愣在那裡做什麼！」齊太后見無人過來看護，隱隱著急。

本來對於這個太過精明能幹的兒媳婦，她有些不喜歡，可是她剛才冒著生命危險，替皇上擋了那致命的一擊，倒是讓她心存感激。

不過，她覺得這個羅皇后不僅有點心機，還十分強硬。這樣一個女子，怕是自己那侄女無法相比的。

無論如何，皇上沒有受到絲毫損傷，已是萬幸。

元昊帝聽見太后的怒斥聲，便分神看向這一邊。當看到羅皇后那蒼白的臉色，以及渾身是血的模樣，他突然產生一絲不忍與感動。

女人對於他來說都一樣，不過是傳宗接代的工具罷了，即使他寵著太后娘家的侄女雅兒，也不過是為了讓太后安心。

身邊那些女子，美則美矣，卻沒有一個能真正進入他的內心。直到剛才那驚險的一刻，那平日端莊賢淑的皇后衝上前去，擋在自己前面，他才真正感到動心。那麼單薄的一個女子，卻願意為了他不顧生死，這需要多大的勇氣，才能真正將生死置之度外？

她一個弱女子，如何能做到？

想到這些，龍夜的眼神頓時溫和了不少。

他走到羅皇后身邊，一把將她抱起，在眾人驚異的目光中，離開了大殿。等到他的背影消失了許久，才有幾個妃嬪和宮女匆匆跟了上去，就連太后，也是愣了好一會兒，才讓大殿之上的臣子和女眷們起身離開。

後殿之中一個小房間內，御醫們正在為司徒錦把脈。龍隱急得在一旁走來走去，從未如此驚慌失措過。

「王妃到底是怎麼了，你們倒是開口說話啊！」見那些御醫悶不吭聲，龍隱就更加著急。

御醫們哪裡肯輕易下結論，非要等到診脈過後，才肯回答。

其中一個站在後邊的醫正瞧了一眼沐王妃的反應，忍不住嘀咕了一句。「王妃……這怕是動了胎氣，要生了吧……」

一聽說司徒錦要生孩子了，龍隱的心差點停止跳動。「要生了？不是還不到時候？」

那自言自語的醫正見王爺聽見了他的話，嚇得跪了下來。「王爺饒命，下官並不確定，猜測而已……」

前面負責診脈的御醫這時候已經收了診脈的器具，臉上也露出一抹凝重。「啟稟王爺，王妃這脈象，的確有早產的跡象。」

龍隱一聽這話，心裡更急。「那你們還等著什麼，快去請穩婆！」

御醫們嚇得直哆嗦，不敢有半句廢話，逕自出去吩咐宮女們做事了。

司徒錦躺在床榻上，滿頭大汗，可見那肚子裡的小傢伙折騰得有多厲害。龍隱見嬌妻這般痛苦，忍不住眉頭緊蹙，半威脅半責怪地對那肚子裡未出世的孩兒說道：「再折騰你母妃，小心本王揍你！」

司徒錦聽了他的話，不由得覺得好笑。這關肚子裡的孩兒什麼事？若不是那異國的公主作亂，她如何會跟著受累？他倒好，不問青紅皂白，就怪到自己孩兒身上來了，真是！

「錦兒，是不是很痛？妳別咬著嘴唇，痛就喊出來。」龍隱見她忍得辛苦，不由得勸解道。

司徒錦搖了搖頭，此刻那陣痛過去了，不算特別疼，她還能忍得住。「此時我們人在宮裡，王爺還需要知會太后娘娘一聲才是。」

若是在王府，下人們自然不敢怠慢，可是這裡不是王府，而是皇上的宮殿。宮女、太監們雖然忌憚王爺的威名，但畢竟不是皇宮的主子，怕是有些宮女不夠盡心，到時候可就麻煩了。

但若是有了太后娘娘關照，情形就不同了。先不說太后與沈家的關係，再者她是這皇宮裡頭妃嬪們爭相巴結的對象，只要她發一句話，那宮人們可不敢有絲毫懈怠。

那些穩婆，都是給宮妃們接生的，性子自然傲得很，有了太后娘娘撐腰，她們做起事來就會更加用心，這樣對她生產也有好處。

司徒錦不是太過小心眼，而是為了以防萬一。她好不容易有了自己的孩兒，自然不能出什麼岔子。

「錦兒說得對，是我疏忽了。」龍隱大步踏出門檻，吩咐宮女去太后那邊請旨，要求派有經驗的嬤嬤過來，替司徒錦接生。

宮女不敢有異議，便去了皇后的寢宮請旨。如今皇后娘娘生死攸關，太后她老人家必定是在那邊的。

不一會兒，幾個嬤嬤匆匆趕來，見司徒錦那般模樣，心裡都有了數。於是吩咐宮女們準備熱水和催生的藥物，以及補身子的湯藥，房間內一時忙碌了起來。

女子生產，男人不能在一旁，因此龍隱早早就被人請到了外面，不准踏進屋裡一步。但愛妻心切的他，又如何能夠放任妻子一個人在裡頭受苦？

「王爺，王妃生產，您可不能進去，會不吉利的！」

「就是，王爺您請等一等，這產房可不能進啊！」

龍隱才不管那麼多忌諱，他只知道妻子要生產了，她需要他在一旁關心陪伴。「妳們都讓開，否則別怪本王不客氣！」

宮女和嬤嬤們急得不行，既害怕王爺的威嚴，又怕別人知道了這件事，覺得她們勸導不力，一個個頓時像熱鍋上的螞蟻，急得團團轉。

「王爺……」

就在此時，司徒錦再一次被陣痛給折磨得死去活來，忍不住驚叫出聲。這更讓龍隱心急火燎，恨不得立刻飛到妻子身邊去安撫她。奈何這些婆子們擋在門前，根本不讓他靠近屋子半步，更別說是看到妻子了。

「讓開！」他大聲斥責道。

那些婆子們被嚇得退到一邊，不敢再出聲。

龍隱見她們沒敢再阻攔自己，便一腳踏進門檻，誰知不待他走第二步，身後一道聲音便喝止了他。「胡鬧！隱兒，女人生孩子，你進去做什麼？還不快些出去候著！」

說完，太后娘娘在宮女攙扶下，匆匆趕了過來。

龍隱見是太后，也不敢太過囂張，只得止了步子，轉身過去行禮。「太后娘娘怎麼來了？」

太后嗔了他一眼，急著走進房裡，然後讓人將門給關上了。「你呀，就在外面等著吧！錦兒那裡有哀家，你放心吧！」

聽太后這麼說了，龍隱的心稍微安定了一些。

畢竟太后跟母妃是表姊妹，她定然不會害了錦兒。他這樣想著，心裡頭的牽掛，總算放下許多。

屋子裡，司徒錦緊咬著牙，不想叫出聲來。

龍隱剛才在門口的喊話，她可是聽得一清二楚。產房本就不該是他進來的地方，她也不想讓他太過擔心，因此一直極力忍耐著。

直到肚子裡那椎心的刺痛傳來，她才難以忍受地哼出聲來。「啊……」

「什麼情況？是不是要生了？」太后走到她的跟前，急急問道。

穩婆們見到太后親臨，立刻上前去跪安。「太后娘娘萬福金安。」

「都起來吧。」太后抬了抬手，迫切地問道：「王妃情況怎麼樣？宮口可打開了？該準備的可都準備好了？」

女人生孩子，那可是在鬼門關前走一遭，馬虎不得。因此太后也十分上心，生怕有個什麼意外。

司徒錦可是她的姨甥媳婦，若有個好歹，怕是沐王府也會人心不安，如此對朝廷也不利，因此她無論如何都不能讓司徒錦有事。

「回太后娘娘的話，一切準備就緒。只是王妃的宮口才開了一指寬，還不到生的時候啊……」穩婆們一邊擦著汗，一邊如實稟報。

司徒錦見太后親臨，心裡也是十分感激。她掙扎著想要坐起來，卻被太后給按了下去。

「妳都這副模樣了，還要那些虛禮做什麼?!快躺著吧！」

司徒錦感激地躺回床上，心情也安定不少。

有太后保駕護航，她的孩子一定會平安無事的！這樣想著，她似乎覺得那疼痛小了許多。

「多謝太后娘娘。」

「錦兒有福氣，一定能夠平安為王府誕下麟兒。」太后見她臉色蒼白，又滿頭大汗的模樣，心疼得不得了。

想著自己生產的時候，也是這般痛苦不堪。那種滋味她不忍回想，尤其是司徒錦這副憔悴的模樣，她有些不忍心看了。

「太后娘娘還是出去吧，這裡太過污穢，怕衝撞了您。」司徒錦忍著痛勸道。

太后可是身分尊貴之人，哪裡能待在產房裡?!司徒錦雖然知道她一片好心，但還是懂規矩，不敢讓太后留在這樣的地方。

太后拍了拍她的手，說道：「無妨！哀家也是這麼過來的。更何況，哀家可是急著想要抱孫子呢！」

司徒錦苦笑，萬一不是孫子，是孫女呢？

「娘娘千金之軀，怎可……」

太后揮了揮手，打斷司徒錦的話。「哀家不信這些。妳只管養足了精神生產便是，不用理會其他。」

太后都開口了，司徒錦自然不敢再有異議。於是她感恩戴德了一番，這才喝了宮女端上來的催產藥，等待孩子降生。

龍隱在外面聽著裡面的動靜，很是不安。都過去個把時辰了，依舊沒有聽到嬰兒的啼哭聲，怎能不讓人著急？

「王爺，您稍安勿躁。王妃娘娘洪福齊天，不會有事的！」謝堯一直跟隨在他身邊，好生勸慰著。

自家娘子也懷著身子，他同樣擔心。不過，這事著急也沒有用，只能耐心等待。爺這是關心則亂啊！

龍隱在門口徘徊了許久，終究得不到任何回應，只得找了把椅子坐下。

謝堯看著主子那憂慮的臉色，覺得很不可思議。跟著主子多年，很少見他這般喜怒形於色。以往那般冷情之人，突然間轉了性子，變得有血有肉起來，倒是讓人有些不習慣了。

產房裡，司徒錦喝了藥之後，便覺得腹痛難忍，尖叫出聲。「痛……好痛……」

「王妃娘娘怕是要生了，快準備！」太后聽見她嘶喊的聲音，立馬指揮接生嬤嬤們動了起來。

那些嬤嬤都是宮裡的老人，經驗很足。看到宮口漸漸擴大，便專心致志起來，一邊在床尾動作，一邊努力鼓勵司徒錦。「王妃娘娘，宮口已經打開，孩子馬上就要出來了，您聽奴婢的，使勁用力啊！」

司徒錦嗚咽著，不住扭動身軀，彷彿只有這樣才能減輕一些痛苦。

穩婆們一邊喊著「用力」，一邊幫她擦拭額頭上的汗。司徒錦也乖乖聽從她們的話，努力吸氣吐氣，竭力配合。

「娘娘，已經看到頭了，再加把勁兒！」穩婆看到孩子的頭，欣喜不已。

司徒錦咬緊牙關，用盡所有的力氣，將全部精力逼到宮口。聽見一聲哇哇的哭喊聲後，這才鬆了一口氣，暈厥了過去。

太后坐在一旁，聽到嬰兒的啼哭聲，開心得不得了。「快，將孩子抱過來給哀家看看！」

「娘娘請稍等，容奴婢們幫小世子洗一洗。」穩婆們覥著笑，將孩子送入準備好的木盆裡，仔細洗了起來。

那孩子一入水，啼哭的聲音便小了許多，嫣紅的臉蛋也漸漸恢復白皙。

穩婆們洗好之後，交到宮女們手裡，包裹好後，這才遞到太后懷裡。

太后看著那初生的嬰兒，臉上滿是驚喜。仔細檢查了一番，沒有發現什麼不妥之處，臉上笑意更深。

「恭喜太后娘娘，喜得金孫！」穩婆們見太后笑逐顏開，一個個也都與有榮焉。

太后高興之餘，吩咐身邊的嬤嬤打賞了眾人，這才笑著將孩子抱出去，給等得有些不耐煩的龍隱看看。

「快來瞧瞧，錦兒替你生了個兒子！」

龍隱聽到開門的聲音，早就忍不住衝了上去。見到太后手裡那個小不點兒，只是掃了一眼，就從太后身邊跨了過去。

太后微微一愣，繼而笑著逗著襁褓裡的嬰孩兒。「你的父王還真是心疼母妃呢……你呀，以後要有苦頭吃了……」

說罷，周圍的人都忍不住笑了。

司徒錦剛剛生產完，累極睡了過去，即使龍隱坐在她身邊，她也感覺不到。龍隱捧著她的手，一個勁兒地放在嘴邊親吻著。「錦兒，辛苦妳了！」

別的甜言蜜語，他說不出口，只能用一句感謝來表達自己內心的激動和感激。他的錦兒吃了這麼多苦才生下兒子，以後他一定會加倍對她好。

司徒錦在睡夢中隱約感到手上傳來的冰冷觸感，還以為下雨了呢。於是將手縮了回去，翻了個身，接著睡。

龍隱愣了半晌，這才上前替她掖好被子，又在她額頭上親吻了一下，然後退出屋子，回頭去看那剛出生不久，折騰他娘親半天的兒子。

「哪有你這般做爹的，居然連自己的兒子都嫌棄！」太后將孩子交到他手上，見他眉頭緊蹙的樣子，忍不住打趣。

宮女跟嬤嬤們都極力忍著笑，不敢輕易得罪這位王爺。

龍隱面色有些尷尬，但還是小心翼翼地抱著兒子，眼睛一直盯著他。雖是早產，胎髮卻生得極好，又濃又黑，還很順滑，胖嘟嘟的臉龐很有肉。看來平日補的營養不算少，八個月的孩兒竟也長得極好。

嬰兒緊閉著雙眼，嘴巴偶爾吐出一、兩個泡泡，一雙手時而緊握，時而張開，似乎想要說些什麼。

龍隱見到他那可愛的模樣，心裡忽然一軟。

太后見他這麼疼愛這個孩子，也放下了心。「錦兒剛生完孩子，不宜走動，就在宮裡住一段日子吧，過幾天身子好些了再回王府也不遲。」

龍隱覺得太后說得有理，便也不推辭。於是吩咐謝堯回王府報喜，順便要春容和杏兒兩個丫頭過來照顧司徒錦。雖然她們陪著司徒錦一起進宮，但由於今日賓客眾多，便統一由宮女伺候，並不在司徒錦身邊。

太后坐了一會兒，興許是累了，便起身離開了。

龍隱抱著孩子，謹慎地呵護著，根本不讓別人碰一下。宮裡的奶娘也不敢有半句怨言，只能悶不吭聲地站在一旁。

司徒錦睡了兩個時辰，總算醒了過來。

春容和杏兒將早已準備好的補湯端上來，臉上抑制不住笑意。「娘娘總算醒了，把我們爺都急壞了！」

提到自己的夫君，司徒錦頓時想起了身在何處。「孩子呢？快抱過來我看看！」

龍隱就站在不遠處，聽到她開口說話，頓時一喜。可是她醒來的第一句話，居然是問起孩子，心裡很不是滋味。

不過他還是抱著孩子走過去，將那一團糯米似的嬰兒送到她懷裡。「盛兒剛吃過奶，睡著了。」

司徒錦眉頭微蹙，不自覺地看向他身後那幾個長得豐腴的奶娘。本來她想要親自奶孩子的，如今有人替代了她的職責，她心裡頭不怎麼舒服。

「這兩位奶娘是太后娘娘特地送過來的。」龍隱似乎看出了她的疑慮，主動地替她解惑。

司徒錦倒也沒說什麼，只是緊緊地摟著自己的兒子，一個勁兒地親著。這不只是從她身上掉下來的一塊肉，還是他們第一個孩子，她自然異常歡喜。

龍隱見她那麼寶貝這個孩子，心中泛酸，又有些矛盾。一邊是自己的孩子，一邊是心愛的女人，都是他最重要的人，按理說，他們在自己心目中的地位應該一樣才對。

不過，看到兒子霸占妻子的懷抱，他就有些不快。這個女人可是他捧在手心裡的寶貝，可如今，他已經不是她心裡的唯一。這種差異讓他隱約覺得不舒服，但跟一個奶娃子計較這些，又感到不屑。就在這樣複雜的情感中，龍隱內心不斷糾結，可最終還是沒能得出一個結論來。

「哇啊啊……」突然，司徒錦懷裡的孩子醒了過來，不知道什麼原因，嚶嚶地哭了起來。

龍隱見兒子一哭，頓時有了理由。他將兒子一把從妻子的懷裡抱起來，扔給一旁的奶娘，說道：「世子餓了，下去餵奶吧！」

那兩個奶娘先是一臉驚愕，繼而笑著將孩子抱了出去。

司徒錦看著兒子被別人抱走，十分不是滋味。「盛兒才吃過奶，怎麼又餓了呢？該不會是尿濕了吧？快抱來給我看看。」

龍隱自然不想放過與妻子獨處的機會，他輕咳一聲說道：「小孩子不是餓了就是尿濕了，沒什麼好奇怪的。讓奶娘去照顧吧，妳身子還沒好，就別操心這些事情了。」

他的心意她固然明白，可是依舊放心不下那啼哭的兒子。「讓我看一眼不行嗎？我弟弟出生後，我也幫忙帶過。」

「不行。妳剛生完孩子，怎麼能操勞？」龍隱斷然拒絕。

司徒錦見他如此堅持，只得乖乖躺回被窩裡，但一雙眼睛卻不時往外面瞟，希望奶娘早點將兒子抱進來。

龍隱有些吃味，司徒錦現在注意力全在兒子身上，根本沒有正眼瞧過他一眼，心裡實在難受。

「錦兒，以後還是讓奶娘帶孩子吧？」他毫不猶豫地說道。

司徒錦很是納悶，心裡有些不服。「不是說好了嗎？盛兒我要自己帶。只有這樣，他長大後才會與我們親近。」

「這麼大的孩子，哪裡知道什麼？等他大一些了，再由妳親自帶吧。」他沒有將真實的心意說出來，怕她笑話。

儘管兒子也很重要，但比起娘子來，那就差得遠了。畢竟娘子是陪伴自己一生的伴侶，而兒子終究要娶媳婦，單獨過生活的。

司徒錦哪裡知道龍隱這心思，不由得板起臉來。「說好了的，怎麼能不算數？盛兒也是你的兒子，你怎麼能……」

「也不是不讓妳照看著，我只是擔心妳的身子。」他努力狡辯，就是不肯妥協。

笑話！若是娘子親自帶兒子，那他以後豈不是要完全被忽略了?!可是這個最大的敵人，偏偏還是自己的親生兒子！為了避免這樣的悲劇發生，龍隱想盡辦法也要將兒子隔得遠遠的，好讓娘子的眼裡只有自己的身影。

司徒錦有些哭笑不得，但又不能埋怨夫君的霸道，畢竟他的出發點是好的。可是看著自己辛辛苦苦生下來的兒子，卻不能親手帶大，心裡還是不甚舒坦。

「帶孩子能有多累？總不過是那些事情，我也不全是一個人帶，不是還有丫鬟和奶娘嗎？累了，她們也會在一旁幫襯著，絕對不會累著我的。」硬的不行，那就來軟的，司徒錦就不信，夫君能狠心拒絕她的請求。

說著，她一雙柔若無骨的手有意無意地在他的胸膛上蹭著，不時地挑逗著他的敏感神經，龍隱的注意力被轉移，臉色漸漸鬆懈下來。

龍隱有些無奈地看著心愛的女人，不想被她這麼輕易地給說服了。只是那一雙手撓得他心癢，許久沒有與她親熱，身子一碰就像著了火一般。「錦兒，別鬧……」

司徒錦見他臉色微微泛紅，便知道自己的法子對了。於是她變本加厲地靠向他懷裡，溫言軟語地繼續遊說。「相公，他可是咱們的寶貝結晶，是我們共同孕育出來的孩子。你瞧他長得多俊俏，像極了夫君你。將來長大了，肯定會是京城女子人人都想嫁的如意郎君。盛兒他一直很乖，沒有怎麼折騰我，今日若不是被壞人所害，他也不會提前來到這世上。他可是未足月就生下來的，身子怕是不像一般孩子那般康健。都是我這個做母親的沒用，沒能好好地保護他，才讓他來這個世上受苦……」

她一面自責，一面觀察他的反應。

果然，龍隱在聽到「早產」這個關鍵字彙時，心就軟了。是啊，這孩子能有什麼錯呢？都是那大夏的逆賊，害得他差點兒沒命！這樣一個堅強的孩子，更值得被呵護被疼愛才是。看到妻子如此自責，他心裡也不好受。

「錦兒，這不是妳的錯，是我太大意，沒有早些發覺他們的陰謀，才害得妳……都是我的罪過。」他擁著心愛的妻子，將她緊緊地抱在懷裡，一刻也捨不得放開。

想著剛才那九死一生的場景，他的心就怦怦直跳，無法釋懷。若是她真的有個好歹，他也不想苟活於世了。

感受到他強烈的不安，司徒錦開始後悔自己這番舉動了。夫君對她如何，她十分清楚，可是她現在為了能夠與兒子親近一些，一再拂了他的好意，一時之間有些過意不去。

「隱，你別緊張，我已經沒事了，沒事了……」

龍隱無聲地摟著她，將頭埋在她的肩頭，久久無語。那種無法掌控的感覺，讓他的心像是被針扎一樣疼痛。

「錦兒，不要離開我……」他從喉嚨裡擠出這幾個字來，彷彿用盡了力氣。

司徒錦怔住了，她沒想到生孩子這一幕，給他帶來了如此大的影響，頓時心生愧疚。

「隱，我不會離開你，永遠都不會。」她保證著。

龍隱加重了手上的力道，與她緊緊相擁。

丫鬟們很識趣地退到一邊，扭過頭去，不敢回頭。

沈太妃在沐王府裡聽說媳婦在宮裡動了胎氣，差點兒沒嚇得暈過去。好在後來丫鬟說一切有驚無險，還生下了一個胖小子時，她這才拍著胸口安靜了下來。「阿彌陀佛，真是佛祖保佑，王府總算有後了！」

沈太妃一邊高興，一邊吩咐珍喜打賞了府裡的下人，還鬧著要去皇宮給兒媳坐月子。這下子，可把老王爺給晾在了一邊。

好不容易沈太妃肯主動跟他說話了，心裡正得意著呢，如今一聽到她要去宮裡照顧媳婦和孫子，就不開心了。「宮裡的宮女和嬤嬤那麼多，哪裡需要妳這個做婆婆的去伺候她？聽說太后娘娘已經派了很多人照料，妳就別跟著瞎操心了。在府裡待著享福不好嗎？非要勞累自己！」

年近四十的沈太妃瞪了自己的丈夫一眼，不滿地說道：「那些人伺候，哪裡有我這個做婆婆的上心？再說了，那可是我的親孫子，我不心疼，還有誰心疼？隱兒小的時候，你也是這般不待見，沒想到經過了這麼多事，你還是這樣！不去給孫子請個世子的頭銜也就罷了，居然還不讓我進宮去看他，你真是……」

太妃氣得雙手直抖，將老王爺罵得狗血淋頭。

老王爺面子上掛不住，但又不敢跟妻子翻臉。畢竟這麼多年來，他虧欠他們母子的實在是太多了，現在好不容易有機會彌補，他當然不能輕易錯過。

見妻子堅持，他只好吩咐丫鬟小廝下去準備，然後也換了身衣裳，打算陪她一起進宮。

「那好，我和妳一起去。」

「你去幹什麼？」沈太妃睜大雙眼，斜了他一眼。

老王爺尷尬地笑了笑，說道：「不是說兒媳婦生了個大胖小子嗎？妳這個做祖母的能去，我這做祖父的就不能去了？」

這半開玩笑的話，讓太妃心裡舒服了一些。

不過，她也不打算就這樣原諒他。反正以後的日子還長，她倒要看看他如何彌補自己的過錯。

他要進宮，她也不會攔著，以後給孫子做牛做馬的事情，就全交給他這個當祖父的了。這樣想著，沈太妃的嘴角不由得彎起，不著痕跡地笑了。

老王爺見妻子同意了，又開心了起來。

司徒錦在皇宮裡每日除了在床上躺著吃，就是睡覺。產後坐月子的這段日子，她可以說是要風得風、要雨得雨，就算是身為長輩的婆母，對她也是百依百順，還真是讓那些宮裡的妃嬪們羨慕得徹底。

可是這樣一來，司徒錦反倒沒有機會抱到剛出生的兒子了。因為公公和婆婆一進宮，就將照顧孩子的責任給攬了去，讓她這個當娘的，連兒子的小手都摸不著。

「我們盛兒長得真俊，跟他父王一樣好看！」

「那是，也不看看是誰的種？」

老王爺和太妃你一句我一句地誇著，恨不得將這個孫子給捧上天去。而龍盛每日吃飽了睡，睡飽了吃，對祖父母也十分依賴。

對於父母的到來，龍隱心裡還是挺高興的。

回想起自己的童年，那樣的孤單寂寞，以至於最後讓他變得孤僻冷漠，人人畏懼。可是盛兒就不同了，不但有父母的關愛，還有祖父母的疼愛，這樣的他，是多麼幸運和幸福！

看龍隱一瞬不瞬地盯著兒子的方向看，司徒錦嘴角微微翹起。「夫君是不是覺得盛兒有人疼，很欣慰？」

看著妻子臉上的笑意，龍隱自嘲的神色褪去。「錦兒小時候也吃過不少苦吧？如今當了母親，想必恨不得將全部的愛都給孩子。」

司徒錦聽著，覺得這話裡似乎有一絲酸味，不由得捂著嘴笑了。「夫君覺得妾身將所有的愛都給了兒子，冷落了你嗎？」

被自己的妻子取笑，龍隱只能撇撇嘴，不敢有任何不滿。誰教他愛妻如命，哪裡肯讓她受一丁點兒委屈。「只要娘子的心裡有我，就足夠了。」

他的不爭，便是以退為進。

果然，司徒錦在聽了他的回答之後，眼裡滿是心疼。這些日子以來，她的確將所有注意力都給了兒子，對他忽略了不少。想到這麼些日子以來，他對自己無微不至的呵護，心裡的愧疚就更深了。

「隱兒，你快過來瞧瞧，盛兒衝著我笑呢！」沈太妃的聲音從不遠處傳來，言語間滿是欣喜。

聽到這個消息，司徒錦夫婦皆是一愣。

龍隱有些不敢置信地從母妃懷裡接過兒子，親自抱到妻子身邊，語氣中滿是不可置信。

「他……他真的會笑了？」

司徒錦聞著兒子身上濃烈的奶香味，還有那胖嘟嘟的臉龐上偶爾咧開的嘴，激動得眼淚直掉。

沈太妃見兒媳婦感動得哭了，立刻上前勸道：「錦兒，快莫要哭了，坐月子可不能哭，以後會落下病根的！」

坐月子很多事情都是忌諱。

產後初始，產婦覺得虛弱、頭暈、乏力時，必須多臥床休息。因此就算司徒錦渾身痠痛，也不能隨意下地，只能在床榻上歪著。另外，產婦在一個月之內不能洗頭、洗澡，以免著涼，或使關節受到風、寒、濕的入侵。飲食方面，以溫補為主，禁辛辣。總之，林林總總的規矩加起來，夠讓人受的了。

司徒錦渾身不自在，又不能夠按照自己的心意去做，頓時有一種無力感。可是這種無力感在見到兒子的笑容之後，一下子就煙消雲散了。

只要能看著兒子健康長大，就算吃再多的苦，也值得了。

「盛兒，我的盛兒……」司徒錦緊緊地摟著兒子，親了又親。

龍隱也格外高興，畢竟這是他與司徒錦的第一個孩子，還是承載著整個王府命運的子嗣，他也很是看重。

沈太妃看到這一家三口的美好畫面，感到特別安慰。

老王爺見妻子臉上露出那種羨慕的神情，心裡又是一痛。想著自己做的那些糊塗事，他就無法原諒自己。

如果當初沒有那些謊言，如果他可以再努力一些，說不定他們早就有個圓滿的結局了，而不是連累兒子受苦，讓妻子被冷落了這麼些年！

龍盛的出生，為王府帶來的，不僅僅是子嗣的延續，還承載著眾人的無限希冀與美好祝願。

第一三四章　此情不渝

回到王府，已經是半個月之後。司徒錦勉強能夠下地走動，不過也僅能在屋子裡，連門檻都沒能踏出去。

「李嬤嬤，院子裡發生了什麼事，這般吵鬧？」司徒錦聽著外面的動靜，心裡很是羨慕地問道。

李嬤嬤眉頭微蹙，嘴巴張了張，卻有些吞吞吐吐。「回王妃娘娘的話，是王爺在院子裡逗小世子開心呢！」

司徒錦卻不以為然，那笑聲分明以女子居多。

見王妃起了疑心，李嬤嬤便給春容使了個眼色，讓她去外面叮囑著點兒，免得讓王妃看到那情形，又增添了傷感。

司徒錦看到李嬤嬤表情有些不對，更加不安起來。她如今在月子裡，不能服侍夫君，儘管她對龍隱放一百個心，但有些不安分的人，總是眼巴巴地往跟前湊，防不勝防。

這月子期間，她的疑心變重了。

「嬤嬤，扶我到院子裡走走吧。」她輕輕地囑咐道。

李嬤嬤臉色一僵，不過還是順從地拿起披風為她披上，又找了頂紗帽給她，這才扶著她的手，慢慢邁出了門檻。

其實，這個時候，她已經差不多要出月子了，那些禁忌只要小心謹慎一些，也是無妨。司徒錦扶著李嬤嬤的手，從容地穿過迴廊，繞到後花園裡。只見龍隱巍然屹立在一片花海當中，手裡小心翼翼地抱著盛兒，一副慈父的模樣。他本就是容顏出色的男子，在陽光照耀下，更顯得俊偉不凡。

這本是一幅非常美好的景象，奈何畫面裡卻多出了幾個妖嬈女子，讓司徒錦的心一緊，有些喘不過氣來。

那兩個妖嬈的女子，正是盛兒的奶娘。

她們年紀都不算大，三十歲左右。長相不俗，身段更是一等一的好，具有成熟女子特有的魅力。

出宮的時候，她們便跟著一同進了王府。對於太后娘娘的關照，司徒錦沒有拒絕，可是當她看到她們因為龍隱的一句話，就笑得花枝亂顫、分外嬌媚的時候，心裡就開始泛酸。

再看看自己，原本就不算美麗，加上身子還在恢復當中，面容憔悴、身材臃腫，跟她們這些女子比起來，簡直慘不忍睹！

或許是產後憂鬱吧？司徒錦從未對自己這般沒信心過。

以前，龍隱在別的女子面前，都是一副冷冰冰的模樣，讓人退避三舍。可是如今有了盛兒之後，他的性子倒是改了一些，不再那般冷漠待人，偶爾還謙恭禮貌，讓人有些不認識了。

這樣的變化，讓那些本來毫無希望的人，突然生出一絲希冀來，就如那兩個風韻甚佳的奶娘，一個勁兒地跟他接近。表面上是逗孩子，可是在旁人看來，卻是踰矩了。不過，龍隱似乎沒有發現。

感受到身後那有些不均勻的氣息，龍隱突然抬起頭來，望向這邊。

司徒錦有些閃躲地撇過頭去，不知道該如何面對這一切。那兩個奶娘見到王妃靜靜地佇立在不遠處，立刻垂下頭去，不自覺地往一旁挪了挪，不敢再造次。

龍隱見到司徒錦出來，先是蹙了蹙眉，繼而迎上去，道：「怎麼出來了？外面風大。」

司徒錦抿了抿嘴，最終沒有將真實想法給吐露出來。「許久沒有看到盛兒了，怪想他的。」

提到兒子，龍隱立刻將他抱到她面前，說道：「瞧，這才半個多月大呢，就已經足足胖了四、五斤，抱一會兒就累了。」

司徒錦看著吐著泡泡、睜著一雙大眼睛的兒子，心裡的酸澀頓時少了許多。「我們盛兒，真是可愛得緊！」

「他的鼻子和眼睛像妳。」龍隱比較了一番，這才得出結論。

司徒錦仔細一瞧，可不是嗎？他的薄唇，跟他的爹爹一個樣，眉毛也是，濃密得像是用筆墨畫上去的，只是那一雙清澈的眼，像極了自己，那般靈動美麗。

想著自個兒那愈來愈黯淡的雙眸，司徒錦不禁在心裡自嘲。她什麼時候變得像個深閨怨婦了？當初那般自信滿滿，想要與他攜手一生，白首不相離，可是如今卻因為一點小事，就鬱結在心，似乎不像她自己了。

這樣的改變，讓她很厭惡，也很焦慮。

她不該這般小心眼！那兩個奶娘越過了自己的本分，與主子調笑又如何？總歸是上不得檯面的人，也不可能對她產生威脅。

這個世上美麗妖嬈的女人很多，可是在龍隱心裡，她依舊是最珍貴的，不是嗎？想到這些，她微微釋然。

「剛才在聊什麼？看你們笑得那般開心。」她故意撇了撇嘴，不經意地問道。

龍隱發現她眼裡閃過一絲不喜，便知道問題出在哪裡了。他淡淡瞥了那兩個奶娘一眼，說道：「錦兒的身子也漸漸好起來了，以後盛兒還是交給妳帶。至於那兩個奶娘，還是送回宮裡去吧！」

她們那些小心思，他從未在意過，可是他沒想到這些細微的舉動，卻讓愛妻心裡不舒服，他自然要徹底解除妻子的憂慮了。

司徒錦見他這般識趣，那失去的自信心頓時又回來了。

可見他果真不是一個以貌取人的偽君子！

司徒錦心裡一樂，倒想開了。「我聽說親自奶孩子，不但對孩子的發育好，還可以儘快讓做母親的恢復身材，不知道是不是真的。」

司徒錦最近最糾結的便是她那楊柳腰不若當初纖細，正在為如何重新恢復而發愁呢！如今龍隱提出將盛兒交給她帶，她如何能不高興？

其實她的身材也沒有多臃腫，不過是比原先豐滿了一點，多了那麼一些肉。她覺得臃腫，但龍隱卻十分滿意她目前的狀態。

她的皮膚比之以前更加細滑，雙手觸摸到的手感也更加令他滿意。原先他不知道司徒錦到底在煩惱什麼，聽了這一席話，才算有了瞭解。

「這樣挺好的，我很喜歡。」他很直接，也很大膽地在她耳邊說道。

司徒錦面上一紅，不過還好隔著紗帽，倒也沒有失了顏面。嬌嗔地拉扯了一下他的衣袖，便轉身就走。

龍隱得到了暗示，也不在院子裡停留，抱著兒子就跟了上去。

不遠處，兩個奶娘妳望望我、我望望妳，眼裡滿是怨懟。好不容易藉著小世子，才可以親近這位英武不凡的王爺，沒想到王妃的醋意竟然那麼大，當眾就將王爺給請了回去。

外邊的傳言果然不假，王妃還真是個妒婦！像王爺這般的男兒，怎麼能只有一個女人在身邊服侍?!這王妃也實在太過分了！

正當兩人在心裡將司徒錦罵了個千百遍時，突然見到李嬤嬤走過來，狠狠地瞪了她們一眼，才轉達了王爺的意思。「這幾日辛苦二位了，我們爺說，這裡用不著二位了，明日便稟報了太后娘娘，恩准妳們回宮。」

兩個妖嬈的少婦聽了這話，眼睛瞪得如銅鈴一般，其中一個膽子稍微大些的女子不服氣地頂撞道：「我們可是太后娘娘派來專門伺候小世子的，王爺怎麼會輕易地將我們打發回去？該不是妳假借王爺的名義，幫王妃娘娘排除異己吧！」

她的話說得十分惡毒，既出言諷刺了王妃的嫉妒之心，又抬高了自己的地位，以為有太后娘娘這個靠山，就可以為所欲為。

但李嬤嬤是什麼人？雖然是個本分的老實人，但也見過不少世面，根本沒有將她的話放在心上。「異己？憑妳們的身分，也配王妃娘娘嫉妒？真真是不知羞恥！」

「妳……我們要面見王爺！若是王爺的意思，我們自當遵守，但若不是，我們也要找王爺討個說法！」那膽大的女子也曾經在皇宮裡風光過一段時日，哪裡受得了這氣，頓時跟李嬤嬤吵了起來。

李嬤嬤冷哼一聲，道：「憑妳也想在王府撒野？」

說罷，她大手一揮，便有幾個侍衛衝了過來，對著她拱了拱手。「嬤嬤有什麼吩咐？」

「將這個不知羞恥、不分尊卑的婢子拿下，聽候發落！」李嬤嬤是王妃身邊的紅人，又是從娘家帶過來的，在府裡的威望不低。因此對於她的命令，府裡的侍衛也不敢怠慢。

那奶娘聽說要拿人，頓時有些慌了。「妳不也是個卑賤的奴婢，憑什麼讓他們拿我？我可是太后娘娘身邊的人，妳怎麼敢……」

「不知悔改！」不知什麼時候，龍隱已經從暗處走了出來，臉上滿是怒氣。

他原本以為她們不過是奶娘，掀不起多大的風浪，但沒有想到，她們也不安分，竟然背著他鬧出這樣的事情來，還真是不知禮義廉恥。

「王爺……」膽小怕事的奶娘見到龍隱到來，頓時嚇得跪伏在地，不斷求饒。「王爺饒命！奴婢什麼都沒有說啊……」

膽子大一些的奶娘，則仗著帶了小世子幾日，有些驕氣。見到龍隱走過來，依舊不肯輕易放棄這麼好的機會，想要倒打一耙。「王爺，這嬤嬤好生無禮，居然借著王爺的名義，想要趕奴婢走！奴婢可是太后娘娘專門派來伺候小世子的，她這般做，豈不是給太后娘娘甩臉子，也給王爺招黑呀，王爺……」

「是嗎？」龍隱的臉頓時沈了下來，陰森森的有些可怖。「本王倒是小看妳了！妳一個賤婢也能成為太后娘娘的臉面？李嬤嬤不過是聽本王的命令，遣送妳們回宮罷了，妳不但不遵從本王的諭令，還一再以下犯上！這等刁奴，豈能帶好本王的世子？來人，將她拖下去，杖責五十！」

侍衛們立刻湧上來，將這奶娘給拖了下去。

那奶娘仍舊不服氣，大聲嚷嚷著。「我是太后娘娘身邊的人，王爺不能這麼對我！」

「是嗎？」龍隱嗤笑一聲，笑得十分邪魅。「太后娘娘若是知道本王替她老人家除掉了一個膽大包天的奴婢，謝本王都來不及了。」

說罷，他頭也不回地就離開了，只留給眾人一個偉岸的身影。

那膽小的奶娘在聽了他的話之後，頓時如墜地獄。她無論如何都沒想到，那個在孩子面前笑得溫柔的男子，是這麼一個殘暴不仁的狠角色！

當初，她還以為他是個顧家的好男人，如今她可不敢這麼想了。他的溫柔和體貼，都只是針對小世子和王妃的，其他人根本無權享受。只可惜等她想通這一切的時候，已經晚了。

又過了半個月，到了小世子滿月之禮。

這天一大早，司徒錦就早早起身，將盛兒從搖籃裡抱了出來，仔細地替他梳洗。「今兒個是盛兒的好日子，可不能髒兮兮地出現在眾人面前呢……」

她一邊幫兒子洗澡，一邊逗著他笑。

龍盛似乎被母親的笑容感染，也跟著咧開嘴笑了，他一雙小手在空中揮舞著，很有節奏地晃來晃去，似乎也挺開心。

司徒錦看到兒子這般可愛，心裡比吃了蜜還要甜。她溫柔地將水澆到兒子粉嫩的身軀上，又拿起乾的綢布小心翼翼地擦拭了一遍，這才將他小小的身軀，用質料上乘的襁褓裹了起來，抱回床榻之上。

「盛兒可真是母妃的心頭肉、掌中寶！」司徒錦一邊笑著讚嘆，一邊又忍不住在兒子的臉上啾了一口。

龍盛感受到母親的喜悅，也格格笑出聲來。

「還笑還笑……真是可愛到骨頭裡了！」司徒錦抱著兒子，躺在床上捨不得起來。

龍隱進來的時候，便見到這樣一幅母子嬉戲圖。他的心突然一緊，接著無盡的溫情遍布全身，溫暖了他的心。

「還是這麼皮！」他湊上前去，一把將妻兒都摟進了懷裡。

司徒錦轉過頭去，回以他一個甜蜜的笑容，接著將兒子塞到他的懷中。「客人們一會兒就來了，先給盛兒換上衣服吧！」

龍隱點了點頭，抱起兒子，開始當起體貼的父親來。

換衣服這樣的瑣事，都該由丫鬟們來做，但是自從司徒錦堅持要自己帶孩子之後，這些事情便落到他們夫妻二人身上。

看龍隱熟練地給兒子換好了衣服，司徒錦臉上的笑意更深了。

他不但是個好丈夫，還是個好父親呢！

就在這時，沈太妃在丫鬟簇擁下走了進來，看到龍盛已經穿戴整齊，眉頭都舒展了開來。「我的乖孫子，奶奶來看你了。」

說著，她就走上前去，從兒子懷裡將孫子給奪走了。

司徒錦見到婆母到來，趕緊上前去施了禮。「母妃怎麼這麼早就過來了？可用了早膳了？」

沈太妃不自然地咳了一聲，說道：「興許是年紀來了，不太容易餓。」

司徒錦心想：怕是又躲著父王了吧？這兩口子的恩恩怨怨，還沒有算清呢！公公一到芙蕖園，母妃就躲得遠遠的了。

「雖然如此，但母妃也不能什麼都不吃啊！」司徒錦也不點破她，只是對身旁忙碌的春容吩咐道：「去，給太妃端一碗銀耳湯來。」

春容應了一聲，乖巧地出去了。

見兒媳婦這般懂事，太妃心裡更覺得她的做法是對的。

誰家的婆婆不希望兒子能多娶幾房妻妾，多生幾個孫子？可是她卻不這麼想。兒子跟媳婦感情那麼好，若是再多弄幾個女人回來，怕是他們之間會生出許多嫌隙來。兒子與媳婦恩恩愛愛，她又有孫子可以抱，該滿足了。

至於那個仍舊不知道自己錯在哪裡的夫君，就讓他守著自己的信念過一輩子吧，她才不稀罕他那種愛意呢！

司徒錦看著她那倨傲的神情，忍不住背著她偷偷地笑了。

龍隱不知道妻子在笑什麼，不過看到她高興，他也開心。打點好了一切，龍隱便出了慕錦園，去前院招呼客人了。

滿月酒這一天，要給孩子洗個全身澡，以便乾乾淨淨地迎接眾人的祝福。親友們攜帶禮品前來看望孩子，禮品多為衣被帽鞋、溫補的營養品等物品。當然，還有送銀腳環、長命鎖、項圈、手鐲等辟邪飾品的，寓意祛災避難，長命百歲。

孩子的外婆會送來閹雞與雞蛋，姑叔舅姨等親戚也會買童衣、布料等賀禮前來祝賀。是日拜神宴客，大家齊聚一堂，舉杯把盞，歡慶孩子的健康成長。宴畢，還要給孩子剃去胎髮，俗稱剃「滿月頭」。

沐王府這一日，早早就有賓客上門了。

身為司徒錦的娘家人，江氏一大清早也帶足了禮物前來王府看外孫。本來龍盛出生的第三天，江氏就要按照禮節過來看望的，只是那時候司徒錦和孩子都住在宮裡，她沒能見上面。直到回到王府，司徒錦才派人去司徒府報喜，說是母子均安，這才讓江氏安了心。

「我的乖孫呢，在哪裡？」江氏隨著春雨進了屋，一雙眼睛四處打探，想要看看自己的外孫長得什麼模樣。

司徒錦聽到母親的聲音，趕緊迎了上去。「母親今日怎麼來得這般早？盛兒剛睡醒，正在餵奶呢！」

司徒錦一邊走動，一邊扣著衣扣，顯然是剛剛餵完孩子。

江氏拉著女兒的手，仔細打量了起來。發現女兒氣色不錯，又長好了一些的時候，這才滿意地讚嘆道：「還是王府會養人，許久不見，錦兒倒是長好了一些。」

「母親儘管笑話女兒，剛生完孩子，還沒有瘦下去呢！」司徒錦拉著江氏的手來到內室，給自己的婆母見禮。

沈太妃見到江氏，臉上的笑容又綻開了些。「親家母來了啊，快來看看妳的寶貝外孫，長得可水靈了！」

她這獻寶般的行為，頓時讓司徒錦忍不住笑出了聲。

好在這裡是內室，屋子裡又都是自己人，否則讓外人見到太妃這般小孩兒心性，怕是又要惹出非議來了。

江氏倒是規規矩矩地給太妃行了禮，這才湊上前去，打量起自己的外孫。「果真是個標致的人兒，將來長大了，怕是要碎了一干女子的芳心了。」

「可不是嗎？瞧這眼睛、鼻子，簡直跟錦兒一個模子刻出來的！還有這嘴、這眉毛、這輪廓，跟我那兒子一樣俊美無雙！」沈太妃很自豪地誇獎著。

瞧見這兩位長輩這般疼愛龍盛，司徒錦的嘴角就扯了開來。

前院已經來了不少客人，司徒錦也不能在屋子裡閒著。作為王府的女主人，她得去招呼女客。

「母妃，時辰不早了，咱們也該去前面招呼客人了。」司徒錦來到太妃身邊提醒。

「瞧我這記性！親家母，咱們一起去前面，讓眾人都看看我們這寶貝孫子。」太妃一高興，就要拉著江氏一起走。

江氏雖然開心，但還是有些顧忌。

司徒府門第太低，如今又成了個空殼子，她的女兒雖然嫁入王府，成了高高在上的王妃，可畢竟是嫁出去的女兒，她面上雖然有光，卻依舊低人一等，與太妃一起出去，怕是要遭人笑話。

「太妃娘娘說得極是。不過，妾身有些話想要單獨跟錦兒說……」

太妃哪裡不明白她心裡怎麼想的，但她也不點破，便順從她的意思，獨自帶著孩子出了院子。

等到太妃一走，司徒錦便拉著母親的手，問道：「母親這是怎麼了？跟太妃一起出去不好嗎？」

「錦兒，難道妳也糊塗了嗎？太妃是什麼人，哪裡是為娘能夠高攀得上的？雖然是姻親，但有些規矩還是不能忘的。」說著，江氏的神色便黯淡下來。

司徒錦抿了抿嘴，勸道：「盛兒不光是王府的孫子，也是您的外孫，沒有母親，哪裡會有女兒？又怎麼會有盛兒？母親切莫妄自菲薄，司徒府雖然已經名存實亡，但女兒在世一日，便不會讓人辱沒了司徒府，女兒無論如何都是姓司徒，這一點母親可別忘了。」

江氏聽到司徒錦這般說，總算是好過了一些。

自從司徒長風死了之後，司徒府就陷入了前所未有的艱難，府裡沒有一個男人不成，加上兒子還小，才剛學會走路，家裡的重擔就壓在她一人身上。雖然府裡的積蓄還過得去，又有女兒幫襯著，下人們不至於亂來，可是族裡那些人，一直虎視眈眈地盯著他們孤兒寡母，讓她徹夜難眠。

不過，聽到女兒這麼說，江氏心裡頓時暖了起來。她怎麼就忘記她有這麼一個有本事的女兒了呢？

她的女兒，嫁的可是大龍的王爺，還生下了王府的世子，地位尊貴，再也不是那個任人欺負、任人嘲笑的庶出之女。

以前那些瞧不起她的人，如今將她奉為座上賓；那些在背後辱罵她的，見到她卻要乖乖地行禮。這改變如此巨大，她卻忘得一乾二淨！

被女兒的一席話點醒，江氏臉色漸漸好了起來。「是母親想岔了。」

「今日是盛兒的滿月之日，母親可要好好地跟外孫親近親近才是。」司徒錦只提醒了一句，便攙扶著她朝著院子走去。

司徒錦穿梭在賓客之中，談笑風生，從容不迫，讓不少人都對她刮目相看，連帶著江氏也受到不少關注。有不少人為了巴結司徒錦，攀上王府這根高枝兒，一再對江氏示好，甚至提出要訂下娃娃親。

司徒念恩才多大，那些人就把主意打到他身上。看來，司徒錦的面子的確夠大！而且，在看到太妃對司徒錦母女的態度之後，他們更是覥著臉，不斷恭維奉承，恨不得將她們母女當作財神爺供起來，每日三炷香朝拜。

司徒錦在眾位夫人和小姐們之間遊走，臉上神采奕奕。她的聰慧和手段，讓不少人都見識到她的能幹。那些原本打著歪主意的人，在看到她的本事之後，一個個都打起了退堂鼓。

當然，在王府的眾主子當中，最最最受歡迎的，還是今日的主人公、王府的小世子，龍盛！

他一張俊俏的臉，不但打動不少未婚少女的芳心，更勾惹不少貴婦們眼饞，恨不得將他偷偷抱走，私藏起來。更有甚者，紛紛打起了小世子的主意，想要定下這個未來的賢婿。

司徒錦自然不想給兒子增添麻煩，委婉地拒絕了。

這樣一日下來，司徒錦累得連走路都覺得沒力氣了。草草用了飯之後，她便打算沐浴更衣，早些睡下。

龍隱回到內室的時候，正好趕上美人出浴。

司徒錦玲瓏的身材，包裹在輕薄的中衣下面，分外引人注意。她的皮膚因為沐浴而變得白裡透紅，散發著一股淡淡的迷人清香。龍隱看著眼前的美景，再想到她已經出了月子，便忍不住緩緩地向她靠近。

「錦兒……」他的呼吸從耳畔傳來，令司徒錦忍不住抖了抖。

「你什麼時候回來的？丫鬟們怎麼也不通報一聲。」司徒錦有些羞怯地倒退幾步。

許久沒有親近過的身子，異常的敏感，他才剛剛靠近，她就有些不知所措。即使是累到了極點，她還是感覺到了他的意圖，渾身的血液都朝著腦門而去了。她一張俏臉頓時脹得通紅，卻也格外誘人。

「錦兒，我去沐浴，等我。」他見到她那副誘人的模樣，恨不得立刻撲上去將那幾個月的空虛日子給補回來，但一想到她喜歡乾淨，便也只好忍住，匆匆朝著淨房而去。

司徒錦聽了他的話，臉色更加嫣紅。他的意思再清楚不過，而她也有著隱隱的期待。他常說喜歡她有肉一些，生育過後的她，身材更為豐滿，倒是如了他的願了。想著想著，司徒錦害羞地躲進被窩裡，不敢露出頭來。

龍隱回到床榻前的時候，司徒錦已經閉上了眼睛，鼻息間的呼吸均勻而綿長。她……竟然睡著了?!

龍隱挑了挑眉，似乎有些不滿。但他也沒有直接叫醒她，而是將她從被子裡挖出來，身子貼了上去，以另外一種方式將她喚醒。

司徒錦在睡夢中，隱約感受到一雙火熱的手在身上遊走，讓她的身子燥熱不已。她幾次將那雙手揮開，但是不管她推開多少次，那雙手卻依舊不依不撓地纏上了，甚至愈來愈過火。

嚶嚀一聲，司徒錦從夢中醒來。

迷濛中，一個高大的身影欺上身來，嘴角帶著邪魅的笑意。他吻住她那微張的嘴唇，將她的驚呼含入口中。

兩人的身子彼此廝磨著，不一會兒便已赤裸裸地相對。

乍從夢裡醒來，司徒錦還有些迷迷糊糊的，此時身上一陣涼，不由得打了個冷顫。龍隱似乎察覺到了什麼，立刻將身子覆了上去，用他的體溫為她取暖。

嘴巴裡發不出其他聲響，司徒錦不斷嬌吟著。這番舉動讓龍隱覺得渾身燥熱，身子被撥得滾燙不已。

「錦兒……」他低聲在愛妻耳邊呼喚著她的名字，唇舌更是含著她的耳垂輕輕撕咬，恨不得一口將她吞入肚腹中。

司徒錦渾身嬌軟無力，只能縮在他的懷裡任由他上下其手。身子像是著了火一樣，灼燒得厲害。

龍隱強健的體魄與她嬌軟的身軀相互依偎，當熱浪一波接著一波襲來，司徒錦再也抑制不住內心的真實感受，哼哼唧唧地出了聲兒。

那婉轉悠揚的動聽聲音，在龍隱聽來，彷彿最美的仙樂。早已動情的他，哪裡還耐得住性子繼續挑逗下去，身子往下一沈，乘虛而入。

司徒錦驚呼一聲，整個身子便隨著他的動作而起伏，一雙玉臂纏上了他的脖頸，雙手穿梭在他濃密的髮間。

感受到她的回應，龍隱更來勁兒了。

許久沒有過親密接觸，龍隱食髓知味，整晚都沒消停過，直到東方漸白，方才放過懷裡的可人兒，抱著她的腰，一同入睡。

翌日清晨，丫鬟們在門外等候了半晌，也不見屋子裡有動靜，只有守夜的春容紅著臉，攔著其他人，不讓她們打攪了王爺和王妃。

「主子們還沒起身嗎？」李嬤嬤從院子裡走來，臉上有些納悶。

春容見到她，立刻迎了上去。「嬤嬤，王爺和王妃昨兒個睡得晚，想必不會太早起來。」

李嬤嬤是過來人，一聽這話，還有什麼不明白的，見主子們這般恩愛，眼角的皺紋都笑得像朵菊花了。

「小世子怕是醒了，妳們去服侍小主子吧！」李嬤嬤一邊吩咐丫鬟們做事，一邊派人在門口把守，不想讓人打擾了主子們的清靜。

丫鬟們自然不敢違抗李嬤嬤的命令，各司其職去了。

這一覺睡到日上三竿，司徒錦才甦醒過來。剛剛睜開眼，一張放大的俊臉便映入她的眼簾。

「醒了？」他略帶薄繭的手，輕輕地在她光滑的背脊上摩挲著，挑逗意味十足。

司徒錦嬌羞地紅了臉，將頭埋進他肌理分明的寬廣胸膛。想著昨晚被他折騰了一夜，如今身子還泛疼呢，司徒錦就忍不住張嘴咬了他一口。

龍隱「嗯」了一聲，對她的行為感到很是滿足。

「餓了？要不叫丫鬟們進來伺候梳洗？」他稍顯沙啞的嗓音從頭頂傳來，性感得令人陶醉。

司徒錦搖了搖頭。

她未著寸縷的模樣，才不能讓丫鬟們見到，多丟人啊！看著外面的日頭都那麼高了，想必時辰已經不早。

外面的猜測就已經夠多了，再讓丫鬟們親眼看見，她還要不要臉面了？那些丫頭可是被她給慣壞了，動不動就跟主子耍嘴皮子，尤其是經常拿她跟龍隱的事情作文章，讓她都要羞死。至於那罪魁禍首，便是眼前這個俊逸得讓人移不開眼的男人。

「再這樣看著我，我可就不客氣了……」被她的眼神盯得有些心癢，龍隱一個翻身將她壓在身下，警告道。

司徒錦連連搖頭，昨夜的瘋狂就已經夠了，她哪裡還吃得消？

於是司徒錦趕緊一把將他推開，飛快地爬到床尾，動手穿起衣服來。「什麼時候你也學會油嘴滑舌了？」

龍隱挑了挑眉，笑意盎然道：「我也只對妳說這些話。」

司徒錦一半甜蜜一半羞澀，最終只能哀怨地瞪了他一眼，便起身去開門，招呼丫鬟們進來伺候。

春容和杏兒早就等在外頭，聽見主子傳喚，立刻將熱水送了進來。「娘娘要沐浴嗎？」

司徒錦微微一愣，繼而面頰緋紅起來。這些丫頭們還真是愈來愈機靈了，她不開口，她們居然都為她想好了，真是……太丟人了！

「嗯，去準備吧。」說著，司徒錦背過身去，不敢看丫頭們臉上那抹笑意。

丫頭們強忍著笑，去了淨房。

春容知道司徒錦面皮薄，便沒有再開口，體貼地為她找來乾淨的衣物後，便乖巧地遞上一杯茶。

司徒錦感激的同時，又想到這幾個丫頭的親事。

她們跟著自己的時日也不短了，一個個都很貼心，要將她們打發出去，實在有些捨不得。可是看著她們日漸大了，總是留在身邊也不好，想到緞兒都懷上孩子了，這幾個丫頭的對象卻還八字都沒有一撇，便有了替她們尋覓歸宿的打算。

「春容，妳今年多大了？」她不動聲色地問道。

春容的手頓了頓，繼而笑道：「奴婢是乙丑年生的，今年十五了。」

司徒錦哦了一聲，便開始在腦海裡搜尋合適的人選。「家裡可還有些什麼人？」

當初她們一起陪嫁過來的時候，司徒錦並沒有多問，只想著她做事認真謹慎、乖巧聽話，不會有錯。如今想起來，她對她們的情況，似乎了解得挺少。

「奴婢的老子娘都是府裡的家生子，父親前些年因病去世了，娘親如今在司徒府領著廚房管事的職。」春容不知道主子為何會問起自己的家世，但還是老老實實地回答了。

經她這麼一提醒，司徒錦倒是想起來了。江氏掌權之後，換了一批自己信任的人在府裡各個重要處任職，春容的娘也是其中之一。難怪春容對自己那般體貼，想必是她的娘一再叮囑過了。

不過這樣也不錯，她很放心。

「都十五了，家裡可為妳說了親了？」司徒錦也不再避諱，單刀直入地問了。

春容臉色微紅，支支吾吾半天才說道：「奴婢的娘說，要奴婢好好地服侍娘娘，奴婢年紀還小，暫時不用考慮自個兒的事。」

司徒錦聽了這話，便知道她尚未訂親，心裡有了數。「那妳可有中意的人？」

提到這個，春容臉色更紅了。杏兒準備好了洗澡水進來，聽到主子的問話，不由得笑著插話道：「娘娘怕是不知道吧？王府話事處的鄧春，可是有事沒事往咱們院子裡遞話兒呢！」

春容聽見杏兒插話，臉色頓時白了。「娘娘，奴婢一向守規矩，絕對不會與人私相授受的，望娘娘明察。」

司徒錦揮了揮手裡的帕子，要她起來。「多大的事，瞧妳嚇得。我沒有怪妳，只是那鄧春人品如何，妳可知曉？」

不等春容答話，杏兒已經嘰嘰喳喳地將打聽到的情況一股腦兒地說了出來。「鄧春的老子娘是王府的老人，頗得老王爺和太妃信任。鄧春那人平時看起來挺老實的，是個耿直的漢子，做事本分、待人和氣，是個不錯的人呢！」

春容聽了這話，頭都抬不起來了。

她也知道鄧春人不錯，可是主子還沒有發話，她可不敢就這麼私底下將事情給訂下來。因此這幾日她一直心神不寧，也老是躲著人家。

司徒錦瞧見這情形，便有了決斷。「杏兒，一會兒去把鄧春給我叫過來，就說娘娘有事找他。」

杏兒應了一聲，歡快地出去了。

春容是站也不是，走也不是，恨不得找個地洞鑽進去。

司徒錦見她這般模樣，安慰道：「女孩兒大了，總歸是要嫁人的。若能夠尋到一個真心實意對妳好的，便是最大的幸事了！」

春容低垂著頭，一句話都說不出來。

司徒錦見有戲，便想著成全了這一對有情人。

半晌之後，鄧春過來給司徒錦見禮。司徒錦毫不猶豫地問了他幾個問題，見他態度誠懇，又說家裡也同意這親事，頓時心安了。

「既然你們都有意，那這件事就這麼定下了。杏兒，去庫房取一百兩銀子給春容做嫁妝，另外將那套珍珠打造的首飾給春容，讓她漂漂亮亮地當個新娘子！」

春容和鄧春先是驚訝，繼而高興地跪伏在地，拜謝了主子的賞賜。

看著有情人終成眷屬的美好結局，司徒錦的心事又少了一樁。就在此時，新來的奶娘抱著小世子進來，司徒錦的全部注意力又被兒子給勾了過去。

「盛兒，娘的乖寶貝！」司徒錦從奶娘懷裡接過兒子，親個不停。

龍盛似乎感受到了母親的親近，也咿咿呀呀著，一口親在司徒錦臉上。司徒錦先是微微一愣，繼而高興地抱著兒子玩起了轉圈圈。

「小心，別摔倒了。」龍隱走到司徒錦母子倆身邊，將他們一同圈入自己的懷裡，仔細呵護著。

神仙眷侶也不過如此！

司徒錦重生之後，不僅扭轉了小小庶女的悲慘命運，更尋到了自己的幸福，琢磨出炫目的光彩。有了寵愛自己的夫君與孩子，這輩子她再無所求，只能感謝老天給她這個機會，讓她重來一次。

這份愛，她將珍惜到永遠！

——全書完

番外篇之一　幸福的延續

「母妃，司徒念恩只比我大一歲，為什麼我要叫他舅舅?!」這一年的盛夏，司徒錦正在屋子裡午睡，突然一個胖乎乎的肉團子從門外闖了進來，似乎受了莫大的委屈，爬到她的床頭，哭喪著臉問道。

司徒錦有些哭笑不得，她該怎麼跟兒子解釋這些事情？他還那麼小，就算她解釋了，他也不一定懂。

「盛兒怎麼突然問起這個了？舅舅欺負你了？」她心疼地替兒子擦著額頭上的汗，試探性地問道。

龍盛扭動著胖胖的身軀，想要爬上母親的床榻，但是因為個子不高，又長得圓乎乎的，試了好幾次也沒能成功。最後，他只得一臉希冀地望著司徒錦。

司徒錦握著兒子的手，笑道：「盛兒不說實話，母妃可不讓你上來。」

被母親這麼一威脅，龍盛倒是乖了起來。他換上一副討好的笑容，斷斷續續地將經過講了一遍，最後還不服氣地嚷嚷起來。「夫子教的那些東西，我一學就會，他比我早進學堂，居然還輸給我。這哪裡有半點舅舅的樣子？所以，我就提出來，要跟他平起平坐，今後不再喊他舅舅，要他做我的小跟班！」

看著兒子那小頭顱昂得高高的，司徒錦有些忍俊不禁。「就為了這個？」

「本來他答應了，可是夫子說規矩不能亂。他是長輩，我就得尊敬他、讓著他。哼，他處處不如我，還要我什麼都聽他的，真是不可理喻！」龍盛鼓著腮幫子，十分不滿地說道。

司徒錦輕笑了幾聲，這才勸道：「母妃還當發生了什麼大不了的事情呢！念恩雖然不如你，但你也不能說出來啊，如此一來豈不是傷害了他？再者，他的確是母妃的弟弟，是你的舅舅，你的長輩。」

「長輩不都是大人嗎？他還是個小屁孩兒……」龍盛不服地嘟著嘴。

「誰說長輩就一定要比晚輩年長？外祖母不過是生他生得晚，若是生得早，他也早就成大人了，哪裡容得你這般不懂規矩，胡亂指揮他？盛兒，聽母妃的，以後在人前一定要遵守規矩，至於你們之間的賭注，可以私下再論。不然，別人可會說你不懂禮數、頂撞長輩的！」司徒錦循循善誘地勸導。

「母妃的意思是，私底下我就可以讓他做我的小跟班嗎？」他閃著亮晶晶的眼睛問道。

司徒錦也沒有正面回答，只是含糊說道：「總之，千萬不能讓人抓住你的把柄。在學堂，你一定要尊敬他，知道嗎？」

龍盛似懂非懂地點了點頭，不再糾結於稱呼的問題。

畢竟只是半大點兒孩子，哪裡懂得這些大道理，不一會兒，他的注意力又轉移到別的事情上去了。

「母妃，妹妹什麼時候才出來？」龍盛肉乎乎的小手，爬上司徒錦鼓鼓的肚皮，小心翼翼地摸了摸，然後立刻又縮了回去。

想到上次父王毫不留情地指責他打擾了母妃的休息，他就心有餘悸，不敢輕易跑到慕錦園來。

司徒錦握著兒子嫩嫩的小手，說道：「還有兩個月呢！盛兒喜歡妹妹嗎？」

「嗯！」他很認真地點了點頭。「父王說，盛兒以後要負責保護妹妹，不讓人欺負她。母妃，我會認真跟著師父學武的！」

看著他小小年紀，就有了這麼濃的保護慾，司徒錦的心裡很是欣慰。他口中的師父，就是花弄影那個閒人。

因為認了太妃這個乾娘，所以花弄影也時常到王府走動。龍盛對他很有好感，經常賴在他身上不肯下來，後來龍隱就順水推舟，讓兒子認了他做師父，跟著他學習武術和醫術，自己則騰出更多時間來陪妻子。

為此，花弄影還狠狠地敲了他一筆。

不過，花點兒銀子，就能將他最大的情敵給支開，龍隱還是覺得很划算。愛妻自從有了兒子以後，對他冷淡多了，所以他才想出這麼個主意來。

幸好，龍盛也喜歡學武，不然那可就麻煩了。

如今，司徒錦又有了身孕，花弄影還診斷出了是個女兒，家裡的老老少少可開心了！龍盛更是快樂，天天都要問一遍妹妹什麼時候出生。他雖然有很多小跟班，但都是些男孩子，所以對這個妹妹他可是稀罕得緊。

「盛兒一定會是個好哥哥的。」司徒錦摸著兒子的頭，讚許著。

「那盛兒這就去院子裡練武，將來好保護妹妹。」他小大人似地說道。

司徒錦肚子大得無法走動，只能讓丫鬟們照看著。得到了母妃的允許，龍盛便提起衣角，飛奔了出去。

「緞兒，去看著他，別讓他摔著了。」司徒錦看著他遠去的背影，對身邊服侍的緞兒叮囑著。

「娘娘放心吧，小世子不會有事的。」緞兒笑著答道。

她如今也是兩個孩子的母親了，大的比龍盛小幾個月，小的剛會走路，不過都是兒子，皮得很。

那兩個小子整日跟在龍盛屁股後頭，對他的話言聽計從。

「已經五歲了呢。」司徒錦回想這些年的日子，不禁覺得時光荏苒。

「可不是嘛！一晃眼小世子都五歲了。」緞兒拿著繡花針，坐在一旁的矮凳上，在為未出世的小郡主繡肚兜。

「再過幾日就是盛兒的生辰了，太妃也該回來了。」司徒錦喃喃自語。

龍盛出世後，本來要由司徒錦親自帶，不過太妃實在太喜愛他，就一直帶著，直到他兩歲了，才放手讓司徒錦自個兒帶。人一旦閒下來，就會覺得寂寞，於是太妃索性去了古佛寺禮佛，順便追憶過去的歲月。她這一去，老王爺自然也跟著去了，因此這偌大的王府，就只剩下他們一家三口。

儘管太妃偶爾也會回來小住一段時日，但大部分時間還是四處遊歷。前幾日收到飛鴿傳書，說是老王爺跟太妃已經準備回府了，這一次回來，就打算長住了。因為司徒錦又要生產了，太妃不放心，加上龍盛的生辰快要到了，所以便匆匆趕回來，也好給孫子送禮物。

「芙蕖園還是老樣子嗎？」司徒錦問道。

「奴婢已經讓人仔細打掃了，一切都還是原樣。」太妃離開王府一年多了，芙蕖園就空了下來。雖然有專人打掃，但也沒有特別的勤勉。

「嗯，讓丫鬟們裡裡外外通通風，可別有什麼潮味。」屋子久沒有人住，難免會生出黴味來。太妃身子一直不大好，可不能讓她住在那樣的屋子裡。

「奴婢曉得的，早就命人將窗戶打開來了，就是被子，也全都拿出來曬了，娘娘就安心養胎吧！」緞兒笑著回道。

司徒錦微微頷首，很是讚賞。

緞兒自成親後，是愈來愈穩重了，不再像以前那般莽撞行事，頭腦也轉得更快了，她的夫君果然調教得好。

「謝堯最近還在出任務嗎？」如今天下太平，但外敵虎視眈眈，朝廷也不敢放鬆警惕，因此龍隱很多屬下仍舊奔波勞累。

謝堯是他的左臂右膀，自然要為他分憂。

「嗯，近來北方有些不安定，爺派他出去了。」綴兒說得很輕快，似乎沒多擔心。謝堯的本事有目共睹，因此綴兒對他還算放心。

「等他回來，讓他好好陪陪妳，下次任務我讓爺換別人去。」司徒錦心疼他們夫妻聚少離多，便發了話。

綴兒很是感激，但也不敢耽誤王爺的正事。「娘娘體恤，奴婢心領了。能夠為主子們分憂，我們夫妻知足了。」

「你們都是一路跟我走過來的，我自然希望你們都過得幸福。」司徒錦淡淡笑著，一隻手在肚子上撫摸著。

這一胎，她總覺得有些奇怪。

比起龍盛在肚子裡的動靜，這個閨女倒是很會折騰，而且肚子比上一胎大了很多，這才七個月，就無法下床走動了。她問過花弄影，但他堅持說沒問題，她也就不好再多問了，只能每日在床榻上度過，等候女兒降生。

綴兒揚起笑臉。「能夠跟隨娘娘，是奴婢們的福分。」

主子身邊的幾個丫頭，都找到了好的歸宿。

春容嫁給了鄧春，現在已經是管事小娘子了。他們生了個大胖小子，可把鄧家二老高興壞了；杏兒沒有嫁給府裡的管事，倒是配給了緞兒的兄長。夫妻倆過得也是和和美美，盡心盡力為司徒錦打理莊子和鋪子，他們如今也有了一個兩歲大的兒子，才剛牙牙學語。

看王妃幾個丫頭都嫁得不錯，那些新提拔上來的丫頭，都覺得有了希望。雖然是卑微的奴婢，但誰不想過好日子？儘管以前有些丫鬟動了給爺當小的心思，可是看到王爺跟王妃如此恩愛，也就打消了那個念頭。

如今，這些丫頭們一心一意服侍主子，盼著小主子降生，府裡上上下下一團和氣。

「春雨也嫁人兩年了，肚子一直沒有消息嗎？」閒來無事，司徒錦又關心起了幾個心腹丫鬟的事情。

緞兒嘆了口氣，說道：「補藥也吃了不少，可不知為何，就是沒有消息。娘娘，您說，這會不會是她男人的問題？」

儘管這個年代，女人不該隨意議論男人的不是，可是情同姊妹的幾人，總是忍不住為自己人說話。

司徒錦覺得這也不無可能。

可是要一個男人去檢查這方面的問題，怕是會傷了他的自尊心，但若繼續拖延下去，對他們夫妻倆也不好。

春雨嫁的是司徒府一個管事的兒子，打小就訂了親的。雖然他們夫妻之間的感情還不錯，公婆也對她好，可畢竟沒有子嗣，再好的感情也會受到牽連。

「找個機會把她男人叫到府裡來，仔細敲打敲打。如果真為了春雨好，就必須面對事實。假設真有問題，就該早些治療；若沒有問題，那就再好不過。要是他覺得難為情，便讓花郡王給他診脈。」

緞兒覺得這個主意不錯，便替自己的好姊妹應了下來。

說了一會兒話，司徒錦又犯睏了，緞兒扶著她躺下之後，便又專心繡起肚兜來。

兩個月後，司徒錦生下了一對雙胞胎女兒。

龍隱歡喜得不得了，整日圍著兩個女兒轉，還給她們取了很動聽的名字，姊姊叫鳶兒，妹妹叫璿兒。

太妃和老王爺回來得正是時候，兩個小郡主的出生，讓他們高興壞了，兩個老人一手一個，抱著就不肯放開。

為此，龍隱又吃起醋來。

原先他是害怕兒子奪取了妻子的全部注意力，如今倒好了，他想要跟女兒親近一些，也被別人給搶了先。

「相公，怎麼苦著一張臉？」司徒錦見龍隱神情不快，有些好奇地問道。

「太過分了！那是我的女兒，他們就這麼抱走了！」龍隱的拳頭捏得嘎嘣嘎嘣響，卻無濟於事。

那搶走他女兒的人，正是他的親生爹娘，孩子們的祖父和祖母。

司徒錦忍住笑，勸道：「他們是孩子的祖父母，跟孩子親近也是應該的。你吃的哪門子醋？當初盛兒生下來後，你恨不得將他扔得遠遠的，都不准我多抱一會兒。」

提到當年的事情，龍隱的臉微微僵了僵，臉上閃過一絲可疑的潮紅。那……那是因為他在乎她，怕兒子占據了她所有的思緒嘛！

「要不……咱們再生一個女兒？」他蹙了蹙眉，最終蹦出這麼一句話來。

這讓還在坐月子的司徒錦忍不住後退了一些，一臉哀怨地望著他。這還沒出月子呢，他居然又想著生下一胎?!虧他想得出來！

「錦兒，我是認真的。」

龍隱說得誠懇，司徒錦聽了卻是狠狠瞪他一眼。

憑什麼？生孩子很辛苦，還命懸一線！若不是因為有花弄影坐鎮，怕是她都無法順利生產。而且，她又有好一陣子不能恢復苗條的曲線，這樣吃力不討好的事情，她才不做呢！

龍隱見她不吭聲，便擠到羅漢床上，攬住她的腰往自己懷裡帶。「錦兒，再生一個好不好？反正這兩個女兒，我是撈不著了……」

「不要！我再也不生了！現在兒女雙全，幹麼還要一個？」司徒錦斷然拒絕。

三個孩子夠她操心了，若是再多一個，她哪有那麼多精力照顧他們周全？

再說了，她又不是母豬，生那麼多幹麼?!

「就再生一個，好不好？」他懇求道。

雖然很久不能碰她，但他願意忍。

「不行！」她撇過頭去，不理會他的親近。

龍隱也不再說話，用行動開始表達自己的意願。當他的唇舌來到她的脖頸時，司徒錦忍不住推開了他。「無賴！哪有你這樣的？我還在坐月子呢！」

「好好好……不生了！」他敷衍地勸道。

不過，他只是答應現在不生，可沒有答應以後不生。等到時機成熟了，生與不生，還不是他一句話的事情？

又過了一個月，便是沐王府雙胞胎姊妹的滿月酒了。

這一日，府裡上下都掛滿了紅綢，顯得喜氣盈盈。司徒錦如今越發矜貴了起來，不少世家夫人都要向她行禮，處處恭維她。早些年，那些說風涼話的人，如今全都改變了當初的想法。

龍隱對司徒錦的感情，還真是不一般的深厚。這都五、六年了，也不見他改變自己的心意納個妾什麼的，還接二連三地生了一堆孩子，而且個個都討人喜歡。王府的老王爺和太妃，也很縱容兒子跟媳婦，沒有要兒子納妾。

因此那些還抱有幻想，等著嫁入王府來當側妃或妾室的女子，最後見年歲愈來愈大，只能匆匆挑了戶人家嫁出去。

沐王府依舊風光無限，備受皇帝青睞。

龍隱是朝廷的股肱之臣，又是戰無不勝的將軍，權勢可謂極大。只是他依舊和以前一樣，低調又冷漠，從不與官員結交，也很少參加宴會。如此一來，倒是越發讓皇上放心了。

元昊帝今日也駕臨王府，賜了很多東西給這兩個郡主，並親封了她們公主的稱號，與自己的公主享有同等的待遇。這樣的殊榮十分罕見，因此朝中的官員對沐王府更加敬畏了。

宴會過後，太妃回到芙蕖園，正要休息，一個身影卻在門落門的前一刻鑽了進來。太妃見到那鬼鬼祟祟的身影，不由得冷哼道：「你又來幹麼？時候不早了，我要歇著了。」

「愛妃，我是來服侍妳的。」說罷，老王爺揮退了所有丫鬟，親自奉上了洗漱用具。

太妃嗔了他一眼，不為所動。「別以為這樣我就消了氣！今兒個那霜華夫人可是對你拋了不少媚眼，別以為我沒看見！」

「誤會，絕對是誤會！素素，妳一定要相信我，我的心妳還不明白嗎？這輩子除了妳之外，我絕對不會再有別的女人了……」他急著解釋。

「哼！那莫側妃又是怎麼回事？」

「那都是過去的糊塗帳了，素素妳還記著呢……」

「哪會那麼容易忘記，她的一雙兒女可還活著呢！」
「那我將他們趕出京城……」
「你混蛋！」

番外篇之二　朱雀（上）

「雷霆小組這一次表現不錯，值得嘉獎！每個人授予獵鷹勳章，除此之外，特准你們每人一個月的假期，回去看看家人。」在一排站得筆挺的特務面前訓話的，是Z國某軍團特種部隊代號為「梟狼」的軍官。

一聽說可以有假期，不少人都雀躍不已，恨不得長雙翅膀，飛到老家的親人身邊去。不過高興歸高興，每個人臉上的表情依舊肅穆，在長官還沒有宣布解散前，他們都沈著冷靜地繃著臉，看不出任何異樣。

「梟狼」見隊員們表現不錯，臉上頓時浮現出笑容。「好了，我就不囉嗦了。孤狼留下，其餘人，解散！」

得到特赦令，雷霆小組的成員們立刻歡呼起來，勾肩搭背地嬉笑著。

「一個月的長假，我不是在作夢吧？」

「快捏我一下……唉唷，疼！原來是真的，哈哈哈……」

「我爸前不久還打電話給我，要我回老家一趟呢！」

一行人嘻嘻哈哈的，說有多高興，就有多高興。

唯有代號「孤狼」的許楠苦笑著搖了搖頭，看著隊友們離去。想到剛才「梟狼」的叮囑，她立刻打起精神，朝著指導員的營帳走去。
「報告！」
「進來。」裡面傳來男子粗獷的嗓音。
許楠掀起門簾，大步走了進去。「指導員，請問你找我有什麼事？」
剛才在外面一臉嚴肅的訓話男人，此刻換上了一副溫情的面容，語調也降低了幾分。
「許楠啊，這一個月妳有什麼打算嗎？」
根據他對許楠的了解，她沒有任何親人。她從小就待在孤兒院，後來因為學習成績優秀，軍訓時被部隊裡的教官看中，進到軍營裡來。她是個很刻苦的孩子，從不喊累，在軍營裡一待就是十年。
後來，許楠因為表現優秀，被選入特種部隊服役。當初青澀的小女孩，如今已經長大成人，成了亭亭玉立的姑娘。
因為身世特殊，部隊對她多有照顧，這為期一個月的長假，上級們又關心起她來。畢竟別的特務都有家人，她卻沒有。
許楠先是一愣，繼而回答道：「報告長官，我想回孤兒院看看。」
她是在那裡長大的，很多年沒有回去了，所以想去看看院長和小朋友。
他點了點頭，說道：「的確該回去看看。這樣吧，一會兒我讓人派車把妳送到城裡，定個日子，我再去接妳回來。」

許楠乾脆地回絕了，說道：「回來的日子，暫時定不下來。長官不必擔心，我能想到法子回來的！」

由於這個訓練基地十分隱秘，地處荒郊野外，一般外人不得而知，在這裡服役的官兵，必須守口如瓶。雖然從外面要進訓練基地得花費一番力氣，不過這些對於長年生活在部隊裡，尤其是特種部隊裡的士兵來說，簡直是小菜一碟。

他無奈地笑了笑，這小妮子還真是倔強！

「那好吧，一會兒妳去收拾收拾行李，我讓小李在門口等著。」

「謝謝長官！」許楠行了個標準的軍禮，便轉身離去。

她的東西不多，收拾起來也十分迅速。幾件換洗的衣服，再加上一些零用錢就夠了。五分鐘後，許楠便出現在小李等候的地方。

回到市區已經是兩個小時後了，小李在一個公車站牌前將她放下，然後原路返回。許楠用手遮擋著有些刺眼的太陽，微微鬆了口氣。

孤兒院位於市中心，坐公車過去還要半個小時。

許楠上了公車，便有些昏昏欲睡。

車子裡有空調，吹得人格外舒服，許楠打了好幾個呵欠，最終抵擋不住睏意，漸漸閉上了眼睛。

車子迅速行駛著，偶爾顛簸，但許楠也沒太在意，兀自睡得香甜。不知道過了多久，她突然驚醒過來，望了望四周，發現有些不對勁。

太安靜了！

這樣的大都市，人來人往，公車上更是人潮擁擠，司機還會沿途報站名。可是仔細一打量周圍，別說是人影，就連公車也不知去向，只剩下她孤零零地躺在地上，四周是雜草叢生的荒地。

「見鬼了……這是哪裡？」許楠從地上爬起來，暗罵了一聲。

難道是被人給下了藥，劫財？但要想將她從公車上劫走，也不太可能，畢竟車上那麼多人。她是個時間觀念很強的人，睡了多久，自己心裡有數，也不太可能是公車開到終點站，司機無奈之下只好將她丟下車的。莫非這是長官給她的新考驗？許楠思前想後，覺得這個推論的可能性比較符合邏輯。

不是說放假一個月，怎麼來了招突襲?!

許楠正懊惱著，突然發現有人朝這邊接近，而且還是一大票人。她警覺地觀察了一番，然後悄悄躲在一個隱蔽之處。

不一會兒，一群穿著黑色緊身衣、蒙著面巾的男人走了過來。

「搜仔細一些，千萬別讓人給跑了！」領頭的一個漢子面露凶光，惡狠狠地交代。

那些手下不敢怠慢，一寸一寸地搜了起來。奈何荒郊野外，雜草叢生，要找個人還真是不容易。

那些人翻找了好一會兒，也沒發現什麼，暗暗有些焦急。「首領，沒有任何發現。」

「主子說了，活要見人死要見屍！這裡都是枯草，一會兒點燃了，不怕他不出來！」領頭的人性子殘暴，態度很是決絕。

許楠一邊暗罵，一邊驚詫。

看他們的打扮，好像不是現代人。現代的殺手，緊身衣都是皮質的，比較貼身，而且蒙面罩也是整個套在頭上，只露兩隻眼睛在外面。這些人的黑衣是普通的布料，只蒙了半張臉，而且每個人的頭髮都露在外面。

頭髮？對了！

這些人都有一頭長髮，整齊地梳在頭頂。

這……真是太詭異了！

「點火！」就在許楠發愣的同時，那黑衣人首領已經下了令，看他們將火摺子往地上一丟，許楠立刻意識到了問題的嚴重性。

這一片荒地上到處是枯草，要是燒起來，她會死在這裡的！

「不行，不能就這麼死了！」她還有很多疑問沒搞清楚，自然不甘心就這麼白白犧牲了。

許楠打量了四周一番，等到那些黑衣人的身影逐漸消失，她這才站起身來，迅速將自己四周的枯草連根拔除，開闢出一塊隔離帶來。

這些課程，在部隊裡早就學習過，所以許楠做起來一點兒也不費力。由於擔心那些黑衣人會追上來，她只好沿著樹林的方向，闢出一條通道，準備迅速逃離這個地方。

那些枯萎的草木極容易燃燒，加上有風助陣，因此那火種一落下，整個荒地就燒了起來。火勢一起就收不住，朝著四面八方擴展開來，大有燎原之勢。

許楠的動作已經夠快了，但那火舌快速燒到許楠身後，直追著她而去。眼看就要燒到她的背部時，許楠眼尖地瞧見前邊不遠處有一個水塘，便加快腳下的步伐，飛身朝那水塘撲了上去。

隨著撲通一聲響起，許楠只覺得背部一片灼熱，然後就是一陣刺痛。看來即使她跑得再快，還是被波及到了。

忍著背部的劇痛，許楠深吸一口氣，將整個身子沈入水底。四周的熱浪一波接著一波，讓水塘裡的水也漸漸有了一些溫度。幸好那些枯草不經燒，很快便化為灰燼熄滅了，否則她不是被燒死，就是憋死在水裡。

「呼呼呼……」許楠露出半顆腦袋，貪婪地呼吸著新鮮的空氣。

等到火勢漸漸小了之後，她才朝著岸邊游去。這水塘的水雖然不髒，但也有細菌，現在她有傷在身，可不想就這麼被感染了，於是拚命地爬上岸。

還沒喘上一口氣呢，就聽見身後傳來說話的聲音。

「誰這麼缺德，居然放火燒山！」停頓了一會兒，又有人驚呼起來。「那裡……那裡是不是有個人？該不會被燒死了吧？」

許楠趴在地上，沒回過神來。難道他們說的是自己？她這個樣子很像被燒死了嗎？沒見她雙手撐著地，頭懸在空中嗎？

「走，過去瞧瞧，說不定還有救！」那人的聲音再度響起。

然而，他的同伴似乎沒有吭聲。

許楠掙扎著爬起來，動了動，然後忍不住吼了一聲。背上的傷還真是嚴重，肯定起水泡了吧？

「小兄弟，你還活著嗎？」突然，她的頭頂上傳來戲謔的男子聲音。

兄弟你個妹！這人什麼眼神?!

許楠想要破口大罵，但由於目前狀況不明，因此她選擇保持沈默。

「呀……你背上燒傷了！好大幾個泡啊！」那男子尖叫著，大驚小怪的模樣讓許楠忍不住皺了皺眉。

這就恐怖了？

也不想想子彈打在身上造成的傷痕，血肉模糊，深可見骨，那才教人膽戰心驚呢！他還是個男人嗎?!

許楠一邊在心裡嘀咕，一邊站起身來。

那男子嚇了一跳，往後退了好幾步才穩住腳跟。「哇……你到底是人是鬼啊？冤有頭債有主，要是覺得死得冤屈，可得找那放火之人，別找上我啊！」

男子囉哩叭嗦地講了一大堆話，讓許楠恨不得找一把黃土堵了他的嘴。

「這裡是哪裡？」她問了一句。

男子似乎有些被嚇到，半晌回不過神來，直到許楠抬起頭，他才結結巴巴地說道：「這裡……這裡是京郊的鳳凰山啊！你不是本地人吧？」

許楠懶得理會他，問清楚了地方，她就知道接下來該怎麼做了。

見她不答話，繞過自己身邊就離開了，男子眨了眨眼，感到十分驚愕。「她……她……她是個女的？」

同伴給了他一個白眼：你現在才知道?!

許楠看了看四周，發現都是山坡，一時之間沒了主意。這鳳凰山，她根本沒聽說過，這城鎮的方向在哪邊，她也不清楚，到底要怎麼回去?

想了想，她還是決定回過頭來，問清楚再說。

「姑娘……妳不會是遇劫了吧？」那男子見她往回走，好心關懷道。

許楠哪裡知道發生了什麼事，只知道一醒來就到了這裡，其他事情一概不知。「要去城裡，該走哪條路？」

「妳要進京城？」男子好奇地問道。

許楠微微蹙眉，對於他的問話感到很鬱悶。他三句不離京城，她所在的那個軍區離北京可還遠著呢！再仔細一打量對方的穿著，她的眉頭就皺得更緊了。

「現在是西元幾年？」她試探性地問道。

「西元是什麼？姑娘要問的可是大龍的年分？當今聖上年號聖武，今年是聖武二十八年。」

大龍是什麼玩意兒？

還有聖上？

他們這是在拍戲嗎？

「姑娘，妳這般模樣要到京城，怕是有些不妥。」男子拿出包袱裡的男性衣衫，有些臉紅地遞給她。

許楠這才發現自己還穿著短袖T恤跟牛仔褲，不禁愣住了。

綜合這些線索，她意識到一個非常嚴重的問題，那就是，她貌似跟風了一次，華麗地穿越時空了？

那些無稽之談，居然是真的？

想到新聞報導裡，有小孩子為了所謂的「穿越」鬧自殺，結果白白失了性命，她就唏噓不已，覺得他們實在太傻了。

可如今這事發生在自己身上，她除了不敢相信，更難以適應。

見鬼的穿越！

見她臉色不快，那男子還以為她嫌棄自己的衣服，於是陪著笑，說道：「姑娘，妳先將就一下吧！這荒郊野嶺的，也沒有賣女子衣裳的地方。」

許楠微微抬起頭，臉上帶了一絲歉意。「我不是嫌棄，只是……」

有些話，她如何說得出口？

說自己是個現代人？是未來人？可是這「大龍」朝，她不曾在課本或其他書籍上看到，實在很難說這時代跟她的時代誰先誰後。

「姑娘是不是苦於沒有盤纏？如果姑娘不嫌棄，不如跟我們一路，也好有個照應。」男子客氣地邀請道。

許楠心想：這樣也好！

只不過，那男子的同伴似乎有些不同意，臉色也僵硬得很。他們是來出任務，可不是來遊山玩水的。

許楠將男子給她的長衫披在外面，這才向他行了個禮。「多謝。」

「不必客氣。」男子將馬車牽了過來，示意她上去。

許楠也不是忸怩的人，便大方地爬上馬車，動作利索得讓人汗顏。後面兩個男子面面相覷，似乎被她大膽的舉動給震撼到了。

一路上，許楠總算對這個陌生的環境有了一些了解。想到要遠離自己原本的生活，她頓時感到很茫然。

在那個世界，她是身無牽掛的孤兒，到了這裡，也是舉目無親。她的命運怎麼就這麼悲慘呢?!

人家穿越，都是魂穿，不是身分高貴，就是不愁吃穿，即使受點苦也沒關係，起碼還有家人。可她呢？就這麼掉落在空無一物的地方，啥都沒撈著！

「姑娘，妳是哪裡人士？可是來京城尋親的？」那個多嘴的男子一刻也閒不住，邊趕著馬車，還唧唧歪歪個沒完。

許楠腦瓜子轉了轉，便順著他的話接了下去。「是啊，本來是想到京城投親的，奈何半路遇上了匪徒，身上的財物全被搶走，又被扔在荒郊野外。」

那個比較沈默的男子掃了她一眼，明顯感覺到她話裡的漏洞，他眉頭挑得老高，一副不相信的樣子。但那個活潑的男子卻信以為真，還大大為她感嘆了一番。「那姑娘的親人可有下落？京城一帶我比較熟悉，說不定可以幫妳。」

許楠哪裡知道京城裡的情況，只得無奈地搖了搖頭。

「那妳知道對方姓甚名誰嗎？抑或是住址？」男子眼帶期許地問道。

許楠再次搖頭，道：「書信上說得不是很清楚，而且那書信也被一併搶了去。」

既然是編故事，就要有邏輯一些。身為特種部隊的成員，這點偽裝本事還是要有。

「真是可憐……」男子同情地望著她。

許楠悶不吭聲，低眉順眼地望著自己的手指，裝作一副悲傷的模樣。只是她不知道自己的模樣是如何傾國傾城，不管任何表情，都是魅力無雙，讓人移不開眼。那個男子會相信她的話，也是因為她這張臉。

「若……若是姑娘沒有去處，我倒是知道個好地方，不知道姑娘願意不願意？」男子支支吾吾半天，終於鼓起勇氣表達自己的想法。

與他同坐在外面的沈默男子忍不住皺眉，狠狠地瞪了他一眼。「主子不會隨便收下一個無用之人的！」

聽到「無用」二字，許楠的好勝心頓時被挑起。「若是我有一技之長呢？」

兩個男子同時看向她，有些不敢置信。

「若是我能夠通過考核，是不是就可以有個容身之處？」許楠鄭重地問道。

如今到了這個陌生的世界，先找個落腳之處才是要緊。不管他們是什麼組織的，她總得先要有口飯吃，不是嗎？

番外篇之三　朱雀（下）

「所以，妳就去見了妳的主子？」男子戲謔地說著，一雙手還不老實地在懷中女子的身上遊走。

女子舒服地嚶嚀一聲，才繼續說道：「嗯……為了能混口飯吃。」

「第一眼見到他，妳沒有心動？畢竟，那是一個不比我差多少的人。」男子一邊問話，一邊還不忘自戀一下。

女子嬌媚一笑，說道：「嗯，主子的確長得夠英俊。只可惜……太冷了！我不喜歡大冰塊，所以就找你將就啦！」

說完，她還格格笑個不停。

男子見自己調戲不成，反被調侃，鬥志就被激發了出來。「是嗎？原來娘子是喜歡我的熱情如火啊！嗯……不如我再熱情一些？」

接下來，便是一聲驚呼。

女子一邊躲避著他的唇舌，一邊求饒。「爺……唉唷！你就饒了我吧，我錯了還不行嗎？」

誰受得了一夜七次郎啊！她早已被折騰得沒了力氣，再來幾回她會累癱的！不行，她明天還得出任務呢，必須養精蓄銳。

可是男子卻似乎沒打算放過她，仍舊我行我素地將她吃得連骨頭都不剩。她愈是求饒，愈是讓他興致盎然。

半個時辰之後，屋子裡總算靜了下來。

女子已經累得連指頭都不想動一下了，男子卻越發精神抖擻。「娘子，雀兒……以後可還敢調侃相公我？」

「不敢了。」她是真心悔改了。

調侃別人是要付出代價的，不過這個代價也太大了些。

過了良久，男子將女子攬入懷中，接著聊下去。「想要進影衛，沒那麼簡單吧？更何況妳一個女子。」

朱雀慵懶地瞇著眼，一雙手搭在男子的胸膛上，嬌軟無力地說道：「有什麼難的！對我來說，任何考驗不都是小菜一碟？」

「嗯，我的雀兒的確有本事，不然也不會勾走了我的心……」男子自豪地擁緊了她，一副與有榮焉的模樣。

朱雀嬌嗔地瞪了他一眼，這才說道：「我不是告訴過你我的來歷和身世嗎？所以主子出的那些題，對我來說還真是易如反掌。」

影衛最厲害的地方，就是蒐集情報。

情報的來源，自然是透過各種渠道。龍隱交給她的第一個任務，就是讓她設法偷到自己身上隨身攜帶的玉珮。

朱雀知道他武功高不可測，因此不敢明目張膽地去搶，採取偷的方式。不過她並沒有急著完成任務，而是玩起心理戰術。她先是為自己做了一番偽裝，遮掩住自己的花容月貌，再換上了殘破的衣服，裝成一個老太婆，時常在王府後門走動，卻又什麼都不做。

偶爾跟出去買菜的廚房嫂子說上一、兩句話，沒多久就將府裡的地形摸得一清二楚。接下來，她又做足了準備，打聽他的喜好和住所。

就這樣過去幾天，龍隱的戒心稍稍放鬆之後，她才開始行動。藉著跟廚房嫂子聊天的機會，將準備好的迷藥放入他喜歡的菜色的食材中，就這樣不聲不響地偷走了他一盞茶的時間。

在這一段時間裡，朱雀便潛入王府，扮成小廝，混進書房。最後順利偷走了他身上的玉珮，令他對她刮目相看。

從那以後，龍隱就將她安置在影衛裡，專門負責蒐集情報。後來她又學了些內功，配合自己的現代搏鬥和擒拿術，聰明頭腦加上身手不凡，就這樣一步步爬上了四大護法的位置。原先那悶不吭聲、看不起她的玄武，最後還是認賭服輸，叫了她一聲姊姊。

「雀兒，你們那個世界，真的有載人在空中飛的房子嗎？還有，可以不用馬就可以跑得很快的車？」男子虛心求教著。

朱雀很肯定地答道：「當然，除此之外，我們那兒的武器也都很先進。戰鬥機、導彈、潛艇……天上飛的，水裡游的，地上跑的，只要你能夠想到的，都能製造出來。哪像這裡，連電都沒有！」

「電？就是妳說過的，可以發亮的東西？」

「是啊！只可惜這個時代沒有電線，不然我倒是可以弄出燈來試試看。」朱雀打了個呵欠，斷斷續續地說道。

男人愛憐地撫摸著她那頭烏黑亮麗的長髮，將被子裹緊了一些。她確實累壞了，儘管他還毫無睡意，卻心疼她，不想打擾她休息。

沐王府

「朱雀，妳年紀也不小了，該找個人嫁了。」緞兒一邊繡著花，一邊勸導朱雀，見她似乎沒聽進去，便露出恨鐵不成鋼的表情。

司徒錦知道她的秘密，倒也不急。不過，在外人看來，她都二十好幾了，還沒有嫁出去，的確有些麻煩。「盛兒已經五歲了，鳶兒和璿兒也好幾個月大了。朱雀，女人的生育年齡就那麼幾年，妳可別耽誤了。」

說起這幾個小主子，朱雀倒是挺喜歡他們的。

龍盛長得像個肉團子，不過手腳倒是很靈活，只要她一進府，他就會纏著她，要她教他易容的功夫。在孤兒院長大的她，對小孩子都很有好感，從來不知道如何拒絕小孩子的要求。

至於王妃那一對雙胞胎女兒，也十分可愛。粉嫩的臉蛋、大大的眼睛，讓人見了都恨不得想咬上一口。

看著她那豔羨的目光，司徒錦忍不住打趣。「瞧著喜歡，為何不自己生一堆出來？」

「生一堆？」朱雀挑眉，戲謔地說道：「娘娘當我跟您一樣嗎？王爺動不動就偷個懶，賴在府裡不出門，專心地造人。哪像我，每日要在外奔波勞累，連睡覺的時間都沒有。」

掃了一眼王妃的肚子，朱雀就忍不住笑。

司徒錦面色一紅，嬌嗔地瞪了她一眼。這也不是她情願的啊！誰教龍隱沒個節制，剛生完女兒，坐完月子，她就又懷上了。雖然孩子多是福氣，可是這樣的生法，的確有些吃不消。

他以前還說要帶她去看看外面的世界，但有了孩子，她是哪裡都去不了，連京城裡的那些聚會，她都沒辦法參加，更別提出遠門了。

想到這裡，司徒錦就很懊惱。

「娘娘也是有福氣，王爺就只有您一個女人！」朱雀笑著讚嘆道。

司徒錦反駁道：「難道朱雀妳就不幸福了嗎？算起來，他們還是堂兄弟呢！性子雖然有差別，但在某些事情上，還是挺志同道合的。」

她們二人打著啞謎，令周圍的丫頭們都覺得有些莫名其妙。

朱雀逗著孩子們玩耍了一陣，便被龍隱叫去了書房。

「主子，有什麼吩咐？」在龍隱面前，朱雀還是挺規矩的。

龍隱放下手裡的摺子，抬起頭來遲疑了好一會兒，才開口說道：「王妃幾次跟我提起，要本王給妳休個假。妳也到了該出嫁的年紀了，回去準備準備吧！」

朱雀眼睛瞪得老大，有些反應不過來。

主子啥時關心起屬下的終身大事來了？這實在有些詭異！她覺得這樣挺好的啊，無拘無束，自由自在，為何他們都非要她嫁人呢？

「主子，屬下……」

正要反駁，龍隱已經打斷了她的話。「他畢竟是王室子孫，需要有個兒子傳宗接代。你們在一起這麼多年，也該有個孩子了。」

提到這個問題，朱雀便不吭聲了。

他不止一次跟自己提過成親的事，但她對現狀挺滿意的，因此婉轉拒絕了幾回。心裡想著，等哪日不小心懷上了孩子，再成親也不遲。

可是那個孩子卻遲遲沒有到來，她因此也就沒放在心上。

如今聽主子這麼一提醒，朱雀似乎有些覺悟了。雖然她是個開放的現代人，但他畢竟是個道道地地的古人，而且還是血統高貴的皇子。他對她一直都百依百順，從不勉強逼迫，她便將這種順從當作理所當然。

現在想想，這裡面似乎還是存在著很大的問題。

他也二十五、六了，雖然在她那個世界裡，這個年齡層的男人，大多數都還在為事業努力拚搏，可是在古代，那可是好幾個孩子的爹了！

想到這裡，朱雀的心隱隱有些動搖。

見她沈默了半晌，龍隱便知道這話已經點到重點上。於是也不再說話，將她打發了回去。

朱雀不知道自己是怎麼離開王府的，只知道她有些失魂落魄，不知不覺就走回了醉仙樓。

「東家，您回來了。」見朱雀走了進來，掌櫃的立刻迎了上去。

朱雀微微一愣，繼而問道：「公子回來了沒？」

「公子沒出去，一直在房裡呢。」掌櫃的不知道她是怎麼了，臉上的笑容頓了一頓。

朱雀交代了他幾句，便急急地上樓去。推開房門以後，是滿屋子的酒氣。朱雀忍不住皺眉，他什麼時候變成個酒鬼了？

「雀兒？妳怎麼這麼早就回來了？」他見到她，眼裡有著不敢置信。

「為什麼喝這麼多酒？嫌命太長了嗎？」朱雀有些惱怒地大聲質問道。

見她這般關心自己，楚羽宸嘴角不由自主地向上彎起。「雀兒，我很開心，妳心裡還是有我的……」

朱雀皺眉，沒想到他會說出這樣的話來。

平日他總是很自戀，在她面前表現得十分完美，時而夾雜著些挑釁。可是現在看來，他也不無偽裝自己情緒的可能。

是什麼原因讓他變成這樣？害怕她突然丟下他離開了，回到原來的世界？還是怕她永遠不跟他成親，所以一直隱忍著，借酒澆愁？

過去的他，是多麼意氣風發的一個男子，可如今卻只能終日躲在房間裡，自飲自樂，她是不是太忽略他的感受了？

「宸，你看著我……我們成親好不好？」朱雀捧著他的臉，鄭重地說道。

聽到「成親」兩個字，他強擠出來的笑容，頓時凝固在臉上，半天反應不過來。過了好一會兒，他才醒過來，眼裡充滿了驚喜。

楚羽宸一把將朱雀摟進懷裡，激動不已地問道：「妳說什麼？朱雀，妳再說一遍！」

朱雀難得沒有反駁他的意思，溫柔地將頭靠在他的肩上，重複道：「我說，我們成親吧！」

「成親？雀兒……妳答應嫁給我了嗎？我是不是在作夢？」他感動得流下淚來。

感受到有滾燙的熱淚滴落在自己身上，朱雀心裡真是無比自責。男兒不輕易落淚，他卻在她答應婚事的時候哭了，這說明他是多麼在乎她！以前她怎麼會那麼固執，一再拒絕他的心意，弄得他如此頹廢?!

「雀兒……」他深情地呼喚她的名字。

「其實……我是打算懷上了孩子，就嫁給你的，可是肚子一直沒有動靜，我怕我不能生，所以……」朱雀將實情告訴了他。

楚羽宸在聽到這個消息之後，不由得笑了。「我一直有偷偷餵妳喝避子湯，妳怎麼可能懷上？」

朱雀也是一愣，問道：「你為何要給我喝那東西？」

「我不想勉強妳。妳說過，不希望因為要負責而嫁給我。」他低啞著嗓音說道。

朱雀心裡一陣感動，緊緊地摟住他。「謝謝你，宸……」

「雀兒，我們之間，不用這個謝字。」他溫柔地親吻她。

屋子裡濃情密意，兩個人情不自禁地擁抱在一起，正要有進一步的動作時，突然響起了敲門聲。

「東家，您要的東西送來了。」

朱雀臉紅地推開他，立刻站起身來整理衣物。確定沒什麼異樣之後，才去開門。

「東家，酒菜來了……」掌櫃的先是被朱雀的神情給嚇了一跳，繼而看到原先的主子衣衫不整地躺在軟榻上，臉上有些掛不住地連忙退到一旁。

「嗯，下去吧。」朱雀故作鎮定地吩咐道。

掌櫃的剛要轉身離去，楚羽宸突然發話了。「去錦繡坊訂製一套嫁衣，要最好的。另外，去秀玉齋拿一套最體面的首飾來，公子我要成親了！」

掌櫃的驚愕得半天說不出話來，最後還是朱雀冷哼一聲，才讓他回過神來。「小的馬上就去，馬上就去……」

等到掌櫃的離開，朱雀有些羞澀地闔上房門，嬌嗔地斜了他一眼。「這麼心急做什麼？三媒六聘都還沒下呢！」

「早些準備也是好的，免得妳突然反悔了。」楚羽宸長臂一伸，便將心愛的女人捲進了自己的懷裡。

朱雀躺在他的懷裡，臉上帶著幸福的笑容。

這樣也不錯吧？等到成了親，生一個漂亮的娃娃，她的家就完整了。想著他們皆是容貌出色的人，將來生的孩子，一定是最漂亮的！肯定能把幾個小主子給比下去！想像著那些美好的未來，朱雀忍不住笑了。

番外篇之四　兒女親事

日子過得飛快，轉眼間又過了十年。

這一日，司徒錦正在府裡接見幾個莊子的管事，突然有丫鬟來報，說是司徒府派人送來書信。

司徒錦心想肯定是母親有事找她商量，於是先打發了幾位管事去吃茶，然後才拆開信來細細研讀。

「娘娘，可是司徒府又出了什麼事？」這些年來，司徒府那邊一直不太寧靜，族裡總有人妄想併吞司徒府的產業。後來雖然顧忌著沐王妃，不敢名目張膽有所動作，但私底下卻時常為難江氏，讓她只能把苦水往肚子吞。

司徒錦笑著搖了搖頭，道：「倒不是什麼壞事，母親想給念恩說親，要我幫著參詳呢！」

「七少爺一晃眼就到了議親的年紀了，真是歲月如梭啊。」緞兒想著自己家那幾個臭小子，臉上也是滿足之色。

司徒錦如今已經是五個孩子的母親了，除了盛兒和雙胞胎女兒之外，她接下來又生了兩個兒子——翊兒和澈兒。

這五個孩子都是她親手帶大，因此感情十分深厚。

如今，她已經三十年華了，兒女們也都長大了。老太妃年歲大了，也安分地待在府裡，不再鬧著要出去遊歷。如今這王府裡歡聲笑語不斷，一家人和和美美的，過得很不錯。

除了翔公子偶爾不死心，常找各種藉口上門來討要銀兩，讓人煩不勝煩外，還真是沒有別的事可以操心。

「盛兒與念恩差不了多少，轉眼也這麼大了。」司徒錦感嘆著。

「可不是嘛！娘娘有福氣，世子、公主、郡王們都孝順，也都有本事。」緞兒提到那幾個小主子的時候，眼睛都笑彎了。

龍盛雖然才十五歲，但已經跟隨龍隱上了戰場，立下了不少戰功，當上了小將軍，威風八面。

兩位公主才十歲，就已經豔冠群芳，長成了國色天香的模樣，琴棋書畫更是無不精通，備受太后和皇后娘娘喜愛，時常進宮去陪伴。在京城裡的眾多閨秀之中，算得上是數一數二。

翊郡王才九歲，在國子監就讀。太傅時常誇獎他，說他才思敏捷、頭腦靈活，是當之無愧的天才！

七歲的澈郡王雖然嬌憨，性子也較沈悶，卻是幾個孩子中最有慧根的一個。任何的東西只要他見過一眼，便過目不忘，因此被稱為神童。不過，這個神童卻很低調，低調到不屑展示他的才華，整日悶在房間裡研究，很少出門走動，因此認識他的人不多。

談到幾個兒女，司徒錦感到無比欣慰。

「翊兒快要下學堂了吧？一會兒帶他一起去司徒府。」

緞兒應了一聲，便派人去接人了。

江氏如今已經頭生華髮，臉上的皺紋也多了起來。聽到丫鬟們稟報說王妃到了，便顫顫巍巍地讓丫鬟將自己扶了出去。

正待行禮，司徒錦已經走上前來扶住了她。「母親這是做什麼？女兒回娘家來，還要您跪拜不成？」

說完，又對跟在身後的男孩說道：「翊兒，還不過來給外祖母請安?!」

龍翊乖巧地上前作揖，恭敬地請安。「翊兒見過外祖母，外祖母安康福壽。」

「乖乖乖……來，讓外祖母看看你。」一見到外孫，江氏的精神頓時好了起來。

龍翊順從地依偎在江氏懷裡，眼睛卻朝著母親眨了眨，好像在說：我很乖哦，母妃一會兒要獎勵我！

司徒錦瞪了兒子一眼，這才問起正事來。「母親叫我過來，只是為了念恩的親事嗎？」

江氏頓了頓，才說道：「我年歲大了，很多事情都操心不來了。一來念恩大了，這個家遲早也該交給他；二來，族裡那些人見不得我們過得好，一再上門挑釁。若不是為了念恩，我也不會放下臉面求妳幫忙了。」
「他們又不安分了？真是豈有此理！」司徒錦想著那些噁心的人，心裡就一陣厭煩。
「妳爹走後，族裡的補貼就少了很多。他們又都好吃懶做，那些家業早敗得差不多了，就把手伸到我們府裡來了。我也曾嚴詞拒絕過他們的無理要求，可是他們不聽，偷偷地霸占了幾個莊子，還想打這宅子的主意。說……反正司徒長風已經不在了，我們娘兒倆也住不了這麼大的院子，想讓我們搬到別處去。」
提到這些事情，江氏就是一肚子的火。
司徒錦聽了之後，臉色漸漸沈了下來。「他們也太過大膽了一些，憑什麼提出這樣無理的要求！這宅子又不是族裡所有，哪裡有他們說話的分?!」
「他們是不講理，但仗著是長輩，就……」江氏無奈地嘆氣。
忤逆長輩，傳出去的確不太好聽。儘管她生養了一個王妃，但怕連累到自己的女兒，因此不敢太過聲張。
如此一來，他們倒是越發囂張霸道了。
「外祖母，這事有什麼好氣的，我叫人把那幫老混蛋送到官府去，看他們還敢胡來?!」龍翊雖然才九歲，但說話的氣勢卻不小。
司徒錦瞥了他一眼，沒有理會，而是對江氏說道：「母親不必著急，再過不久就是恩科開考，念恩讀了這麼些年的書，考取個功名應該不成問題。到時候做了官，我看他們還敢放肆?!」

有了功名在身，那些人再來鬧，就是藐視朝廷命官。到時候也可尋了個理由，斷絕跟那些人的關係。反正都隔了好幾代人，血緣關係也淺了，認不認親都無所謂了。

「希望如此。」江氏稍微安了安心。

司徒錦為了活躍一下氣氛，便提起念恩的親事來。「不知道母親看中了哪幾家的小姐？」

江氏想到這件事，臉上的笑意便多了。「都不是什麼名門貴族的女子，倒是有幾個世家派人上門來說過親，但我總覺著娶媳婦就要娶低門戶的，這樣才會美滿幸福，於是婉轉拒絕了。畢竟司徒府不似當初，念恩又還沒有功名。」

「母親想太多了，其實只要對方的人品好，就算是侯門千金，弟弟也是娶得上。念恩的心思，母親可了解？可有自己中意的人選？」在司徒錦的觀念裡，只要念恩喜歡就好，不一定要看門第。

「念恩那性子，妳不是不知道。整日吟詩作對，除了去學堂，甚少與女子接觸，哪裡有什麼中意的人！」江氏隱隱有些擔心。

司徒錦倒是不擔心這一點，念恩的性子極好，待人彬彬有禮、溫文爾雅，是個儒雅的公子。女子不都是想要嫁給這樣的男子嗎？前世，她也是看上了太子偽裝出來的溫柔，才會被害得身首異處。

畢竟，像龍隱這樣的人極少，因此大部分的千金小姐都想要嫁給謙謙君子。

「母親不必太過擔心，弟弟年歲還小，親事也不急於一時。若母親不放心，改日女兒請京裡的閨秀到王府來玩耍，母親也可以讓念恩在暗處瞧著，說不定有看對眼的呢！」這樣的伎倆稀鬆平常，不少世家都是這麼做的。

聽到女兒出的這個主意，江氏的眼睛頓時一亮。「也好。盲婚啞嫁的確不太妥當，要是念恩自己看上的，就不同了。」

「那就這麼說定了。」司徒錦一錘定音，將這件事給攬下了。

幾日之後，司徒錦以自己的名義，廣邀京城的名門閨秀到王府賞花，順便也將自個兒的大兒子給招了回來。

龍盛才十五歲，個頭卻已經快要趕上他的爹了。身子挺拔，浩然正氣，玉樹臨風，加上又在沙場上歷練了兩年，渾身上下都散發著陽剛之氣，與儒雅的司徒念恩站在一塊兒，形成強烈的對比。

「小舅舅，幾年不見，沒想到你就要成親了，恭喜恭喜啊！」龍盛的性格不似他爹那般冷情，反倒格外開朗。

皮膚雖然曬黑了一些，但也是俊朗非常，讓不少見到他的閨閣女子都忍不住紅了臉。加上他還是王府的世子、王位的繼承者，因此受到的關注就更多了。

小時候，他曾經一度為他與司徒念恩之間的輩分感到懊惱，但時隔多年之後，他倒是叫得順口，而且還帶了一絲戲謔。

司徒念恩見到他的時候，眉頭忍不住皺了起來。有龍盛在的地方，就有災難，而且這一聲舅舅，叫得他有些尷尬。

明明才十六歲，被他這麼一喊，好像自己是個老頭子似的，實在太不划算了。「先別得意！王妃姊姊將你叫回來，可不是為了讓你陪著吃頓飯這麼簡單。你只比我小一歲，怕是趁著此次機會也給你訂下親事吧！」

見不得他幸災樂禍的樣子，司徒念恩便將心裡的想法給掏了出來。

龍盛不以為意地挑眉，道：「遲早都要成親的。母妃給我機會自己挑，總比隨便指一個要好得多吧？」

「看來我是白擔心了。」司徒念恩撇了撇嘴。

「怎麼樣？這些閨秀裡頭，有看中的嗎？」龍盛勾住他的肩膀，痞痞地問道。

司徒念恩哪裡禁得起他這麼戲弄，臉色頓時紅了。「婚姻之事，父母之命媒妁之言，哪裡有我說話的分。」

「哼……矯情！若不是考慮你的感受，母妃何必花這麼多心思搞這什麼賞花宴？別身在福中不知福！」

兩個人有一搭沒一搭地聊著。

來。

忽然，從假山後面傳出一聲驚呼，接著一個穿著粉藍色衣裙的小姑娘撲騰一下摔了出來。

兩人微微一愣，繼而忍不住抿著嘴笑了。

那小姑娘真是太可愛了！頭上綁著兩個圓髻，看起來十分青澀，十二、三歲模樣，臉還沒有完全長開，不過一雙水潤潤的眼睛倒是很好看。

那小姑娘似乎是摔疼了，眼淚止不住地滴了下來，哽咽著，卻不哭出聲。過了好一會兒，丫鬟們尋過來，趕緊上前去攙扶。「七小姐，怎麼摔著了？」

龍盛挑了挑眉，七小姐？莫不是莊侯府的莊七小姐？嗯，這丫頭剛才好像看見他了，卻沒有任何羞澀或懼意？

還真是個有趣的姑娘！

「盛，你不會看上這個奶娃娃吧？」司徒念恩見他笑得邪魅，不由得打了個冷顫。

「有何不可？反正我還不急著成親，等兩年她就長大了。」龍盛是個很有目標的人，瞧準了便會毫不留情地出手。

司徒念恩退離他好幾步，覺得身上雞皮疙瘩直往下掉。這人有戀童癖嗎？居然看上這麼個青澀的小丫頭！

龍盛昂起頭，臉上頗有得意之色。

看來，司徒錦想幫司徒念恩找妻子的目標還沒達成，自己的兒子倒是先看準目標了。往後這兒女親事，想必會讓她忙翻了天，傷透了腦筋！但她唯一不用擔心的，就是龍隱一直都會陪在她身邊，直到天荒地老。

匠心獨具、妙筆生花／七星盟主

重生／宅門／言情／婚姻經營之雋永佳作！

庶女出頭天

全套五冊

人善可欺，天真與單純必須留在過去；
重生一回，計謀及陷阱都是為了自保。
這次，她要昂首闊步，走出屬於自己的另一片天！

文創風 109 1

若說她司徒錦真有什麼不可饒恕之處，就是身為庶女，
不僅不得父親喜愛，嫡母、姊妹更以欺負她為樂，
最後甚至落得遭砍頭處刑，連母親都因心碎而死在自己身邊！
她含冤受辱，走得不明不白，如何能甘心？!
幸而老天垂憐，給了她一次重生的機會，讓她能再返人間……

文創風 110 2

她司徒錦是招誰惹誰，為何重生了一回，命運依舊如此多舛？!
好在她頭腦冷靜、聰慧過人，不但逃出重重陷阱，
更將計就計、反將一軍，不但給足了教訓，
還讓那些惡人一個個啞巴吃黃連，有苦說不出，只能自認倒楣！
只不過，她的十八般武藝，在他面前全成了空氣，
他非但無視她的抗拒跟退縮，甚至得寸進尺，藉機吻了她！

文創風 111 3

原以為成親後能稍微喘口氣，享受片刻寧靜，
沒想到這王府裡除了有瞧不起自己的王妃婆婆，
還有備受王爺公公寵愛的勢利眼側妃、專門找碴的小姑跟大伯，
更過分的是，竟然住了個對夫君用情專一的小師妹！
天啊，難道她的考驗現在才正式開始？!

文創風 112 4

好不容易處理完這一團爛帳，也坐穩了當家的位置，
皇位爭奪之戰卻一觸即發，不僅王爺失蹤，世子也不知去向。
就在全府上下人心浮動之際，皇后竟下了道懿旨宣她進宮，
太子甚至親自來迎接她——這葫蘆裡賣的是什麼藥，
著實讓人丈二金剛摸不著頭腦……

文創風 113 5 完

當司徒錦準備迎接新生命到來時，卻傳來太師爹爹暴斃的消息，
母親也忽然病重，弟弟則是身體有恙。
看樣子，那些幕後黑手還不死心！這群傻瓜怎麼就是不懂，
跟她作對，就是跟她親愛的相公為敵，
膽敢打擾他們幸福過日子，挑戰冷情閻王隱世子的底限，
後果請自行負責！

機關算盡、局中有局之絕妙好手／玉井香

任何磨難，凡是殺不死她的，
終將化作她的養分，令她變得更強，
她就像懸崖上的花，牢牢抓著岩間的縫隙，
什麼風吹雨打都無法令她低頭！

豪門守灶女 全套七冊

文創風 102 **1**

她焦清蕙是名滿京城的守灶女，也只有良國公府的二子權神醫配得上她了，
所謂生死人而肉白骨，這個權仲白是名滿天下的神醫，連皇帝后妃都離不開他，
偏偏他超然世外、不爭世子位的態度，與她未來要走的爭權大道不同，
看來想扳倒權家大房之前，她得先收服了二房這個不成器的夫君才行吶……

文創風 103 **2**

這輩子她焦清蕙沒嚐過第二的滋味，到死她都是第一。
不過，人都死了，就算生前是第一又有什麼用？
這輩子她也就輸這麼一次，甚至連死都不知道是怎麼死的！
她不想再死一回，所以重生後就得好好活，活得好，並揪出凶手來！

文創風 104 **3**

權仲白這個人實在是有趣得緊哪，講話直來直往又任憑自己的意思而活，
焦清蕙承認，一開始自個兒的確是小瞧了他，以為他好拿捏得很，
但仔細想想，能在詭譎多變的皇宮中自由來去多年又深得君臣后妃看重，
他，又怎麼可能會是個頭腦簡單、不懂揣度人心的平凡人物呢？

文創風 105 **4**

焦清蕙不得不說，大嫂林氏這個人也確實算得上是個對手了，
若非天意弄人，始終生不出一兒半女來，世子位早非大房莫屬，
也因此自己一進門，林氏就急了，暗中使了不少絆子，甚至還給摸出喜脈了！
成親多年都未能有孕，二房剛娶妻就懷上了胎兒？這也太巧了吧？莫非……

文創風 106 **5**

焦清蕙的體質與桃花相剋，才食用攙有丁點桃花露的羊肉湯竟險些喪命！
而出事前便知道她與桃花相剋的權家人只有四個：兩個小姑、大嫂、老四。
兩個小姑就不用說了，老四早在她懷孕時便知相剋一事，要害早害了，
如此推算下來，所有的矛頭便指向了剩下的那個人——大嫂林氏！

文創風 107 **6**

該怎麼品評權家老四權季青這個人呢？焦清蕙一時還真有些沒底。
初時，她只覺得他是個想在大房和二房間兩邊討好之人，
但相處過後，她卻漸漸發現他不若表面上的良善無害，
相反地，他狼子獸心，竟存著弒兄奪嫂，想將她占為己有之心！

文創風 108 **7** 完 隨書附贈：繁體版獨家番外二篇，首度曝光！

懷璧其罪，焦清蕙手中的票號分股引來了有心人的覬覦，天家便是其一。
皇帝想方設法要吞了票號，又怕吃相太過難看，於是變著法從她這邊下手，
她一方面得跟皇帝斡旋，一方面還得追查當年想殺害她的幕後黑手，
沒想到這一抽絲剝繭，竟發現權家藏著一個連權仲白都不知道的驚人秘密……

她年紀雖輕，卻也非省油的燈！招招精彩的權謀比拚，盡在《豪門守灶女》中！

天才廚藝美少女遇上天下最挑剔刁嘴的美少年

重生的試煉．穿越的新鮮
人情的溫暖．溫柔的情意
精緻烹煮的美食佳餚，佐以專一的愛情調味，
引得你食指大動、會心一笑……

食全食美 全套八冊

真情流露派寫作大手／尋找失落的愛情

文創風 092 **1**

她對愛的癡傻竟換來寧氏全族遭到滅門之禍。
既然老天爺讓她重生，她定要好好的活一回！
從此，她不再是那個不解世事、爹疼娘寵的嬌嬌女，
她求爹答應教她廚藝，憑著過目不忘及異常靈敏的味覺，
她肯定能成為世上獨一無二的名廚。
她要避開前世所有的禍端，守護所有的親人。
她要看清楚所有人的真面目，不再受人欺瞞。
但容瑾這男人卻是她看不明白的，遇上他，她就上火……

文創風 093 **2**

這個寧汐，是長得像個精緻的娃娃似的，模樣討喜，
但她不饒人的小嘴和倔強的性子，他領教得可多了！
哼！她想山高水遠不必再見，他偏不如她的願，
要知道少了她在眼前晃，他生活可就太平淡無聊了……

文創風 094 **3**

這容瑾自大自傲，說話又毒辣，可實在太俊美了，
他只要淺淺一個微笑，都會令少女心神蕩漾。
不過迷戀他的少女之中可不包括她。
但看著他運用聰明才智地將鼎香樓炒得火紅，
她心生佩服之餘，覺得他的毒辣似乎沒那麼難忍了……

文創風 095 **4**

容瑾的出身、絕美的容貌、睿智才情……
看得愈多，就愈明白他真有高傲狂妄的資格。
她配不上出身高貴的他，可他老是來撩撥她的心，
連夜探香閨這種事他都做得出來，她根本拿他沒轍……

文創風 096 **5**

在他心裡，這寧汐什麼都好，就是太招人喜歡的這點不好！
迷了他就算了，還迷了一堆男人，
惹得他老大不痛快，吃不完的飛醋！
看來他下一步要籌劃的就是怎麼樣儘快娶她進門……

文創風 097 **6**

寧汐知道大皇子想要的是她身上所具有的神奇異能，
她不想嫁入皇室當妾，更不想容瑾為了她衝動惹禍。
如果能平安地度過這次的危難，她願意早點嫁給容瑾……

文創風 098 **7**

不能怪他性子急，娶妻這事他是一天也不想忍了！
心愛的女人遭人覬覦的感覺真是糟透了。
只要寧汐還沒娶進門，他就名不正、言不順，
無法大方地行使他作為丈夫的權益！

文創風 099 **8** 完

這次容瑾真的無法低頭了，瞧他把她寵成什麼樣？
他全然地對她坦白，她卻藏著自己的秘密，
還是關於另一個男人的，這下更是氣極了！
婚後最大的爭執於是展開，冷戰就冷戰吧……

重生裡無情似有情·機巧鬥智中藏纏綿悱惻／

一半是天使

想要獲得救贖，只能依靠自己。不想愚昧地懷著悔恨再活一次，
她要穿著美麗的外衣，智慧機巧地為自己推轉命運之輪……

絶色煙柳

文創風 079 上

既然天可憐見，讓她重生一回……
她再不是那個任人欺凌的懦弱女子，
纖纖若柳、絕色之姿成了她的掩飾，
堅強的心志才是她扭轉命運的後盾……

那年，十五歲的柳芙，
從軟弱可欺的相府嫡女成為皇朝的「公主」，被迫塞上和親。
絕望的她在踏進草原的那一刻，
選擇自盡以終結即將到來的噩夢。
她奇蹟似地重生，回到八歲那年，
她開始明白，死亡改變不了自己的命運；
「前世」那些教她恨著的一切人事物，照舊來到她的面前；
為了獲得真正的「新生」，
她必須善用我見猶憐的絕色之姿，必須費盡心機、步步為營……
然而，姬無殤……成了她重生路上最大最洶湧的暗潮，
他那蘊藏著無盡寒意的眼眸，那看似無心卻能刺痛人的淡漠笑意……
總能將她帶回「前世」那些噩夢中，驚喘不已……
她愈想避開，他偏愈來糾纏；
他究竟意欲為何，連才八歲的她也緊迫盯人……

文創風 080 中

姬無殤，這個天底下她最該防的男人，
時時刻刻放在心底怕著又躲著男人，
居然開口要跟她交易，
她竟傻得與虎謀皮……

柳芙這不到十歲的小人兒，心思玲瓏剔透，姿色猶如出水芙蓉，
想他姬無殤從不把任何一個女子看在眼內，
但這小小女子竟勾惹起他的好奇心，對她出乎尋常的在意。
然而就算對她上了心又如何，她不過是他計劃裡的一顆棋子，
她要是乖乖聽話，他可以容許她那些小小心眼兒、私心籌劃；
倘若她膽敢拒絕了他的交易，哼，她再沒一天好日子可過了……
這可恨又可惡的姬無殤，懂不懂得男女之別？
說話就說話，老愛貼得這麼近，那霸道氣息就快讓她窒息了。
雖然這副身子還只是個不到十歲的女童，
但她的心智已經是十五、六歲的少女了，
前生的她何曾和男子如此靠近過？更何況姬無殤還是她最怕的男人！
在他威逼的態勢之下，她哪有拒絕跟他交易的餘地……
她的生、她的死、她所在意的一切，無一不在他掌握之中啊！

文創風 081 下

願得一心人，白首不相離……
這是她唯一所願，
卻無法奢望她唯一所愛的男人能承諾實現……

皇上跟她要一句真心話，只要她願意，便讓她做裕王姬無殤的妃子……
她想起姬無殤那個霸道的吻，勾起的並非只是他心底的慾火，
更讓她正視了那顆掩埋已久、悄然生根發芽的懵懂情種。
一天天的，情意蔓延，愛了卻不敢真的去愛；
那種只有彼此相屬的感情，平淡相依、真實相守的日子，
是她想要的，卻不是姬無殤給得起的……
既然如此，不如就深埋起這段情，
為了他和親出嫁，這是她唯一能為他做的、真心真意……
姬無殤終於懂得情之一字有多折磨人！
在國家大事之前，他與柳芙只是兒女私情。
他能怎麼選擇，根本無從選擇！
眼看著自己唯一愛上的女子，穿上大紅嫁衣，和親出嫁……
他第一次嘗到剜心的痛，
他誓言，要在最短的時間內底定大局，迎她回朝……

文創風
113

庶女出頭天 5 完

國家圖書館出版品預行編目資料

庶女出頭天 / 七星盟主著. --
初版. -- 臺北市 : 狗屋, 民102.08-
冊 ; 公分. --（文創風）
ISBN 978-986-328-124-5（第5冊 : 平裝）. --

857.7 102013493

著作者 七星盟主
編輯 連宓均
校對 黃亭蓁 黃薇霓
發行所 狗屋出版社有限公司
地址 台北市104中山區龍江路71巷15號1樓
電話 02-2776-5889～0
發行字號 局版台業字845號
法律顧問 蕭雄淋律師
總經銷 知遠文化事業有限公司
電話 02-2664-8800
初版 102年8月
國際書碼 ISBN-13 978-986-328-124-5
原著書名 《重生之千金庶女》，由瀟湘書院（www.xxsy.net）授權出版

定價250元
狗屋劃撥帳號：19001626
網址：love.doghouse.com.tw E-mail：love@doghouse.com.tw